लेखक तो हमेशा यही चाहता है कि उसकी सभी रचनाएँ सुन्दर हों, पर ऐसा होता नहीं। अधिकांश रचनाएँ तो यत्न करने पर भी साधारण होकर रह जाती हैं। अच्छे-से-अच्छे लेखकों की रचनाओं में भी थोड़ी-सी चीज़ें अच्छी निकलती हैं। फिर उनमें भी भिन्न-भिन्न रुचि की चीज़ें होती हैं और पाठक अपनी रुचि की चीज़ों को छाँट लेता है और उन्हीं का आदर करता है। हर एक लेखक की हर एक चीज़, हर एक आदमी को पसन्द आए, ऐसा बहुत कम देखने में आता है।

मेरी प्रिय कहानियाँ

प्रेमचन्द

राजपाल

ISBN : 978-93-5064-088-3

संस्करण : 2015 © राजपाल एण्ड सन्ज़

MERI PRIYA KAHANIYAN (Stories) by Premchand

राजपाल एण्ड सन्ज़

1590, मदरसा रोड, कश्मीरी गेट, दिल्ली-110006
फोन: 011-23869812, 23865483, फैक्स: 011-23867791
website : www.rajpalpublishing.com
e-mail : sales@rajpalpublishing.com

भूमिका

लेखक तो हमेशा यही चाहता है कि उसकी सभी रचनाएँ सुन्दर हों, पर ऐसा होता नहीं। अधिकांश रचनाएँ तो यत्न करने पर भी साधारण होकर रह जाती हैं। अच्छे-से-अच्छे लेखकों की रचनाओं में भी थोड़ी-सी चीज़ें अच्छी निकलती हैं। फिर उनमें भी भिन्न-भिन्न रुचि की चीज़ें होती हैं और पाठक अपनी रुचि की चीज़ों को छाँट लेता है और उन्हीं का आदर करता है। हर एक लेखक की हर एक चीज़, हर एक आदमी को पसन्द आए, ऐसा बहुत कम देखने में आता है।

मेरी प्रकाशित कहानियों की संख्या तीन सौ के लगभग हो गई है। उनके कई संग्रह छप गए हैं, लेकिन आजकल किस के पास इतना समय है कि उन सभी कहानियों को पढ़ सके। अगर हम हर एक लेखक की चीज़ पढ़ना चाहें, तो शायद दस-पाँच लेखकों में ही हमारी ज़िन्दगी खत्म हो जाय, इसलिए हमारे मित्रों का बहुत दिनों से आग्रह था कि मैं अपना कोई ऐसा संग्रह निकालूँ जिससे पाठक को मेरी कृतियों का मूल्य निर्धारित करने में सुविधा हो, जिसे मेरी रचनाओं का नमूना कहा जा सके, जिसे पढ़कर लोग जीवन के विषय में मेरी धारणाओं से परिचित हो सकें। यह संग्रह इस उद्देश्य से किया गया है। इसमें मैंने उन्हीं कहानियों का संग्रह किया है, जिन्हें मैं खुद पसन्द करता हूँ और जिन्हें भिन्न-भिन्न रुचि के आलोचकों ने भी पसन्द किया है।

कहानी सदैव से जीवन का एक विशेष अंग रही है। हर एक बालक को अपने बचपन की वह कहानियाँ याद होंगी जो उसने अपनी माता या बहन से सुनी थीं। कहानियाँ सुनने को वह कितना लालायित रहा था, कहानी शुरू होते ही वह किस तरह सब कुछ भूलकर सुनने में तन्मय हो जाता था, कुत्ते और बिल्लियों की कहानियाँ सुनकर वह कितना प्रसन्न होता था—इसे शायद वह कभी नहीं भूल सकता। बाल-जीवन की मधुर स्मृतियों में कहानी शायद सबसे मधुर है।

वह खिलौने और मिठाइयाँ और तमाशे सब भूल गए, पर वह कहानियाँ अभी तक याद हैं और उन्हीं कहानियों को आज उसके मुँह से उसके बालक उसी हर्ष और उत्सुकता से सुनते होंगे। मनुष्य जीवन की सबसे बड़ी लालसा यह है कि वह कहानी बन जाय और उसकी कीर्ति हरएक जबान पर हो।

कहानियों का जन्म तो उसी समय से हुआ जब आदमी ने बोलना सीखा, लेकिन प्राचीन कथा-साहित्य का हमें जो कुछ ज्ञान है वह 'कथा-सरित्-सागरों' 'ईसप की कहानियों' और 'अलिफ़लैला' आदि पुस्तकों से हुआ है। यह उस समय के साहित्य के उज्ज्वल रत्न हैं। उनका मुख्य लक्षण उनका कथा-वैचित्र्य था। मानव-हृदय को वैचित्र्य से सदैव प्रेम रहा है। अनोखी घटनाओं और प्रसंगों को सुनकर हम अपने बाप-दादों की भाँति ही आज भी प्रसन्न होते हैं। हमारा ख्याल है कि जन-रुचि जितनी आसानी से अलिफ़लैला की कथाओं का आनन्द उठाती है, उतनी आसानी से नवीन उपन्यासों का आनन्द नहीं उठा सकती और अगर काउण्ट टाल्सटाय के कथनानुसार जनप्रियता ही कला का आदर्श मान लिया जाय, तो अलिफ़लैला के सामने स्वयं टाल्सटाय के 'वार ऐंड पीस', और ह्यूगो के 'ला मिज़रेबल' की गिनती कोई नहीं। इस सिद्धान्त के अनुसार हमारी राग-रागनियाँ, हमारी सुंदर चित्रकारियाँ और कला के अनेक रूप, जिन पर मानव-जाति को गर्व है, कला के क्षेत्र से बाहर हो जाएँगे। जनरुचि तरज़ और विहाग की अपेक्षा बिरहे और दादरे को ज़्यादा पसन्द करती हैं, बिरहों और ग्राम-गीतों में बहुधा बड़े ऊँचे दर्जे की कविता होती है, फिर भी यह कहना असत्य नहीं कि विद्वानों और आचार्यों ने कला के विकास के लिए जो मर्यादाएँ बना दी हैं, उनसे कला का रूप अधिक सुन्दर और संयत हो गया है। प्रकृति में जो कला है वह प्रकृति की है, मनुष्य की नहीं। मनुष्य को तो वही कला मोहित करती है जिस पर मनुष्य की आत्मा की छाप हो, जो गीली मिट्टी की भाँति मानवी हृदय के साँचे में पककर संस्कृत हो गई हो। प्रकृति का सौन्दर्य हमें अपने विस्तार और वैभव से पराभूत कर देता है। उसमें हमें आध्यात्मिक उल्लास मिलता है। पर वही दृश्य जब मनुष्य की तूलिका, रंगों और मनोभावों से रंजित होकर हमारे सामने आता है, तो वह जैसे हमारा अपना हो जाता है। उसमें हमें आत्मीयता का सन्देश मिलता है।

लेकिन भोजन जहाँ थोड़े से मसाले से अधिक रुचिकर हो जाता है, वहाँ यह भी आवश्यक है कि मसाले मात्रा से बढ़ने न पावें। जिस तरह मसालों के बाहुल्य से भोजन का स्वाद और उपयोगिता कम हो जाती है, उसी भाँति साहित्य

भी अलंकारों के दुरुपयोग से विकृत हो जाता है। जो कुछ स्वाभाविक है, वही सत्य है। स्वाभाविकता से दूर होकर कला अपना आनन्द खो देती है और समझने वाले थोड़े से कलाविद् ही रह जाते हैं; उसमें जनता के मर्म को स्पर्श करने की शक्ति नहीं रह जाती।

पुरानी कथा-कहानियाँ अपने घटना-वैचित्र्य के कारण मनोरंजक तो हैं, पर उनमें उस रस की कमी है जो शिक्षित रुचि साहित्य में खोजती है। अब हमारी साहित्यिक रुचि कुछ परिष्कृत हो गई है। हम हरएक विषय की भाँति साहित्य में भी बौद्धिकता की तलाश करते हैं। अब हम किसी राजा की अलौकिक वीरता, या रानी के हवा में उड़कर राजा के पास पहुँचने, या भूत-प्रेतों के काल्पनिक चरित्रों को देखकर प्रसन्न नहीं होते। हम उन्हें यथार्थ के काँटे पर तोलते हैं और उसे जौ-भर भी इधर नहीं देखना चाहते। आजकल के उपन्यासों और आख्यायिकाओं में अस्वाभाविक बातों के लिए गुञ्जाइश नहीं है। उनमें हम अपने जीवन का ही प्रतिबिम्ब देखना चाहते हैं। उसके एक-एक वाक्य को, एक-एक पात्र को, यथार्थ के रूप में देखना चाहते हैं। उनमें जो कुछ भी हो, वह इस तरह लिखा जाय कि साधारण बुद्धि उसे यथार्थ समझे। घटना, वर्तमान कहानी या उपन्यास का मुख्य अंग नहीं है। उपन्यासों में पात्रों का केवल बाह्य रूप देखकर हम संतुष्ट नहीं होते। हम उनके मनोगत भावों तक पहुँचना चाहते हैं, और जो लेखक मानवी हृदय के रहस्यों को खोलने में सफल होता है उसी की रचना सफल समझी जाती है। हम केवल इतने ही से सन्तुष्ट नहीं होते कि अमुक व्यक्ति ने अमुक काम किया। हम देखना चाहते हैं कि किन मनोभावों से प्रेरित होकर उसने यह काम किया, अतएव मानसिक द्वन्द्व वर्तमान उपन्यास या गल्प के खास अंग हैं।

प्राचीन कलाओं में लेखक बिलकुल नेपथ्य में छिपा रहता था। हम उसके विषय में उतना ही जानते थे जितना वह अपने को अपने पात्रों के मुख से व्यक्त करता था। जीवन पर उसके क्या विचार हैं, भिन्न-भिन्न परिस्थितियों में उसके मनोभावों में क्या परिवर्तन होते हैं, इसका हमें कुछ पता न चलता था, लेकिन आजकल उपन्यासों में हमें लेखक के दृष्टिकोण का भी स्थल-स्थल पर परिचय मिलता रहता है। हम उसके मनोगत विचारों और भावों द्वारा उसका रूप देखते रहते हैं और ये भाव जितने व्यापक और गहरे अनुभवपूर्ण होते हैं उतनी ही लेखक के प्रति हमारे मन में श्रद्धा उत्पन्न होती है। यों कहना चाहिए कि वर्तमान आख्यायिका या उपन्यास का आधार ही मनोविज्ञान है। घटनाएँ और पात्र तो

उसी मनोवैज्ञानिक सत्य को स्थिर करने के निमित्त ही लाए जाते हैं। उसका स्थान बिलकुल गौण है। उदाहरणतः इस संग्रह में 'सुजान-भगत', 'मुक्ति-मार्ग', 'पंच-परमेश्वर', 'शतरंज के खिलाड़ी' और 'महातीर्थ' सभी में एक-न-एक मनोवैज्ञानिक रहस्य को खोलने की चेष्टा की गई है।

यह तो सभी मानते हैं कि आख्यायिका का प्रधान धर्म मनोरंजन है, पर साहित्यिक मनोरंजन वह है जिससे हमारी कोमल और पवित्र भावनाओं को प्रोत्साहन मिले—हम में सत्य, निस्वार्थ सेवा, न्याय आदि देवत्व के जो अंग हैं, वे जागृत हों। कला में मानवी आत्मा की वह चेष्टा है जो उसके मन में अपने आपको पूर्ण रूप देखने की होती है। अभिव्यक्ति मानवी हृदय का स्वाभाविक गुण है। मनुष्य जिस समाज में रहता है, उसमें मिलकर रहता है। जिन मनोभावों से वह अपने मेल के क्षेत्र को बढ़ा सकता है, अर्थात् जीवन के अनन्त प्रवाह में सम्मिलित हो सकता है, वही सत्य है। जो वस्तुएँ भावनाओं के इस प्रवाह में बाधक होती हैं वह सर्वथा अस्वाभाविक हैं, पर यह स्वार्थ, अहंकार और ईर्ष्या की बाधाएँ न होतीं तो हमारी आत्मा के विकास को शक्ति कहाँ से मिलती? शक्ति तो संघर्ष में है। हमारा मन इन बाधाओं को परास्त करके अपने स्वाभाविक कर्म को प्राप्त करने की सदैव चेष्टा करता रहता है। इसी संघर्ष से साहित्य की उत्पत्ति होती है। यही साहित्य की उपयोगिता भी है। साहित्य में कहानी का स्थान इसीलिए ऊँचा है कि वह एक क्षण में ही बिना किसी घुमाव-फिराव के आत्मा के किसी-न-किसी भाव को प्रकट कर देती है, आत्मा की ज्योति की आंशिक झलक दिखा देती है, और चाहे थोड़ी ही मात्रा में क्यों न हो, वह हमारे परिचय का, दूसरों में अपने को देखने का, दूसरों के हर्ष या शोक को अपना बना लेने का क्षेत्र बढ़ा देती है।

हिन्दी में इस नवीन शैली की कहानियों का प्रचार अभी थोड़े ही दिनों में हुआ है, पर इन थोड़े ही दिनों में इसने साहित्य के अन्य सभी अंगों पर अपना सिक्का जमा लिया है। किसी पत्र को उठा लीजिये, उसमें कहानियों ही की प्रधानता होगी। हाँ, जो पत्र किसी विशेष नीति या उद्देश्य से निकाले जाते हैं उनमें कहानियों का स्थान नहीं रहता। जब डाकिया कोई पत्रिका लाता है, तो हम सबसे पहले उसकी कहानियाँ पढ़ना शुरू करते हैं। इनसे हमारी वह क्षुधा तो नहीं मिटती जो इच्छा पूर्ण भोजन चाहती है, पर फलों और मिठाइयों की जा क्षुधा हमें सदैव बनी रहती है वह अवश्य कहानियों से लुप्त हो जाती है। हमारा ख्याल है कि

कहानियों ने अपने सार्वभौम आकर्षण के कारण संसार के प्राणियों को एक-दूसरे के जितना निकट कर दिया है, उनमें जो एकात्मभाव उत्पन्न कर दिया है, उतना और किसी चीज़ ने नहीं किया। हम आस्ट्रेलिया का गेहूँ खाकर, चीन की चाय पीकर, अमेरिका की मोटरों पर बैठकर भी उनको उत्पन्न करने वाले प्राणियों से बिलकुल अपरिचित रहते हैं; लेकिन मोपासां, अनातोल फ्रांस, चेखव और टाल्सटाय की कहानियाँ पढ़कर हमने फ्रांस और रूस से आत्मिक सम्बन्ध स्थापित कर लिया है। हमारे परिचय का क्षेत्र सागरों, द्वीपों और पहाड़ों को लांघता हुआ फ्रांस और रूस तक विस्तृत हो गया है। हम वहाँ भी अपनी ही आत्मा का प्रकाश देखने लगते हैं। वहाँ के किसान, मज़दूर और विद्यार्थी हमें ऐसे लगते हैं, मानो उनसे हमारा घनिष्ठ परिचय हो।

हिन्दी में 20-25 साल पहले गल्पों की कोई चर्चा न थी। कभी-कभी बंगला या अंग्रेज़ी कहानियों के अनुवाद छप जाते थे। आज कोई ऐसा पत्र नहीं जिसमें दो-चार कहानियाँ प्रतिमास न छपती हों। कहानियों के अच्छे-अच्छे संग्रह निकलते जा रहे हैं। अभी बहुत दिन नहीं हुए कि कहानियों का पढ़ना समय का दुरुपयोग समझा जाता था। बचपन में हम कभी कोई किस्सा पढ़ते पकड़ लिए जाते थे तो कड़ी डाँट पड़ती थी। यह ख्याल किया जाता था कि किस्सों से चरित्र भ्रष्ट हो जाता है और उन 'फिसाना अजायब' और 'शुकबहत्तरी' और 'तोता-मैना' के दिनों में ऐसा ख्याल होना स्वाभाविक ही था। उस वक्त कहानियाँ कहीं स्कूल करिकुलम में रख दी जातीं, तो शायद पिताओं का एक डेपुटेशन इसके विरोध में शिक्षा-विभाग के अध्यक्ष की सेवा में पहुँचता। आज छोटे-बड़े सभी क्लासों में कहानियाँ पढ़ाई जाती हैं और परीक्षाओं में उन पर प्रश्न किए जाते हैं। यह मान लिया गया है कि सांस्कृतिक विकास के लिए सरल साहित्य से उत्तम कोई साधन नहीं है। अब लोग यह भी स्वीकार करने लगे हैं कि कहानी कोरी गप्प नहीं है, और उसे मिथ्या समझना भूल है। आज से दो हज़ार वर्ष पहले यूनान के विख्यात फिलासफर अफ़लातून ने कहा था कि हरएक काल्पनिक रचना में मौलिक सत्य मौजूद रहता है। रामायण, महाभारत, आज भी उतने ही सत्य हैं जितने आज से पाँच हज़ार साल पहले थे, हालाँकि इतिहास, विज्ञान और दर्शन में सदैव परिवर्तन और परिवर्धन होते रहते हैं। कितने ही सिद्धांत जो एक ज़माने में सत्य समझे जाते थे, आज असत्य सिद्ध हो गए हैं; पर कथाएँ आज भी उतनी ही सत्य हैं; क्योंकि उनका सम्बन्ध मनोभावों से है और मनोभावों में कभी परिवर्तन

नहीं होता। किसी ने बहुत ठीक कहा है कि 'कथा में नाम और सन् के सिवा सब कुछ सत्य है, और इतिहास में नाम और सन् के सिवा कुछ भी सत्य नहीं।' गल्पकार अपनी रचनाओं को जिस साँचे में चाहे ढाल सकता है, किसी दिशा में भी वह उस महान् सत्य की अवहेलना नहीं कर सकता जो जीवन-सत्य कहलाता है।

बनारस
अगस्त 1933

—प्रेमचन्द

(x)

क्रम

मन्त्र

सन्ध्या का समय था। डॉक्टर चड्ढा गोल्फ खेलने को तैयार हो रहे थे। मोटर द्वार के सामने खड़ी थी कि दो कहार एक डोली लिए आते दिखाई दिए। डोली के पीछे बूढ़ा लाठी टेकता चला आता था। डोली औषधालय के सामने आकर रुक गई। बूढ़े ने धीरे-धीरे आकर द्वार पर पड़ी हुई चिक से झांका। ऐसी साफ़-सुथरी ज़मीन पर पैर रखते हुए उसे भय हो रहा था कि कोई घुड़क न बैठे। डॉक्टर साहब को मेज़ के सामने खड़े देखकर भी उसे कुछ कहने का साहस न हुआ।

बूढ़े ने हाथ जोड़कर कहा—हजूर बड़ा गरीब आदमी हूँ। मेरा लड़का कई दिन से...

डॉक्टर साहब ने सिगार जलाकर कहा—कल सबेरे आओ, कल सबेरे; हम इस वक्त मरीज़ों को नहीं देखते।

बूढ़े ने घुटने टेककर ज़मीन पर सिर रख दिया और बोला—दुहाई है सरकार की, लड़का मर जाएगा हजूर, चार दिन से आँखें नहीं...

डॉक्टर चड्ढा ने कलाई पर नज़र डाली। केवल दस मिनट समय बाकी था। गोल्फ़-स्टिक खूँटी से उतारते हुए बोले—कल सबेरे आना, कल सबेरे, यह हमारे खेलने का समय है।

बूढ़े ने पगड़ी उतार कर चौखट पर रख दी और रोकर बोला—हजूर, एक निगाह देख लें। बस एक निगाह! लड़का हाथ से चला जाएगा हजूर, सात लड़कों में यही एक बच रहा है। हजूर, हम दोनों आदमी रो-रोकर मर जाएँगे! सरकार! आपकी बढ़ती हो, दीनबन्धु!

ऐसे उजड्ड देहाती यहाँ प्रायः रोज़ ही आया करते थे। डॉक्टर साहब उनके स्वभाव से खूब परिचित थे। कोई कितना ही कुछ कहे, पर वे अपनी ही रट लगाते जाएँगे। किसी की सुनेंगे नहीं। धीरे से चिक उठाई और बाहर निकलकर मोटर की तरफ चले। बूढ़ा यह कहता हुआ उसके पीछे दौड़ा—सरकार बड़ा धरम

होगा, हजूर दया कीजिए, बड़ा दीन दुखी हूँ, संसार में कोई और नहीं बाबू जी!

मगर डॉक्टर साहब ने उसकी ओर मुँह फेरकर देखा तक भी नहीं। मोटर पर बैठकर बोले—कल सबेरे आना।

मोटर चली गई। बूढ़ा कई मिनट तक मूर्ति की भाँति निश्चल खड़ा रहा। संसार में ऐसे मनुष्य भी होते हैं, अपने आमोद-प्रमोद के आगे किसी की जान की भी परवाह नहीं करते, शायद इसका उसे अब भी विश्वास न आता था। सभ्य-संसार इतना निर्मम, इतना कठोर है, इसका ऐसा मर्मभेदी अनुभव उसे अब तक न हुआ था। वह उन पुराने ज़माने के जीवों में से था जो लगी हुई आग को बुझाने, मुर्दे को कन्धा देने, किसी के छप्पर को उठाने और किसी कलह को शान्त करने के लिए सदैव तैयार रहते थे। जब तक बूढ़े को मोटर दिखाई दी, वह खड़ा टकटकी लगाये उस ओर ताकता रहा। शायद उसे अब भी डॉक्टर साहब के लौट आने की आशा थी। फिर उसने कहारों से डोली उठाने को कहा। डोली जिधर से आई थी उधर ही चली गई। चारों ओर से निराश होकर वह डॉक्टर चड्ढा के पास आया था। इनकी बड़ी तारीफ सुनी थी। यहां से निराश होकर फिर वह किसी दूसरे डॉक्टर के पास न गया। किस्मत ठोंक ली!

उसी रात को उसका हँसता-खेलता सात साल का बालक अपनी बाल-लीला समाप्त करके इस संसार से सिधार गया। बूढ़े माँ-बाप के जीवन का यही एक आधार था। इसी का मुँह देखकर जीते थे। इस दीपक के बुझते ही जीवन की अँधेरी रात भाँय-भाँय करने लगी। बुढ़ापे की विशाल ममता टूटे हुए हृदय से निकल कर उस अँधकार में आर्त-स्वर से रोने लगी।

कई साल गुजर गए। डॉक्टर चड्ढा ने खूब यश और धन कमाया, लेकिन इसके साथ अपने स्वास्थ्य की रक्षा भी की, जो एक असाधारण बात थी। यह उनके नियमित जीवन का आशीर्वाद था कि 50 वर्ष की अवस्था में उनकी चुस्ती और फुर्ती युवकों को भी लज्जित कर देती थी। उनके हर एक काम का समय नियत था। इस नियम से वह जौ-भर भी न टलते थे। बहुत लोग स्वास्थ्य के नियमों का पालन उस समय करते हैं जब रोगी हो जाते हैं। डॉक्टर चड्ढा उपचार और संसार का रहस्य खूब समझते थे। उनकी सन्तान संख्या भी इसी नियम के अधीन थी। उनके केवल दो बच्चे हुए, एक लड़का और एक लड़की। तीसरी सन्तान न हुई; इसलिए श्रीमती चड्ढा भी अभी जवान मालूम होती थीं। लड़की का तो विवाह हो चुका था। लड़का कॉलेज में पढ़ता था। वही माता-पिता के जीवन

का आधार था। शील और विनय का पुतला, बड़ा ही रसिक, बड़ा ही उदार, महाविद्यालय का गौरव, युवक-समाज की शोभा। मुखमंडल से तेज की छटा-सी निकलती थी। आज उसकी बीसवीं साल-गिरह थी।

सन्ध्या का समय था। हरी-हरी घास पर कुर्सियाँ बिछी हुई थीं। शहर के रईस और हुक्काम एक तरफ, कॉलेज के छात्र दूसरी तरफ बैठे भोजन कर रहे थे। बिजली के प्रकाश से सारा मैदान जगमगा रहा था। आमोद-प्रमोद का सामान भी जमा था। छोटा-सा प्रहसन खेलने की तैयारी थी। प्रहसन स्वयं कैलासनाथ ने लिखा था। वही मुख्य ऐक्टर भी था। इस समय वह एक रेशमी कमीज़ पहने, नंगे पाँव, इधर-से-उधर मित्रों की आव-भगत में लगा हुआ था। कोई पुकारता—कैलास ज़रा इधर आना; कोई उधर से बुलाता—कैलास, क्या उधर ही रहोगे? सभी उसे छेड़ते थे, चुहलें करते थे। बेचारे को ज़रा दम मारने का अवकाश न मिलता था।

सहसा एक रमणी ने उसके पास आकर कहा—क्यों कैलास, तुम्हारे साँप कहाँ हैं? ज़रा मुझे दिखा दो।

कैलास ने उससे हाथ मिला कर कहा—मृणालिनी, इस वक्त क्षमा करो, कल दिखा दूँगा।

मृणालिनी ने आग्रह किया—जी नहीं, तुम्हें दिखाना पड़ेगा। मैं आज नहीं मानने की, तुम रोज़ कल-कल करते हो। मृणालिनी और कैलास दोनों सहपाठी थे और एक-दूसरे के प्रेम में पगे हुए। कैलास को साँपों को पालने, खेलाने और नचाने का शौक था। तरह-तरह के साँप पाल रखे थे। उनके स्वभाव और चरित्र की परीक्षा करता रहता था। थोड़े दिन हुए, उसने विद्यालय में 'साँपों' पर एक मारके का व्याख्यान दिया था। साँपों को नचाकर दिखाया भी था। प्राणि-शास्त्र के बड़े-बड़े पंडित भी यह व्याख्यान सुनकर दंग रह गए। यह विद्या उसने एक बूढ़े सपेरे से सीखी थी। साँपों की जड़ी-बूटियाँ जमा करने का उसे मरज़ था। इतना पता भर मिल जाए कि किसी व्यक्ति के पास कोई अच्छी जड़ी है, फिर उसे चैन न आता था। उसे लेकर ही छोड़ता था। यही व्यसन था। इस पर हज़ारों रुपये फूँक चुका था। मृणालिनी कई बार आ चुकी थी, पर कभी साँपों को देखने के लिए इतनी उत्सुक न हुई थी। कह नहीं सकते, आज उसकी उत्सुकता सचमुच जाग गई थी या वह कैलास पर अपने अधिकार का प्रदर्शन करना चाहती थी। पर उसका आग्रह बेमौक़ा था। उस कोठरी में कितनी भीड़ लग जाएगी, भीड़ को देखकर साँप कितने चौंकेंगे और रात के समय उन्हें छेड़ा जाना कितना बुरा लगेगा, इन बातों का उसे ज़रा भी ध्यान न आया। कैलास ने कहा—नहीं, कल

ज़रूर दिखा दूँगा। इस वक्त अच्छी तरह दिखा भी तो न सकूँगा, कमरे में तिल रखने की जगह भी न मिलेगी।

एक महाशय ने छेड़कर कहा—दिखा क्यों नहीं देते जी, ज़रा सी बात के लिए इतना टालमटोल कर रहे हो। मिस गोविन्द हर्गिज न मानना। देखें कैसे नहीं दिखाते!

दूसरे महाशय ने और रद्दा चढ़ाया—मिस गोविन्द इतनी सीधी और भोली हैं, तभी आप इतना मिज़ाज करते हैं दूसरी कोई होती तो इसी बात पर बिगड़ खड़ी होती।

तीसरे साहब ने मज़ाक उड़ाया—अजी बोलना छोड़ देती। भला कोई बात है! इस पर आपका दावा है कि मृणालिनी के लिए जान हाज़िर है।

मृणालिनी ने देखा कि ये शोहदे उसे चंग पर चढ़ा रहे हैं, तो बोली—आप लोग मेरी वकालत न करें, मैं खुद अपनी वकालत कर लूंगी। मैं इस वक्त साँपों का तमाशा नहीं देखना चाहती, चलो छुट्टी हुई।

इस पर मित्रों ने ठट्ठा लगाया। एक साहब बोले—देखना तो आप सब कुछ चाहें, पर कोई दिखाए भी तो?

कैलास को मृणालिनी की झेंपी हुई सूरत देखकर मालूम हुआ कि इस वक्त उसका इनकार वास्तव में उसे बुरा लगा है। ज्यों ही प्रीति-भोज समाप्त हुआ और गाना शुरू हुआ, उसने मृणालिनी और अन्य मित्रों को साँपों के दरबे के सामने ले जाकर महुअर बजाना शुरू किया। फिर एक-एक खाना खोल कर एक-एक साँप को निकालने लगा। वाह! क्या कमाल था! ऐसा जान पड़ता था कि ये कीड़े उसकी एक-एक बात, उसके मन का एक-एक भाव समझते हैं। किसी को उठा लिया, किसी को गर्दन में डाल लिया, किसी को हाथ में लपेट लिया! मृणालिनी बार-बार मना करती कि इन्हें गर्दन में न डालो, दूर ही से दिखा दो। बस ज़रा नचा दो। कैलास की गरदन में साँपों को लटकते देख कर उसकी जान निकली जाती थी। पछता रही थी कि मैंने व्यर्थ ही इनसे साँप दिखाने को कहा; मगर कैलास एक न सुनता था। प्रेमिका के सम्मुख अपनी सर्प-कला-प्रदर्शन का ऐसा अवसर पाकर वह कब चूकता! एक मित्र ने टीका की—दाँत तोड़ डाले होंगे?

कैलास हँसकर बोला—दाँत तोड़ डालना मदारियों का काम है। किसी के दाँत नहीं तोड़े गए। कहिए तो दिखा दूँ? यह कह कर उसने एक काले साँप को पकड़ लिया और बोला—मेरे पास इससे बड़ा और ज़हरीला साँप दूसरा नहीं है। अगर किसी को काट ले, तो आदमी आनन-फानन मर जाए। लहर भी न आए। इसके काटे का मन्त्र नहीं, इसके दाँत दिखा दूँ?

मृणालिनी ने उसका हाथ पकड़ कर कहा—नहीं, नहीं। कैलास ईश्वर के लिए इसे छोड़ दो। तुम्हारे पैर पड़ती हूँ।

इस पर दूसरे मित्र बोले—मुझे तो विश्वास नहीं आता, लेकिन तुम कहते हो तो मान लूँगा।

कैलास ने साँप की गरदन पकड़ कर कहा—नहीं साहब, आप आँखों से देखकर मानिए। दाँत तोड़कर बस में किया तो क्या किया! साँप बड़ा समझदार होता है। अगर उसे विश्वास हो जाए कि इस आदमी से मुझे कोई हानि न पहुँचेगी, तो वह उसे हर्गिज न काटेगा।

मृणालिनी ने जब देखा कि कैलास पर इस वक्त भूत सवार है, तो उसने यह तमाशा बन्द करने के विचार से कहा—अच्छा भाई, अब यहाँ से चलो, देखो गाना शुरू हो गया। आज मैं भी कोई चीज़ सुनाऊँगी। यह कहते हुए उसने कैलास का कंधा पकड़ कर चलने का इशारा किया और कमरे से निकल गई। मगर कैलास तो विरोधियों का शंका-समाधान करके ही दम लेना चाहता था। उसने साँप की गरदन पकड़ कर जोर से दबाई; इतनी जोर से दबाई कि उसका मुँह लाल हो गया, देह की सारी नसें तन गईं। साँप ने अब तक उसके हाथों ऐसा व्यवहार कभी न पाया था। उसकी समझ में न आता था कि वह मुझ से क्या चाहते हैं। उसे शायद भ्रम हुआ कि यह मुझे मार डालना चाहते हैं। वह आत्मरक्षा के लिए तैयार हो गया।

कैलास ने उसकी गदरन खूब दबाकर उसका मुँह खोल दिया और उसके ज़हरीले दाँत दिखाते हुए बोला—जिन सज्जनों को शक हो आकर देख लें। आया विश्वास या अभी कुछ शक है? मित्रों ने आकर उसके दाँत देखे और चकित हो गए। प्रत्यक्ष प्रमाण के सामने सन्देह का स्थान कहाँ? मित्रों की शंका निवारण करके कैलास ने साँप की गरदन ढीली कर दी और उसे ज़मीन पर रखना चाहा। पर वह काला गेहुवन क्रोध से पागल हो रहा था। गरदन नरम पड़ते ही उसने सिर उठा कर कैलास की उंगली में जोर से काटा और वहाँ से भागा। कैलास की उंगली से टप-टप खून टपकने लगा। उसने जोर से उंगली दबा ली और अपने कमरे की तरफ दौड़ा। वहाँ मेज की दराज़ में एक जड़ी रखी हुई थी, जिसे पीस कर लगा देने से घातक विष भी दूर हो जाता था। मित्रों में हलचल पड़ गई। बाहर महफिल में भी खबर हुई। डॉक्टर साहब घबड़ा कर दौड़े। फौरन उंगली की जड़ कस कर बाँधी गई और जड़ी पीसने के लिए दी गई। डॉक्टर साहब जड़ी के क़ायल न थे। वह उंगली का डसा भाग नश्तर से काट देना चाहते थे।

मगर कैलास को जड़ी पर पूर्ण विश्वास था। मृणालिनी पियानो पर बैठी हुई थी। यह खबर सुनते ही दौड़ी और कैलास की उंगली से टपकते हुए खून को रूमाल से पोंछने लगी। जड़ी पीसी जाने लगी, पर उसी एक मिनट में कैलास की आँखें झपकने लगीं, ओठों पर पीलापन दौड़ने लगा। यहाँ तक कि वह खड़ा न रह सका, फर्श पर बैठ गया। सारे मेहमान कमरे में जमा हो गए। कोई कुछ कहता था, कोई कुछ। इतने में जड़ी पिसकर आ गई। मृणालिनी ने उंगली पर लेप किया। एक मिनट और बीता, कैलास की आंखें बन्द हो गई, वह लेट गया और हाथ से पंखा झलने का इशारा किया। माँ ने दौड़कर उसका सिर गोद में रख लिया और बिजली का टेबुल फैन लगा दिया गया।

डॉक्टर साहब ने झुककर पूछा—कैलास कैसी तबियत है? कैलाश ने धीरे से हाथ उठा लिया, पर कुछ बोल न सका। मृणालिनी ने करुण स्वर में कहा—क्या जड़ी कुछ असर न करेगी? डॉक्टर साहब ने सिर पकड़ कर कहा—क्या बतलाऊँ, मैं इसकी बातों में आ गया। अब तो नश्तर से भी कुछ फायदा न होगा।

आधे घंटे तक यही हाल रहा। कैलास की दशा प्रति-क्षण बिगड़ती जाती थी। यहाँ तक कि उसकी आँखें पथरा गईं, हाथ-पाँव ठंडे हो गए, मुख की कान्ति मलिन पड़ गई, नाड़ी का कहीं पता नहीं। मौत के सारे लक्षण दिखाई देने लगे। घर में कुहराम मच गया। मृणालिनी एक ओर सिर पीटने लगी। माँ अलग पछाड़े खाने लगी। डॉक्टर चड्ढा को मित्रों ने पकड़ लिया, नहीं तो वह नश्तर अपनी गरदन पर मार लेते।

एक महाशय बोले—कोई मंत्र झाड़ने वाला मिले, तो सम्भव है, अब भी जान बच जाए।

एक मुसलमान सज्जन ने इसका समर्थन किया—अरे साहब कब्र में पड़ी हुई लाशें ज़िन्दा हो गई हैं। ऐसे-ऐसे बाकमाल पड़े हुए हैं।

डॉक्टर चड्ढा बोले—मेरी अकल पर पत्थर पड़ गया था कि इसकी बातों में आ गया। नश्तर लगा देता तो यह नौबत ही क्यों आती। बार-बार समझाता रहा कि बेटा साँप न पालो, मगर कौन सुनता था! बुलाइए, किसी झाड़-फूँक करने वाले ही को बुलाइए। मेरा सब कुछ ले-ले, मैं अपनी सारी जायदाद उसके पैरों पर रख दूँगा, लंगोटी बाँध कर घर से निकल जाऊँगा, मगर मेरा कैलास, मेरा प्यारा कैलास उठ बैठे। ईश्वर के लिए किसी को बुलाइए।

एक महाशय का किसी झाड़ने वाले से परिचय था। वह दौड़कर उसे लाए, मगर कैलास की सूरत देखकर उसे मन्त्र चलाने की हिम्मत न पड़ी। बोला—अब क्या हो सकता है सरकार, जो कुछ होना था, हो चुका।

अरे मूर्ख, यह क्यों नहीं कहता कि जो कुछ न होना था हो चुका! जो कुछ होना था वह कहाँ हुआ? माँ-बाप ने बेटे का सेहरा कहाँ देखा? मृणालिनी कामना-तरु क्या पल्लव और पुष्प से रंजित हो सका? मन के वह स्वर्ण-स्वप्न, जिनसे जीवन आनन्द का स्रोत बना हुआ था, क्या पूरे हो चुके? जीवन के नृत्यमय, तारिका-मंडित सागर में आमोद की बहार लूटते हुए क्या उनकी नौका जल-मग्न नहीं हो गई? जो न होना था, वह हो गया।

वही हरा-भरा मैदान था, वही चंदीली चाँदनी एक निःशब्द संगीत की भाँति प्रकृति पर छाई हुई थी, वही मित्र-समाज था। वही मनोरंजन के साधन थे। मगर जहाँ हास्य की ध्वनि थी, वहाँ अब करुण-क्रन्दन और अश्रु-प्रवाह था।

शहर से कई मील दूर तक छोटे से घर में एक बूढ़ा और बुढ़िया अंगीठी के सामने जाड़े की रात काट रहे थे। बूढ़ा नारियल पीता था और बीच-बीच में खाँसता जाता था। बुढ़िया दोनों घुटनों में सिर डाले आग की ओर ताक रही थी। एक मिट्टी के तेल की कुप्पी ताक पर जल रही थी। घर पर न चारपाई थी, न बिछौना था। एक किनारे थोड़ी-सी पुआल पड़ी थी। इसी कोठरी में एक चूल्हा था। बुढ़िया दिन-भर उपले और सूखी लकड़ियां बटोरती थी। बूढ़ा रस्सी बटकर बाजार में बेच आता था। यही उनकी जीविका थी। उन्हें न किसी ने रोते देखा, न हँसते। उनका सारा समय जीवित रहने में कट जाता था। मौत द्वार पर खड़ी थी, रोने या हँसने की कहाँ फुरसत! बुढ़िया ने पूछा—कल के लिए तो सन है ही नहीं, काम क्या करोगे?

"जाकर झगड़ू साह से दस सेर सन उधार लाऊँगा।"

"उसके पहले पैसे तो दिए ही नहीं, और उधार कैसे देगा?"

"न देगा न सही। घास तो कहीं नहीं गई है। दोपहर तक क्या दो आने की भी न काटूँगा?"

इतने में एक आदमी ने द्वार पर आवाज़ दी—भगत, भगत, क्या सो गए? किवाड़ खोलो।

भगत ने उठकर किवाड़ खोल दिए। एक आदमी ने अन्दर आकर कहा—कुछ सुना, डॉक्टर चड्ढा बाबू के लड़के को साँप ने काट लिया।

भगत ने चौंककर कहा—चड्ढा बाबू के लड़के को? वही चड्ढा बाबू हैं न, जो छावनी में बँगले में रहते हैं?

"हाँ-हाँ, वही। शहर में हल्ला मचा हुआ है। जाते हो तो जाओ, आदमी बन जाओगे।"

बूढ़े ने कठोर भाव से सिर हिलाकर कहा—मैं नहीं जाता। मेरी बला जाए। वही चड्ढा है, खूब जानता हूँ। भैया को लेकर उन्हीं के पास गया था। खेलने जा रहे थे। पैरों गिर पड़ा कि एक नज़र से देख लीजिए, मगर सीधे मुँह बात तक न की। भगवान् बैठे सुन रहे थे। अब जान पड़ेगी कि बेटे का ग़म कैसा होता है। कई लड़के हैं?

‘‘नहीं जी, यही तो एक लड़का था। सुना है, सब ने जवाब दे दिया है।’’

‘‘भगवान् बड़ा कारसाज़ है। उस वक्त मेरी आँख से आँसू निकल पड़े थे, पर उन्हें तनिक भी दया न आई थी। मैं तो उनके द्वार पर होता तो भी बात न पूछता।’’

‘‘तो न जाओगे? हमने जो सुना था सो कह दिया।’’

‘‘अच्छा किया—अच्छा किया। कलेजा ठंडा हो गया, आँखें ठंडी हो गई। लड़का भी ठंडा हो गया होगा। तुम जाओ। आज चैन की नींद सोऊँगा।’’ (बुढ़िया से) ‘‘ज़रा तमाखू दे दे। एक चिलम और पीऊँगा। अब मालूम होगा लाला को! सारी साहबी निकल जाएगी, हमारा क्या बिगड़ा! लड़के के मर जाने से कुछ राज तो नहीं चला गया। जहाँ छ: बच्चे गए थे वहाँ एक और चला गया, तुम्हारा तो राज सूना हो जाएगा। उसी के वास्ते सबका गला दबा-दबाकर जोड़ा था। अब क्या करोगे! एक बार देखने जाऊँगा; पर कुछ दिन बाद। मिजाज़ का हाल पूछूँगा।’’

आदमी चला गया। भगत ने किवाड़ बन्द कर लिए, तब चिलम पर तमाखू रख पीने लगा।

बुढ़िया ने कहा—‘‘इतनी रात गए जाड़े-पाले में कौन जाएगा?’’

‘‘अरे दोपहर ही होता, तो भी मैं न जाता। सवारी दरवाज़े पर लेने आती, तो भी न जाता। भूल नहीं गया हूँ। पन्ना की सूरत आज भी आँखों में फिर रही है। इस निर्दयी ने उसे एक नज़र देखा तक नहीं। क्या मैं न जानता था कि वह न बचेगा? खूब जानता था। चड्ढा भगवान् नहीं थे कि उनके एक निगाह देख लेने से अमृत बरस जाता। नहीं, खाली मन की दौड़ थी। ज़रा तसल्ली हो जाती, बस, इसीलिए उनके पास दौड़ा गया था। अब किसी दिन जाऊँगा और कहूँगा—क्यों साहब, कहिए क्या रंग है? दुनिया बुरा कहेगी। कहे, कोई परवाह नहीं। छोटे आदमियों में तो सब ऐब होते ही हैं। बड़ों में कोई ऐब नहीं होता, देवता होते हैं।’’

भगत के लिए जीवन में यह पहला अवसर था कि ऐसा समाचार पाकर

वह बैठा रह गया हो। 80 वर्ष के जीवन में ऐसा कभी न हुआ था कि साँप की खबर पाकर वह दौड़ा न गया हो। माघ-पूस की अँधेरी रात, चैत-बैसाख की धूप और लू, सावन-भादों के चढ़े हुए नदी और नाले, किसी की उसने कभी परवाह न की। वह तुरन्त घर से निकल पड़ता था—निःस्वार्थ, निष्काम। लेने-देने का विचार कभी दिल में आया ही नहीं। यह ऐसा काम ही न था। जान का मूल्य कौन दे सकता है। यह एक पुण्य कार्य था। सैंकड़ों निराशों को उसके मन्त्रों ने जीवन-दान दे दिया था। पर आज वह घर से क़दम नहीं निकाल सका। यह खबर सुन कर भी सोने जा रहा है।

बुढ़िया ने कहा—‘‘तमाखू अँगीठी के पास रखी हुई है। उसके भी आज ढाई पैसे हो गए। देती ही न थी।

बुढ़िया यह कह लेटी। बूढ़े ने कुप्पी बुझाई, कुछ देर खड़ा रहा, फिर बैठ गया, अन्त को लेट गया। पर वह खबर उसके हृदय पर बोझ की भाँति रखी हुई थी। उसे मालूम हो रहा था, उसकी कोई चीज़ खो गई है, जैसे सारे कपड़े गीले हो गए हैं, या पैरों में कीचड़ लगा हुआ है। जैसे कोई उसके मन में बैठा हुआ उसे घर से निकलने के लिए कुरेद रहा है। बुढ़िया ज़रा देर में खुरटि लेने लगी। बूढ़े बातें करते-करते सोते हैं और ज़रा-सा खटका होते ही जागते हैं। तब भगत उठा, अपनी लकड़ी उठा ली, और धीरे से किवाड़ खोले।

बुढ़िया की नींद उचट गई। उसने पूछा—कहाँ जाते हो?

‘‘कहीं नहीं, देखता था कितनी रात बाकी है।’’

‘‘अभी बहुत रात है, सो जाओ।’’

‘‘नींद नहीं आती।’’

‘‘नींद काहे को आएगी? मन तो चड्ढा के घर पर लगा हुआ है।’’

‘‘चड्ढा ने मेरे साथ कौन-सी नेकी कर दी है, जो वहाँ जाऊँ? वह आकर पैरों पड़े तो भी न जाऊँ।’’

‘‘उठे तो इसी इरादे से हो?’’

‘‘नहीं री, ऐसा अहमक नहीं हूँ कि जो मुझे काँटे बोए उसके लिए फूल बोता फिरूँ।’’

बुढ़िया फिर सो गई। भगत ने किवाड़ लगा दिए और फिर आकर बैठा, पर उसके मन की कुछ वही दशा थी जो बाजे की आवाज़ कान में पड़ते ही उपदेश सुनने वालों की होती है। आँख चाहे उपदेशक की ओर हो, पर कान बाजे ही की ओर होते हैं, दिल में भी बाजे की ध्वनि गूँजती रहती है। शर्म के

मारे जगह से नहीं उठता। निर्दयी प्रतिघात का भाव भगत के लिए उपदेशक था, पर हृदय उस अभागे युवक की ओर था जो इस समय मर रहा था, जिसके लिए एक-एक पल का विलम्ब घातक था।

उसने फिर किवाड़ खोले, इतने धीरे से कि बुढ़िया को भी खबर न हुई। बाहर निकल आया। उसी वक्त गाँव का चौकीदार गश्त लगा रहा था। बोला—कैसे उठे भगत, आज तो बड़ी सरदी है। कहीं जा रहे हो क्या?

भगत ने कहा—नहीं जी, जाऊँगा कहाँ! देखता था अभी कितनी रात है। भला कै बजे होंगे?

चौकीदार बोला—एक बजा होगा और क्या। अभी थाने से आ रहा था, तो देखा कि डॉक्टर चड्ढा बाबू के बंगले पर बड़ी भीड़ लगी हुई थी। उनके लड़के का हाल तो तुमने सुना होगा, कीड़े ने छू लिया है। चाहे मर भी गया हो। तुम चले जाओ, तो शायद बच जाए। सुना है, दस हज़ार तक देने को तैयार है।

भगत—मैं तो न जाऊँ चाहे वह दस लाख भी दे। मुझे दस हज़ार या दस लाख लेकर करना क्या है? कल मर जाऊँगा, फिर कौन भोगने वाला बैठा हुआ है?

चौकीदार चला गया। भगत ने आगे पैर बढ़ाया। जैसे नशे में आदमी की देह अपने काबू में नहीं रहती। पैर कहीं रखता है, पड़ता कहीं है। कहता कुछ है, ज़बान से निकलता कुछ है। वही हाल इस समय भगत का था। मन में प्रतिकार था, दम्भ था, अहिंसा थी, पर कर्म मन के अधीन न था। जिसने कभी तलवार नहीं चलाई वह इरादा करने पर भी तलवार नहीं चला सकता; उसके हाथ काँपते हैं, उठते ही नहीं।

भगत लाठी खट-खट करता लपका चला जाता था। चेतना रोकती थी, उपचेतना ठेलती थी। सेवक स्वामी पर हावी था।

आधी राह निकल जाने के बाद सहसा भगत रुक गया। हिंसा ने क्रिया पर विजय पाई—मैं यों ही इतनी दूर चला आया। इस जाड़े-पाले में मरने की मुझे क्या थी? आराम से सोया क्यों नहीं? नींद न आती न सही, दो-चार भजन ही गाता। व्यर्थ इतनी दूर दौड़ा आया। चड्ढा का लड़का रहे या मरे, मेरी बला से! मेरे साथ उन्होंने ऐसा कौन-सा सलूक किया था कि मैं उनके लिए मरूँ? दुनिया में हज़ारों मरते हैं, हज़ारों जीते हैं। मुझे किसी के मरने-जीने से क्या मतलब?

मगर उपचेतना ने अब एक दूसरा रूप धारण किया, जो हिंसा से कुछ मिलता-जुलता था—वह झाड़-फूँक करने नहीं जा रहा है, वह देखेगा कि क्या कर रहे हैं, ज़रा डॉक्टर साहब का रोना-पीटना देखेगा किस तरह सिर पीटते हैं, किस

तरह पछाड़े खाते हैं। वह देखेगा कि बड़े लोग भी छोटों की भाँति रोते हैं, या सबर कर जाते हैं। वे लोग तो विद्वान् होते हैं, सबर कर जाते होंगे। हिंसा भाव को यों धीरज देता हुआ वह फिर आगे बढ़ा।

इतने में दो आदमी आते दिखाई दिए। दोनों बातें करते चले आ रहे थे—''चड्ढा बाबू का घर उजड़ गया, यही तो एक लड़का था।'' भगत के कान में यह आवाज़ पड़ी।   उसकी चाल और भी तेज़ हो गई। थकान के मारे पाँव न उठते थे। शिरोभाग इतना बढ़ा जाता था, मानो अब मुंह के बल गिर पड़ेगा। इस तरह वह कोई दस मिनट चला होगा कि डाक्टर साहब का बंगला नज़र आया। बिजली की बत्तियाँ जल रही थीं, मगर सन्नाटा छाया हुआ था। रोने-पीटने की आवाज़ भी न आती थी। भगत का कलेजा धक-धक करने लगा। कहीं मुझे बहुत देर तो नहीं हो गई? वह दौड़ने लगा। अपनी उम्र में वह इतना तेज कभी न दौड़ा होगा। बस यही मालूम होता था, मानो उसके पीछे मौत दौड़ी आ रही है।

दो बज गए थे। मेहमान बिदा हो गए थे। रोने वालों में केवल आकाश के तारे रह गए थे, और सभी रो-रोकर कर थक गए थे। बड़ी व्यग्रता के साथ लोग रह-रहकर आकाश की ओर देखते थे कि किसी तरह सुबह हो और लाश गंगा की गोद में दी जाए।

सहसा भगत ने द्वार पर पहुँच कर आवाज़ दी। डॉक्टर साहब समझे, कोई मरीज़ आया होगा। किसी और दिन उन्होंने उस आदमी को दुत्कार दिया होता, मगर आज बाहर निकल आए। देखा, एक बूढ़ा आदमी खड़ा है; कमर झुकी हुई, पोपला मुँह, भौंहें तक सफेद हो गई थीं। लकड़ी के सहारे काँप रहा था। बड़ी नम्रता से बोले—क्या है भाई, आज तो हमारे ऊपर ऐसी मुसीबत पड़ गई है कि कुछ करते नहीं बनता, फिर कभी आना। इधर एक महीना तक तो शायद मैं किसी मरीज को न देख सकूँगा।

भगत ने कहा—सुन चुका हूँ बाबू जी, इसीलिए तो आया हूँ। भैया कहाँ हैं, ज़रा मुझे भी दिखा दीजिए। भगवान् बड़ा कारसाज़ है, मुरदे को भी जिला सकता है। कौन जाने, अब भी उसे दया आ जाए!

चड्ढा ने व्यथित स्वर से कहा—चलो, देख लो, मगर तीन-चार घंटे हो गए, जो कुछ होना था, हो चुका। बहुतेरे झाड़ने-फूँकने वाले देख-देखकर चले गए।

डॉक्टर साहब को आशा तो क्या होती, हाँ बूढ़े पर दया आ गई, अन्दर ले गए। भगत ने लाश को एक मिनट तक देखा। तब मुस्करा कर बोला—अभी

कुछ नहीं बिगड़ा बाबू। वाह! नारायण चाहेंगे तो आध घंटे में भैया उठ बैठेंगे। आप नाहक दिल छोटा कर रहे हैं। ज़रा कहारों से कहिये, पानी तो भरें।

कहारों ने पानी भर-भर कर कैलास को नहलाना शुरू किया। पाइप बन्द हो गया था। कहारों की संख्या अधिक न थी। इसलिए मेहमानों ने अहाते के बाहर के कुएँ से पानी भर-भर कहारों को दिया। मृणालिनी कलसा लिए पानी ला रही थी। बूढ़ा भगत खड़ा मुस्करा-मुस्करा कर मन्त्र पड़ रहा था। मानो विजय उसके सामने खड़ी है। जब एक बार मन्त्र समाप्त हो जाता, तब वह एक जड़ी कैलास को सुँघा देता। इस तरह न जाने कितने घड़े कैलास के सिर पर डाले गए और न जाने कितनी बार भगत ने मन्त्र फूँका। आखिर जब उषा ने अपनी लाल-लाल आँखें खोलीं, तो कैलास की लाल-लाल आँखें भी खुल गईं। एक क्षण में उसने अँगड़ाई ली और पानी पीने को माँगा। डॉक्टर चड्ढा ने दौड़कर नारायणी को गले लगा लिया। नारायणी दौड़कर भगत के पैरों पर गिर पड़ी और मृणालिनी कैलास के सामने आँखों में आँसू भरे पूछने लगी—अब कैसी तबियत है?

एक क्षण में चारों तरफ खबर फैल गई। मित्र मुबारकबाद देने आने लगे। डाक्टर साहब बड़े श्रद्धाभाव से हरएक के सामने भगत का यश गाते फिरते थे। सभी लोग भगत के दर्शनों के लिए उत्सुक हो उठे, मगर अन्दर जाकर देखा तो भगत का कहीं पता न था। नौकरों ने कहा—अभी तो यहीं बैठे चिलम पी रहे थे। हम लोग तमाखू देने लगे तो नहीं ली, अपने पास से तमाखू निकाल कर भरी।

यहाँ तो भगत के चारों ओर तमाशा होने लगा और भगत लपका हुआ घर चला जा रहा था कि बुढ़िया के उठने से पहले घर पहुँच जाऊँ।

जब मेहमान लोग चले गए तो डाक्टर साहब ने नारायणी से कहा—बुड्ढा न जाने कहाँ चला गया। एक चिलम तमाखू का भी खादार न हुआ?

नारायणी ने कहा—मैंने तो सोचा था, इसे कोई बड़ी रकम दूँगी।

डॉक्टर चड्ढा बोले—रात को तो मैंने नहीं पहचाना, पर ज़रा साफ़ हो जाने पर पहचान गया। एक बार एक मरीज़ को लेकर आया था। मुझे अब याद आता है कि मैं खेलने जा रहा था और मरीज़ को देखने से इन्कार कर दिया था। आज उस दिन की बात याद करके मुझे जितनी ग्लानि हो रही है, उसे प्रकट नहीं कर सकता। मैं उसे खोज निकालूँगा और उसके पैरों पर गिरकर अपना अपराध क्षमा कराऊँगा। वह कुछ लेगा नहीं, यह जानता हूँ। उसका जन्म यश की वर्षा करने ही के लिए हुआ है। उसकी सज्जनता ने मुझे ऐसा आदर्श दिया है जो अब से जीवन-पर्यन्त मेरे सामने रहेगा।

मुक्ति-मार्ग

सिपाही को अपनी लाल पगड़ी पर, सुन्दरी को अपने गहनों पर और वैद्य को अपने सामने बैठे हुए रोगियों पर जो घमंड होता है, वही किसान को अपने खेतों को लहराते हुए देखकर होता है। झींगुर अपने ऊख के खेतों को देखता, तो उस पर नशा-सा छा जाता। तीन बीघे ऊख थी। इसके 600 रुपये तो अनायास ही मिल जायेंगे। और जो कहीं भगवान् ने डाँड़ी तेज कर दी तो फिर क्या पूछना ! दोनों बैल बुड्ढे हो गए। अब की नयी गोई बटेसुर के मेले से ले आवेगा। कहीं दो बीघे खेत और मिल गए, तो लिखा लेगा। रुपयों की क्या चिंता है। बनिये अभी से उसकी खुशामद करने लगे थे। ऐसा कोई न था जिससे उसने गाँव में लड़ाई न की हो। वह अपने आगे किसी को कुछ समझता ही न था।

एक दिन संध्या के समय वह अपने बेटे को गोद में लिए मटर की फलियाँ तोड़ रहा था। इतने में उसे भेड़ों का एक झुंड अपनी तरफ आता दिखाई दिया। वह अपने मन में कहने लगा—इधर से भेड़ों के निकलने का रास्ता न था। क्या खेत की मेंड़ पर से भेड़ों का झुंड नहीं जा सकता था? भेड़ों को इधर से लाने की क्या ज़रूरत? ये खेत को कुचलेंगी, चरेंगी। इसका दण्ड कौन देगा ? मालूम होता है, बुद्धू गडरिया है। बचवा को घमंड हो गया है; तभी तो खेतों के बीच से भेड़ें लिए चला आता है। ज़रा इसकी ढिठाई तो देखो। देख रहा है कि मैं खड़ा हूँ, फिर भी भेड़ों को लौटाता नहीं। कौन मेरे साथ कभी रियायत की है कि मैं इसकी मुरौवत करूँ ? अभी एक भेड़ा मोल माँगूँ तो पाँच ही रुपये सुनावेगा। सारी दुनिया में चार चार रुपये के कम्बल बिकते हैं, पर वह पाँच रुपये से नीचे बात नहीं करता।

इतने में भेड़ें खेत के पास आ गईं। झींगुर ने ललकार कर कहा—अरे, ये भेड़ें लिए आते हो? कुछ सूझता है कि नहीं?

बुद्धू नम्र भाव से बोला—महतो, डाँडे पर से निकल जायेंगी। घूम कर जाऊँगा तो कोस-भर का चक्कर पड़ेगा।

झींगुर—तो तुम्हारा चक्कर बचाने के लिए मैं अपना खेत क्यों कुचलवाऊँगा? डाँडे ही पर से ले जाना है तो और खेतों के डाँड़ से क्यों नहीं ले गए? क्या मुझे कोई चूहड़ा-चमार समझ लिया है ? या धन का घमंड हो गया है ? लौटाओ इनको !

बुद्धू—महतो, आज निकल जाने दो। फिर कभी इधर से आऊँ तो जो चाहे सजा देना।

झींगुर—कह दिया कि लौटाओ इन्हें ! अगर एक भेड़ भी मेड़ पर आई, समझ लो, तुम्हारी खैर नहीं।

बुद्धू—महतो, अगर तुम्हारी एक बेल भी किसी भेड़ के पैरों-तले आ जाय, तो मुझे बैठाकर सौ गालियाँ देना।

बुद्धू बातें तो बड़ी नम्रता से करता था, किंतु लौटाने में अपनी हेठी समझता था। उसने मन में सोचा, इस तरह ज़रा-ज़रा धमकियों पर भेड़ों को लौटाने लगा, तो फिर मैं भेड़ें चरा चुका। आज लौट जाऊँ, तो कल को कहीं निकलने का रास्ता ही न मिलेगा। सभी रोब जमाने लगेंगे।

बुद्धू भी पोढ़ा आदमी था। 12 कोड़ी भेड़ें थीं। उन्हें खेतों में बैठाने के लिए फ़ी रात आठ आने कोड़ी मजदूरी मिलती थी, इसके उपरान्त दूध बेचता था; ऊन के कम्बल बनाता था। सोचने लगा—इतने गरम हो रहे हैं, मेरा कर ही क्या लेंगे? कुछ इनका दबैल तो हूँ नहीं। भेड़ों ने जो हरी-हरी पत्तियाँ देखीं, तो अधीर हो गईं। खेत में घुस पड़ीं। बुद्धू उन्हें डंडों से मार-मारकर खेत के किनारे से हटाता था और वे इधर-उधर से निकल कर खेत में जा पड़ती थीं। झींगुर ने आगे होकर कहा—तुम मुझसे हेकड़ी जताने चले हो तो तुम्हारी सारी हेकड़ी निकाल दूँगा!

बुद्धू—तुम्हें देखकर चौंकती हैं। तुम हट जाओ तो मैं सबको निकाल ले जाऊँ।

झींगुर ने लड़के को तो गोद से उतार दिया और अपना डंडा सँभाल कर भेड़ों पर पिल पड़ा। धोबी इतनी निर्दयता से अपने गधे को नहीं पीटता होगा। किसी भेड़ की टाँग टूटी, किसी की कमर टूटी। सब ने बें-बें का शोर मचाना शुरू किया। बुद्धू चुपचाप खड़ा अपनी सेना का विध्वंस अपनी आँखों से देखता रहा। वह न भेड़ों को हाँकता था, न झींगुर से कुछ कहता था, बस, खड़ा तमाशा देखता रहा। दो मिनट में झींगुर ने इस सेना को अपने मानुषिक पराक्रम से मार भगाया। मेष-दल का संहार करके विजय-गर्व से बोला—अब सीधे चले जाओ ! फिर इधर से आने का नाम न लेना।

बुद्धू ने आहत भेड़ों की ओर देखते हुए कहा—झींगुर, तुमने यह अच्छा काम नहीं किया। पछताओगे।

केले को काटना भी इतना आसान नहीं, जितना किसान से बदला लेना ! उसकी सारी कमाई खेतों में रहती है, या खलिहानों में। कितनी ही दैवी और भौतिक बाधाओं के बाद कहीं अनाज घर में आता है और जो कहीं इन बाधाओं के साथ मानवीय क्रोध ने भी दोस्ती कर ली, तो बेचारा किसान कहीं का नहीं रहता। झींगुर ने घर आकर दूसरों से इस संग्राम का वृत्तांत कहा, तो लोग समझाने लगे—झींगुर, तुमने बड़ा अनर्थ किया। जानकर अनजान बनते हो। बुद्धू को जानते नहीं, कितना झगड़ालू आदमी है। अब भी कुछ नहीं बिगड़ा। जाकर उसे मना लो। नहीं तो तुम्हारे साथ सारे गाँव पर आफत आ जाएगी। झींगुर की समझ में बात आई। पछताने लगा कि मैंने कहाँ से-कहाँ उसे रोका। अगर भेड़ें थोड़ा-बहुत चर ही जातीं, तो कौन मैं उजड़ जाता था। हम किसानों का कल्याण तो दबे रहने में ही है। ईश्वर को भी हमारा सिर उठाकर चलना अच्छा नहीं लगता। जी तो बुद्धू के घर जाने को न चाहता था, किंतु दूसरों के आग्रह से मजबूर होकर चला। अगहन का महीना था, कुहरा पड़ रहा था, चारों ओर अंधकार छाया हुआ था। गाँव से बाहर निकलना ही था कि सहसा अपने ऊख के खेत की ओर अग्नि की ज्वाला देखकर चौंक पड़ा। छाती धड़कने लगी। खेत में आग लगी हुई थी। बेतहाशा दौड़ा। मनाता जाता था कि मेरे खेत में न हो। पर ज्यों-ज्यों समीप पहुँचता था, यह आशामय भ्रम शांत होता जाता था। वह अनर्थ हो ही गया, जिसके निवारण के लिए वह घर से चला था। हत्यारे ने आग लगा ही दी, और मेरे पीछे सारे गाँव को चौपट किया। उसे ऐसा जान पड़ता था कि वह खेत आज बहुत समीप आ गया है, मानो बीच के परती खेतों का अस्तित्व ही नहीं रहा ! अंत में जब वह खेत पर पहुँचा, तो आग प्रचंड रूप धारण कर चुकी थी। झींगुर ने 'हाय-हाय' मचाना शुरू किया। गाँव के लोग दौड़ पड़े और खेतों से अरहर के पौधे उखाड़-उखाड़कर आग को पीटने लगे। अग्नि-मानव-संग्राम का भीषण दृश्य उपस्थित हो गया। एक पहर तक हाहाकार मचा रहा। कभी एक पक्ष प्रबल होता था, कभी दूसरा। अग्नि-पक्ष के योद्धा मर-मरकर जी उठते थे और द्विगुणित शक्ति से, रणोमत्त होकर शस्त्र-प्रहार करने लगते थे। मानव-पक्ष में जिस योद्धा की कीर्ति सबसे उज्ज्वल थी, वह बुद्धू था। बुद्धू कमर तक धोती चढ़ाये, प्राण हथेली पर लिये, अग्निराशि में कूद पड़ता था, और शत्रुओं को परास्त करके,

बाल-बाल बचकर, निकल आता था। अन्त में मानव-दल की विजय हुई; किन्तु ऐसी विजय जिस पर हार भी हँसती है। गाँव-भर की ऊख जल कर भस्म हो गई, और ऊख के साथ किसानों की सारी अभिलाषाएँ भी भस्म हो गईं।

आग किसने लगाई यह खुला हुआ भेद था; पर किसी को कहने का साहस न था। कोई सबूत नहीं। प्रमाणहीन तर्क का मूल्य ही क्या? झींगुर को घर से निकलना मुश्किल हो गया। जिधर जाता, ताने सुनने पड़ते। लोग प्रत्यक्ष कहते थे—यह आग तुमने लगवाई। तुम्हीं ने हमारा सर्वनाश किया। तुम्हीं मारे घमंड के धरती पर पैर न रखते थे। आप-के-आप गए, अपने साथ गाँव-भर को डुबो दिया। बुद्धू को न छेड़ते तो आज क्यों यह दिन देखना पड़ता? झींगुर को अपनी बरबादी का इतना दुःख न था, जितना इन जली-कटी बातों का? दिन-भर घर में बैठा रहता। पूस का महीना आया। जहाँ सारी रात कोल्हू चला करते थे, गुड़ की सुगंध उड़ती रहती थी, भट्ठियाँ जलती रहती थीं और लोग भट्ठियों के सामने बैठे हुक्का पिया करते थे, वहाँ सन्नाटा छाया हुआ था। ठंड के मारे लोग साँझ ही से किवाड़ें बंद करके पड़ रहते और झींगुर को कोसते। माघ और भी कष्टदायक था। ऊख केवल धनदाता ही नहीं, किसानों का जीवनदाता भी है। उसी के सहारे किसानों का जाड़ा कटता है। गरम रस पीते हैं, ऊख की पत्तियाँ तापते हैं, उसके अगोड़े पशुओं को खिलाते हैं। गाँव के सारे कुत्ते, जो रात को भट्ठियों की राख में सोया करते थे, ठंड से मर गये। कितने ही जानवर चारे के अभाव से चल बसे। शीत का प्रकोप हुआ और सारा गाँव खाँसी में ग्रस्त हो गया, और यह सारी विपत्ति झींगुर की करनी थी—अभागे, हत्यारे झींगुर की !

झींगुर ने सोचते-सोचते निश्चय किया कि बुद्धू की दशा भी अपनी ही सी बनाऊँगा। उसके कारण मेरा सर्वनाश हो गया, और वह चैन की बंसी बजा रहा है ! मैं भी उसका सर्वनाश करूँगा!

जिस दिन इस घातक कलह का बीजारोपण हुआ, उसी दिन से बुद्धू ने इधर आना छोड़ दिया था। झींगुर ने उससे रब्त बढ़ाना शुरू किया। वह बुद्धू को दिखाना चाहता था कि तुम्हारे ऊपर मुझे बिलकुल सन्देह नहीं है। एक दिन कम्बल लेने के बहाने गया। फिर दूध लेने के बहाने गया। बुद्धू उसका खूब आदर-सत्कार करता। चिलम तो आदमी दुश्मन को भी पिला देता है, वह उसे बिना दूध और शरबत पिलाए न आने देता। झींगुर आजकल एक सन लपेटने वाली कल में मज़दूरी करने जाया करता था। बहुधा कई-कई दिनों की मज़दूरी

इकट्ठी मिलती थी। बुद्धू ही की तत्परता से झींगुर का रोजाना खर्च चलता था। अतएव झींगुर ने खूब रब्त बढ़ा लिया। एक दिन बुद्धू ने पूछा—क्यों झींगुर, अगर अपनी ऊख जलाने वाले को पा जाओ, तो क्या करो ? सच कहना।

झींगुर ने गम्भीर भाव से कहा—मैं उससे कहूँ, भैया तुमने जो कुछ किया, बहुत अच्छा किया। मेरा घमंड तोड़ दिया; मुझे आदमी बना दिया।

बुद्धू—मैं जो तुम्हारी जगह होता, तो बिना उसका घर जलाए न मानता।

झींगुर—चार दिन की ज़िंदगी में वैर-विरोध बढ़ाने से क्या फायदा है ? मैं तो बरबाद हुआ ही, अब उसे बरबाद करके क्या पाऊँगा ?

बुद्धू—बस, यही आदमी का धर्म है। पर भाई क्रोध के बस में होकर बुद्धि उलटी हो जाती है।

फागुन का महीना था। किसान ऊख बोने के लिए खेतों को तैयार कर रहे थे। बुद्धू का बाज़ार गरम था। भेड़ों की लूट मची हुई थी। दो-चार आदमी नित्य द्वार पर खड़े खुशामदें किया करते। बुद्धू किसी से सीधे मुँह बात न करता। भेड़ रखने की फ़ीस दूनी कर दी थी। अगर कोई एतराज करता तो बेलाग कहता—तो भैया, भेड़ें तुम्हारे गले तो नहीं लगाता हूँ। जी न चाहे, मत रखो। लेकिन मैंने कह दिया है, उससे एक कौड़ी भी कम नहीं हो सकती ! ग़रज थी, लोग इस रुखाई पर भी उसे घेरे ही रहते थे, मानो पंडे किसी यात्री के पीछे पड़े हों।

लक्ष्मी का आकार तो बहुत बड़ा नहीं, और वह भी समयानुसार छोटा-बड़ा होता रहता है। यहाँ तक कि कभी वह अपना विराट् आकार समेट कर उसे काग़ज़ के चंद अक्षरों में छिपा लेती है। कभी-कभी तो मनुष्य की जिह्वा पर जा बैठती है; आकार का लोप हो जाता है। किंतु उसके रहने को बहुत स्थान की ज़रूरत होती है। वह आई, और घर बढ़ने लगा। छोटे घर में लक्ष्मी से नहीं रहा जाता। बुद्धू का घर भी बढ़ने लगा। द्वार पर बरामदा डाला गया, दो की जगह छः कोठरियाँ बनवाई गईं। यों कहिए कि मकान नये सिरे से बनने लगा। किसी किसान से लकड़ी माँगी, किसी से खपरों का आँवा लगाने के लिए उपले, किसी से बाँस और किसी से सरकंडे। दीवार की उठवाई देनी पड़ी। वह भी नक़द नहीं; भेड़ों के बच्चों के रूप में। लक्ष्मी का यह प्रताप है। सारा काम बेगार में हो गया। अन्त में अच्छा-खासा घर तैयार हो गया। गृह-प्रवेश के उत्सव की तैयारियाँ होने लगीं।

इधर झींगुर दिन-भर मजदूरी करता, तो कहीं आधा पेट अन्न मिलता। बुद्धू

के घर कंचन बरस रहा था। झींगुर जलता था, तो क्या बुरा करता था ! यह अन्याय किससे सहा जायगा ?

एक दिन वह टहलता हुआ चमारों के टोले की तरफ चला गया। हरिहर को पुकारा। हरिहर ने आकर 'राम-राम' की, और चिलम भरी। दोनों पीने लगे। यह चमारों का मुखिया बड़ा दुष्ट आदमी था। सब किसान इससे थर-थर काँपते थे।

झींगुर ने चिलम पीते-पीते कहा—आजकल फ़ाग-वाग नहीं होती क्या ? सुनाई नहीं देता।

हरिहर—फ़ाग क्या हो, पेट के धंधे से छुट्टी ही नहीं मिलती। कहो, तुम्हारी आजकल कैसी निभती है ?

झींगुर—क्या निभती है। नकटा जिया बुरे हवाल ! दिन-भर कल में मजदूरी करते हैं, तो चूल्हा जलता है। चाँदी तो आजकल बुद्धू की है। रखने को ठौर नहीं मिलता। नया घर बना, भेड़ें और ली हैं ! अब गृह परबेस की धूम है। सातों गाँव में सुपारी जावेगी !

हरिहर—लक्ष्मी मैया आती है, तो आदमी की आँखों में सील आ जाता है, पर उसको देखो, धरती पर पैर नहीं रखता। बोलता है, तो ऐंठ कर बोलता है।

झींगुर—क्यों न ऐंठे, इस गाँव में कौन है उसकी टक्कर का? पर यार, यह अनीति तो नहीं देखी जाती। भगवान् दे, तो सिर झुकाकर चलना चाहिए। यह नहीं कि अपने बराबर किसी को समझे ही नहीं। उसकी डींग सुनता हूँ, तो बदन में आग लग जाती है। कल का बागी आज का सेठ। चला है हमीं से अकड़ने। अभी कल लँगोटी लगाए खेतों में कौए हँकाया करता था, आज उसका आसमान में दिया जलता है।

हरिहर—कहो, तो कुछ उताजोग करूँ ?

झींगुर—क्या करोगे ! इसी डर से तो वह गाय-भैंस नहीं पालता।

हरिहर—भेड़ें तो हैं।

झींगुर—क्या, बगला मारे पखना हाथ।

हरिहर—फिर तुम्हीं सोचो।

झींगुर—ऐसी जुगत निकालो कि फिर पनपने न पावे।

इसके बाद फुस-फुस करके बातें होने लगीं। यह एक रहस्य है कि भलाइयों में जितना द्वेष होता है, बुराइयों में उतना ही प्रेम। विद्वान् विद्वान् को देखकर, साधु साधु को देखकर और कवि कवि को देखकर जलता है। एक दूसरे की सूरत

नहीं देखना चाहता। पर जुआरी जुआरी को देखकर, शराबी शराबी को देखकर, चोर चोर को देखकर सहानुभूति दिखाता है, सहायता करता है। एक पंडितजी अगर अँधेरे में ठोकर खाकर गिर पड़ें, तो दूसरे पंडितजी उन्हें उठाने के बदले दो ठोकरें और लगावेंगे कि वह फिर उठ ही न सकें। पर एक चोर पर आफ़त आई देख दूसरा चोर उसकी आड़ कर लेता है। बुराई से सब घृणा करते हैं, इसलिए बुरों में परस्पर प्रेम होता है। भलाई की सारा संसार प्रशंसा करता है, इसलिए भलों से विरोध होता है। चोर को मारकर चोर क्या पावेगा ? घृणा। विद्वान् का अपमान करके विद्वान् क्या पावेगा ? यश।

झींगुर और हरिहर ने सलाह कर ली। षड्यंत्र रचने की विधि सोची गई। उसका स्वरूप, समय, क्रम ठीक किया गया। झींगुर चला, तो अकड़ा जाता था। मार लिया दुश्मन को, अब कहाँ जाता है !

दूसरे दिन झींगुर काम पर जाने लगा, तो पहले बुद्धू के घर पहुँचा। बुद्धू ने पूछा—क्यों, आज काम पर नहीं गए क्या ?

झींगुर—जा तो रहा हूँ। तुमसे यही कहने आया था कि मेरी बछिया को अपनी भेड़ों के साथ क्यों नहीं चरा दिया करते। बेचारी खूँटे से बँधी-बँधी मरी जाती है। न घास, न चारा, क्या खिलावें?

बुद्धू—भैया, मैं गाय-भैंस नहीं रखता। चमारों को जानते हो, एक ही हत्यारे होते हैं। इसी हरिहर ने मेरी दो गउएँ मार डालीं। न जाने क्या खिला देता है। तब से कान पकड़े कि अब गाय-भैंस न पालूँगा। लेकिन तुम्हारी एक ही बछिया है, उसका कोई क्या करेगा। जब चाहो, पहुँचा दो।

यह कहकर बुद्धू अपने गृहोत्सव का सामान उसे दिखाने लगा। घी, शक्कर, मैदा, तरकारी सब मँगा रखा था। केवल सत्यनारायण की कथा की देर थी। झींगुर की आँखें खुल गईं। ऐसी तैयारी न उसने स्वयं कभी की थी और न कभी किसी को करते देखा था। मज़दूरी करके घर लौट, सबसे पहले जो काम उसने किया वह अपनी बछिया को बुद्धू के घर पहुँचाना था। उसी रात को बुद्धू के यहाँ 'सत्यनारायण की कथा' हुई। ब्रह्मभोज भी किया गया। सारी रात विप्रों का आगत-स्वागत करते गुजरी। बुद्धू को भेड़ों के झुंड में जाने का अवकाश ही न मिला। प्रातःकाल भोजन करके उठा ही था (क्योंकि रात का भोजन सबेरे मिला था) कि एक आदमी ने आकर खबर दी—बुद्धू, तुम यहाँ बैठे हो, उधर भेड़ों में बछिया मरी पड़ी है! भले आदमी, उसकी पगहिया भी नहीं खोली थी!

बुद्धू ने सुना, और मानो ठोकर लग गई। झींगुर भी भोजन करके वहीं बैठा था। बोला—हाय, मेरी बछिया! चलो, ज़रा देखूँ तो। मैंने तो पगहिया नहीं लगायी थी। उसे भेड़ों में पहुँचाकर अपने घर चला गया। तुमने यह पगहिया कब लगा दी?

बुद्धू—भगवान् जाने जो मैंने उसकी पगहिया देखी भी हो। मैं तो तब भेड़ों में गया ही नहीं।

झींगुर—जाते न तो पगहिया कौन लगा देता ? गए होंगे, याद न आती होगी।

एक ब्राह्मण—मरी तो भेड़ों में ही न ? दुनिया तो यही कहेगी कि बुद्धू की असावधानी से उसकी मृत्यु हुई, पगहिया किसी की हो।

हरिहर—मैंने कल साँझ को इन्हें भेड़ों में बछिया को बाँधते देखा था।

बुद्धू—मुझे ?

हरिहर—तुम नहीं लाठी कंधे पर रखे बछिया को बाँध रहे थे?

बुद्धू—बड़ा सच्चा है तू ! तूने मुझे बछिया को बाँधते देखा था?

हरिहर—तो मुझ पर काहे बिगड़ते हो भाई ? तुमने नहीं बाँधी, नहीं सही।

ब्राह्मण—इसका निश्चय करना होगा। गोहत्या का प्रायश्चित्त करना पड़ेगा। कुछ हँसी ठट्ठा है?

झींगुर—महाराज, कुछ जान-बूझकर तो बाँधी नहीं।

ब्राह्मण—इससे क्या होता है ? हत्या इसी तरह लगती है; कोई गऊ को मारने नहीं जाता।

झींगुर—हाँ, गऊओं को खोलना-बाँधना है तो जोखिम का काम।

ब्राह्मण—शास्त्रों में इसे महापाप कहा है। गऊ की हत्या ब्राह्मण की हत्या से कम नहीं।

झींगुर—हाँ, फिर गऊ तो ठहरी ही। इसी से इनका नाम होता है। जो माता, सो गऊ; लेकिन महाराज, चूक हो गई। कुछ ऐसा कीजिए कि थोड़े में बेचारा निपट जाय?

बुद्धू खड़ा सुन रहा था कि अनायास मेरे सिर हत्या मढ़ी जा रही है। झींगुर की कूटनीति भी समझ रहा था। मैं लाख कहूँ, मैंने बछिया नहीं बाँधी, मानेगा कौन? लोग यही कहेंगे कि प्रायश्चित्त से बचने के लिए ऐसा कह रहा है।

ब्राह्मण देवता का भी उसका प्रायश्चित्त कराने में कल्याण होता था। भला ऐसे अवसर पर कब चूकने वाले थे। फल यह हुआ कि बुद्धू को हत्या लग गई। ब्राह्मण भी उससे जले हुए थे। कसर निकालने की घात मिली। तीन मास का

भिक्षा दंड दिया, फिर सात तीर्थस्थानों की यात्रा; उस पर 500 विप्रों का भोजन और 5 गउओं का दान। बुद्धू ने सुना, तो बधिया बैठ गई। रोने लगा, तो दंड घटाकर दो मास कर दिया गया। इसके सिवा कोई रियायत न हो सकी। न कहीं अपील, न कहीं फ़रियाद! बेचारे को यह दंड स्वीकार करना पड़ा।

बुद्धू ने भेड़ें ईश्वर को सौंपीं। लड़के छोटे थे। स्त्री अकेली क्या-क्या करेगी। जाकर द्वारों पर खड़ा होता और मुँह छिपाए हुए कहता—गाय की बाछी दियो बनवास। भिक्षा तो मिल जाती, किंतु भिक्षा के साथ दो-चार कठोर अपमानजनक शब्द भी सुनने पड़ते। दिन को जो-कुछ पाता, वही शाम को किसी पेड़ के नीचे बनाकर खा लेता और वहीं पड़ रहता। कष्ट की तो उसे परवाह न थी, भेड़ों के साथ दिन-भर चलता ही था, पेड़ के नीचे सोता ही था, भोजन भी इससे कुछ ही अच्छा मिलता होगा, पर लज्जा थी भिक्षा माँगने की। विशेष करके जब कोई कर्कशा यह व्यंग्य कर देती थी कि रोटी कमाने का अच्छा ढंग निकाला है, तो उसे हार्दिक वेदना होती थी। पर करे क्या?

दो महीने के बाद वह घर लौटा। बाल बढ़े हुए थे। दुर्बल इतना, मानो 60 वर्ष का बूढ़ा हो। तीर्थयात्रा के लिए रुपयों का प्रबन्ध करना था, गडरियों को कौन महाजन कर्ज दे! भेड़ों का भरोसा क्या? कभी-कभी रोग फैलता है, तो रात भर में दल-का-दल साफ़ हो जाता है। उस पर जेठ का महीना, अब भेड़ों से कोई आमदनी होने की आशा नहीं। एक तेली राजी भी हुआ, तो दो आना रुपया ब्याज पर। आठ महीने में ब्याज मूल के बराबर हो जायगा। यहाँ कर्ज लेने की हिम्मत न पड़ी। इधर दो महीनों में कितनी ही भेड़ें चोरी चली गईं थीं। लड़के चराने ले जाते थे। दूसरे गाँव वाले चुपके से एक-दो भेड़ें किसी खेत या घर में छिपा देते और पीछे मारकर खा जाते। लड़के बेचारे एक तो पकड़ न सकते, और जो देख भी लेते तो लड़ें क्योंकर। सारा गाँव एक हो जाता। एक महीने में तो भेड़ें आधी भी न रहेंगी। बड़ी विकट समस्या थी। विवश होकर बुद्धू ने एक बूचड़ को बुलाया और सब भेड़ें उसके हाथ बेच डालीं। 500 रुपये हाथ लगे। उसमें से 200 रुपये लेकर वह तीर्थयात्रा करने गया। शेष रुपये ब्रह्मभोज आदि के लिए छोड़ गया।

बुद्धू के जाने पर उसके घर में दो बार सेंध लगी। पर यह कुशल हुई कि जगाहट हो जाने के कारण रुपये बच गए।

सावन का महीना था। चारों ओर हरियाली छाई हुई थी। झींगुर के बैल न थे। खेत बटाई पर दे दिये थे। बुद्धू प्रायश्चित्त से निवृत्त हो गया था और उसके साथ ही माया के फन्दे से भी। न झींगुर के पास कुछ था, न बुद्धू के पास। कौन किससे जलता और किस लिए जलता ?

सन की कल बन्द हो जाने के कारण झींगुर अब बेलदारी का काम करता था। शहर में एक विशाल धर्मशाला बन रही थी। हज़ारों मजदूर काम करते थे। झींगुर भी उन्हीं में था। सातवें दिन मज़दूरी के पैसे लेकर घर आता और रात-भर रहकर सबेरे फिर चला जाता था।

बुद्धू भी मज़दूरी की टोह में यहीं पहुँचा। जमादार ने देखा दुर्बल आदमी है, कठिन काम तो इससे हो न सकेगा, कारीगरों को गारा देने के लिए रख लिया। बुद्धू सिर पर तसला रखे गारा लेने गया, तो झींगुर को देखा। 'राम-राम' हुई, झींगुर ने गारा भर दिया, बुद्धू ने उठा लिया। दिन-भर दोनों चुपचाप अपना-अपना काम करते रहे।

संध्या समय झींगुर ने पूछा—कुछ बनाओगे न?

बुद्धू—नहीं तो खाऊँगा क्या?

झींगुर—मैं तो एक जून चबैना कर लेता हूँ। इस जून सत्तू पर काट देता हूँ। कौन झंझट करे।

बुद्धू—इधर-उधर लकड़ियाँ पड़ी हुई हैं बटोर लाओ। आटा मैं घर से लेता आया हूँ। घर ही पिसवा लिया था। यहाँ तो बड़ा महँगा मिलता है। इसी पत्थर की चट्टान पर आटा गूँधे लेता हूँ। तुम तो मेरा बनाया खाओगे नहीं, इसलिए तुम्हीं रोटियाँ सेंको, मैं बना दूँगा।

झींगुर—तवा भी तो नहीं है ?

बुद्धू—तवे बहुत हैं। यही गारे का तसला माँजे लेता हूँ।

आग जली, आटा गूँधा गया। झींगुर ने कच्ची-पक्की रोटियाँ बनाई। बुद्धू पानी लाया। दोनों ने लाल मिर्च और नमक से रोटियाँ खाई। फिर चिलम भरी गई। दोनों आदमी पत्थर की सिलों पर लेट गये, और चिलम पीने लगे।

बुद्धू ने कहा—तुम्हारी ऊख में आग मैंने लगाई थी।

झींगुर ने विनोद के भाव से कहा—जानता हूँ।

थोड़ी देर बाद झींगुर बोला—बछिया मैंने ही बाँधी थी और हरिहर ने उसे कुछ खिला दिया था।

बुद्धू ने भी वैसे ही भाव से कहा—जानता हूँ।

फिर दोनों सो गये।

महातीर्थ

मुंशी इंद्रमणि की आमदनी कम थी और खर्च ज़्यादा। अपने बच्चे के लिए दाई रखने का खर्च न उठा सकते थे, लेकिन एक तो बच्चे की सेवा-शुश्रूषा की फ़िक्र और दूसरे अपने बराबरवालों से हेठे बन कर रहने का अपमान, इस खर्च को सहने पर मजबूर करता था। बच्चा दाई को बहुत चाहता था, हरदम उसके गले का हार बना रहता था। इसलिए दाई और भी ज़रूरी मालूम होती, पर शायद सबसे बड़ा कारण यह था कि वह मुरौवत के वश दाई को जवाब देने का साहस नहीं कर सकते थे। बुढ़िया उनके यहाँ तीन साल से नौकर थी। उसने उनके इकलौते लड़के का लालन-पालन किया था। अपना काम बड़ी मुस्तैदी और परिश्रम से करती थी। उसे निकालने का कोई बहाना नहीं था और व्यर्थ खुचड़ निकालना इंद्रमणि जैसे भले आदमी के स्वभाव के विरुद्ध था। पर सुखदा इस संबंध में अपने पति से सहमत न थी, उसे संदेह था कि दाई हमें लूटे लेती है। जब दाई बाज़ार से लौटती तो वह दालान में छिपी रहती कि देखूँ आटा कहीं छिपा कर तो नहीं रख देती; लकड़ी तो नहीं छिपा देती। उसकी लाई हुई चीज़ों को घंटों देखती, पूछताछ करती। बार-बार पूछती, इतना ही क्यों ? क्या भाव है। क्या इतना महँगा हो गया ? दाई कभी तो इन संदेहात्मक प्रश्नों का उत्तर नम्रतापूर्वक देती, किंतु जब कभी बहू जी ज़्यादा तेज़ हो जातीं तो वह भी कड़ी पड़ जाती थी। शपथें खाती। सफाई की शहादतें पेश करती। वाद-विवाद में घंटों लग जाते थे। प्रायः नित्य यही दशा रहती थी और प्रतिदिन यह नाटक दाई के अश्रुपात के साथ समाप्त होता था। दाई का इतनी सख्तियाँ झेल कर पड़े रहना सुखदा के संदेह को और भी पुष्ट करता था। उसे कभी विश्वास नहीं होता था कि यह बुढ़िया केवल बच्चे के प्रेमवश पड़ी हुई है। वह बुढ़िया को इतनी बाल-प्रेमशीला नहीं समझती थी।

संयोग से एक दिन दाई को बाज़ार से लौटने में ज़रा देर हो गई। वहाँ दो कुँजड़िनों में देवासुर संग्राम मचा था। उनका चित्रमय हाव-भाव, उनका आग्नेय तर्क-वितर्क, उनके कटाक्ष, और व्यंग्य सब अनुपम थे। विष के दो नद थे या ज्वाला के दो पर्वत, जो दोनों तरफ से उमड़ कर आपस में टकरा गये। वाक्य का क्या प्रवाह कैसी विचित्र विवेचना ! उनका शब्द-बाहुल्य, उनकी मार्मिक विचारशीलता, उनके अलंकृत शब्द-विन्यास और उनकी उपमाओं की नवीनता पर ऐसा कौन-सा कवि है जो मुग्ध न हो जाता। उनका धैर्य, उनकी शांति विस्मयजनक थी। दर्शकों की एक खासी भीड़ लगी थी। वे लाज को भी लज्जित करने वाले इशारे, वे अश्लील शब्द जिनसे मलिनता के भी कान खड़े होते, सैंकड़ों रसिकजनों के लिए मनोरंजन की सामग्री बने हुए थे।

दाई भी खड़ी हो गई कि देखूँ क्या मामला है? तमाशा मनोरंजक था कि उसे समय का बिलकुल ध्यान न रहा। एकाएक जब नौ के घंटे की आवाज़ कान में आई तो चौंक पड़ी और लपकी हुई घर की ओर चली।

सुखदा भरी बैठी थी। दाई को देखते ही त्योरी बदल कर बोली—क्या बाज़ार में खो गई थी?

दाई विनयपूर्ण भाव से बोली—एक जान-पहचान की महरी से भेंट हो गई। वह बातें करने लगी।

सुखदा इस जवाब से और भी चिढ़ कर बोली—यहाँ दफ्तर जाने को देर हो रही है और तुम्हें सैर-सपाटे की सूझती है।

परंतु दाई ने इस समय दबने में ही कुशल समझी, बच्चे को गोद में लेने चली, पर सुखदा ने झिड़क कर कहा—रहने दो, तुम्हारे बिना वह व्याकुल नहीं हुआ जाता।

दाई ने इस आज्ञा को मानना आवश्यक नहीं समझा। बहू जी का क्रोध ठंडा करने के लिए इससे उपयोगी और कोई उपाय न सूझा। उसने रुद्रमणि को इशारे से अपने पास बुलाया। वह दोनों हाथ फैलाए लड़खड़ाता हुआ उसकी ओर चला। दाई ने उसे गोद में उठा लिया और दरवाज़े की तरफ चली। लेकिन सुखदा बाज़ की तरह झपटी और रुद्र को उसकी गोद से छीन कर बोली—तुम्हारी यह धूर्तता बहुत दिनों से देख रही हूँ। यह तमाशे किसी और को दिखाइए। यहाँ जी भर गया।

दाई रुद्र पर जान देती थी और समझती थी कि सुखदा इस बात को जानती है। उसकी समझ में सुखदा और उसके बीच यह ऐसा मजबूत संबंध था, जिसे

साधारण झटके तोड़ न सकते थे। यही कारण था कि सुखदा के कटु वचनों को सुन कर भी उसे यह विश्वास न होता था कि वह मुझे निकालने पर प्रस्तुत है, पर सुखदा ने यह बातें कुछ ऐसी कठोरता से कहीं और रुद्र को ऐसी निर्दयता से छीन लिया कि दाई से सहा न हो सका। बोली—बहू जी, मुझ से कोई बड़ा अपराध तो नहीं हुआ, बहुत तो पाव घंटे की देर हुई होगी। इसी पर आप इतना बिगड़ रही हैं, तो साफ़ क्यों नहीं कह देतीं कि दूसरा दरवाज़ा देखो। नारायण ने पैदा किया है तो खाने को भी देगा। मज़दूरी का अकाल थोड़े ही है।

सुखदा ने कहा—तो यहाँ तुम्हारी परवाह ही कौन करता है? तुम्हारी जैसी लौंडियां गली-गली ठोकरें खाती फिरती हैं।

दाई ने जवाब दिया—हाँ, नारायण आपको कुशल रखें। लौंडियां और दाइयाँ आपको बहुत मिलेंगी। मुझ से जो कुछ अपराध हुआ हो, क्षमा कीजिएगा, मैं जाती हूँ।

सुखदा—जाकर मरदाने में अपना हिसाब साफ कर लो।

दाई—मेरी तरफ से रुद्र बाबू को मिठाइयाँ मँगवा दीजिएगा।

इतने में इंद्रमणि भी बाहर से आ गये, पूछा—क्या है?

दाई ने कहा—कुछ नहीं। बहू जी ने जवाब दे दिया है, घर जाती हूँ।

इंद्रमणि गृहस्थी के जंजाल से इस तरह बचते थे जैसे कोई नंगे पैर वाला मनुष्य काँटों से बचे। उन्हें सारे दिन एक ही जगह खड़े रहना मंजूर था, पर काँटों में पैर रखने की हिम्मत न थी। खिन्न हो कर बोले—बात क्या हुई?

सुखदा ने कहा—कुछ नहीं। अपनी इच्छा। नहीं जी चाहता, नहीं रखते। किसी के हाथों बिक तो नहीं गये।

इंद्रमणि ने झुँझला कर कहा—तुम्हें बैठे-बैठाये एक न एक खुचड़ सूझती रहती है।

सुखदा ने तिनक कर कहा—मुझे तो इसका रोग है। क्या करूँ, स्वभाव ही ऐसा है। तुम्हें यह बहुत प्यारी है तो ले जाकर बाँध लो, मेरे यहाँ ज़रूरत नहीं।

दाई घर से निकली तो आँखें डबडबायी हुई थीं। हृदय रुद्रमणि के लिए तड़प रहा था। जी चाहता था कि एक बार बालक को लेकर प्यार कर लूँ; पर यह अभिलाषा लिए ही उसे घर से बाहर निकलना पड़ा।

रुद्रमणि दाई के पीछे-पीछे दरवाज़े तक आया, पर दाई ने जब दरवाज़ा बाहर से बंद कर दिया तो वह मचल कर ज़मीन पर लोट गया और अन्ना-अन्ना कह कर रोने लगा। सुखदा ने पुचकारा, प्यार किया, गोद में लेने की कोशिश

की, मिठाई देने का लालच दिया, मेला दिखाने का वादा किया, इससे जब काम न चला तो बंदर, सिपाही, लल्लू और हौआ की धमकी दी पर रुद्र ने वह रौद्र भाव धारण किया, कि किसी तरह चुप न हुआ। यहाँ तक कि सुखदा को क्रोध आ गया, बच्चे को वहीं छोड़ दिया और आकर घर के धंधे में लग गई। रोते-रोते रुद्र का मुँह और गाल लाल हो गये, आँखें सूज गईं। निदान वह वहीं ज़मीन पर सिसकते-सिसकते सो गया।

सुखदा ने समझा था कि बच्चा थोड़ी देर में रो-धो कर चुप हो जायेगा पर रुद्र ने जागते ही अन्ना की रट लगाई। तीन बजे इंद्रमणि दफ्तर से आये और बच्चे की यह दशा देखी तो स्त्री की तरफ कुपित नेत्रों से देख कर उसे गोद में बिठा लिया और बहलाने लगे। जब अंत में रुद्र को यह विश्वास हो गया कि दाई मिठाई लेने गई है तो उसे कुछ संतोष हुआ।

परंतु शाम होते ही उसने फिर झींखना शुरू किया—अन्ना, मिठाई ला।

इस तरह दो-तीन दिन बीत गये। रुद्र को अन्ना की रट लगाने और रोने के सिवा और कोई काम न था। वह शांत प्रकृति कुत्ता, जो उसकी गोद से एक क्षण के लिए भी न उतरता था; वह मौन व्रतधारी बिल्ली, जिसे ताख पर देख कर वह खुशी से फूला न समाता था; वह पंखहीन चिड़िया, जिस पर वह जान देता था, सब उसके चित्त से उतर गये। वह उनकी तरफ आँख उठा कर भी न देखता। अन्ना जैसी जीती-जागती, प्यार करनेवाली, गोद में घुमाने वाली, थपक-थपक कर सुलानेवाली, गा-गाकर खुश करनेवाली चीज़ का स्थान इन निर्जीव चीज़ों से पूरा न हो सकता था। वह अक्सर सोते-सोते चौंक पड़ता और अन्ना-अन्ना पुकार कर हाथों से इशारा करता, मानो उसे बुला रहा है। अन्ना की खाली कोठरी में घंटों बैठा रहता। उसे आशा होती कि अन्ना यहाँ आती होगी। इस कोठरी का दरवाज़ा खुलते सुनता तो अन्ना-अन्ना कह कर दौड़ता। समझता कि अन्ना आ गई। उसका भरा हुआ शरीर घुल गया, गुलाब जैसा चेहरा सूख गया, माँ और बाप उसकी मोहनी हँसी के लिए तरस कर रह जाते थे। यदि बहुत गुदगुदाने या छेड़ने से हँसे भी तो ऐसा जान पड़ता था कि दिल से नहीं हँसता, केवल दिल रखने के लिए हँस रहा है। उसे अब दूध से प्रेम नहीं था, न मिश्री से, न मेवे से, न मीठे बिस्कुट से, न ताज़ी इमरतियों से। उनमें मज़ा तब था जब अन्ना अपने हाथों से खिलाती थी। अब उनमें मज़ा नहीं था। दो साल का लहलहाता हुआ सुन्दर पौधा मुरझा गया। वह बालक जिसे गोद में उठाते ही नरमी, गरमी और भारीपन का अनुभव होता था, अब सूख कर काँटा हो गया था। सुखदा

अपने बच्चे की यह दशा देख कर भीतर ही भीतर कुढ़ती और अपनी मूर्खता पर पछताती। इंद्रमणि जो शांतिप्रिय आदमी थे, अब बालक को गोद से अलग न करते थे, उसे रोज़ साथ हवा खिलाने ले जाते थे, उसके लिए नित्य नये खिलौने लाते थे, पर वह मुझ़ाया हुआ पौधा किसी तरह भी न पनपता था। दाई उसके संसार का सूर्य थी। उसकी स्वाभाविक गर्मी और प्रकाश से वंचित रहकर हरियाली की बहार कैसे दिखाती ? दाई के बिना उसे अब चारों ओर अंधेरा दिखाई देता था। दूसरी अन्ना तीसरे ही दिन रख ली गई थी, पर रुद्र उसकी सूरत देखते ही मुँह छिपा लेता था मानो वह कोई डायन या चुड़ैल है।

प्रत्यक्ष रूप में दाई को न देख कर रुद्र अब उसकी कल्पना में मग्न रहता। वहाँ उसकी अन्ना चलती-फिरती दिखाई देती थी। उसकी वही गोदी थी, वही स्नेह; वही प्यारी-प्यारी बातें, वही प्यारे गाने, वही मज़ेदार मिठाइयाँ, वही सुहावना संसार, वही आनन्दमय जीवन। अकेले बैठ कर कल्पित अन्ना से बातें करता, अन्ना, कुत्ता भूँके। अन्ना, गाय दूध देती। अन्ना; उजला-उजला घोड़ा दौड़े। सबेरा होते ही लोटा लेकर उसकी कोठरी में जाता और कहता—अन्ना, पानी। दूध का गिलास लेकर उसकी कोठरी में रख आता और कहता—अन्ना, दूध पिला। अपनी चारपाई पर तकिया रख कर चादर से ढाँक देता, और कहता—अन्ना सोती है। सुखदा जब खाने बैठती तो कटोरे उठा-उठा कर अन्ना की कोठरी में ले जाता और कहता—अन्ना खाना खाएगी। अन्ना उसके लिए एक स्वर्ग की वस्तु थी, जिसके लौटने की अब उसे बिलकुल आशा न थी। रुद्र के स्वभाव में धीरे-धीरे बालकों की चपलता और सजीवता की जगह एक निराशाजनक धैर्य, एक आनंदविहीन शिथिलता दिखाई देने लगी। इस तरह तीन हफ्ते गुज़र गये। बरसात का मौसम था। कभी बेचैन करनेवाली गर्मी, कभी हवा के ठंडे झोंके। बुखार और जुक़ाम का जोर था। रुद्र की दुर्बलता इस ऋतु-परिवर्तन को बर्दाश्त न कर सकी। सुखदा उसे फलालैन का कुर्ता पहनाये रखती। उसे पानी के पास नहीं जाने देती। नंगे पैर एक क़दम भी नहीं चलने देती। पर सर्दी लग ही गई। रुद्र को खाँसी और बुखार आने लगा।

प्रभात का समय था। रुद्र चारपाई पर आँखें बन्द किये पड़ा था। डाक्टरों का इलाज निष्फल हुआ। सुखदा चारपाई पर बैठी उसकी छाती में तेल की मालिश कर रही थी और इंद्रमणि विषाद मूर्ति बने हुए करुणापूर्ण आँखों से बच्चे को देख रहे थे। इधर सुखदा से बहुत कम बोलते थे। उन्हें उससे एक तरह की

चिढ़-सी हो गई थी। वह रुद्र की बीमारी का एकमात्र कारण उसी को समझते थे। वह उनकी दृष्टि में बहुत नीच स्वभाव की स्त्री थी। सुखदा ने डरते-डरते कहा—आज बड़े हकीम साहब को बुला लेते; शायद उनकी दवा से फायदा हो।

इंद्रमणि ने काली घटाओं की ओर देख कर रुखाई से जवाब दिया—बड़े हकीम नहीं, धन्वन्तरि भी आवें तो भी उसे कोई फायदा न होगा।

सुखदा ने कहा—क्या अब किसी की दवा ही न होगी ?

इंद्रमणि—बस, इसकी एक ही दवा है और वह अलभ्य है।

सुखदा—तुम्हें तो बस वही धुन सवार है। क्या बुढ़िया आकर अमृत पिला देगी।

इंद्रमणि—वह तुम्हारे लिए चाहे विष हो, पर लड़के के लिए अमृत ही होगी।

सुखदा—मैं नहीं समझती कि ईश्वरेच्छा उसके अधीन है।

इंद्रमणि—यदि नहीं समझती हो और अब तक नहीं समझीं, तो रोओगी। बच्चे से हाथ धोना पड़ेगा।

सुखदा—चुप भी रहो, क्या अशुभ मुँह से निकालते हो। यदि ऐसी ही जली-कटी सुनाना है, तो बाहर चले जाओ।

इंद्रमणि—तो मैं जाता हूँ, पर याद रखो, यह हत्या तुम्हारी ही गर्दन पर होगी। यदि लड़के को तंदुरुस्त देखना चाहती हो, तो उसी दाई के पास जाओ, उससे विनती और प्रार्थना करो, क्षमा माँगो। तुम्हारे बच्चे की जान उसी की दया के अधीन है।

सुखदा ने कुछ उत्तर नहीं दिया। उसकी आँखों से आँसू जारी थे।

इंद्रमणि ने पूछा—क्या मर्जी है, जाऊँ उसे बुला लाऊँ ?

सुखदा—तुम क्यों जाओगे, मैं आप चली जाऊँगी।

इंद्रमणि—नहीं, क्षमा करो। मुझे तुम्हारे ऊपर विश्वास नहीं है। न जाने तुम्हारी ज़बान से क्या निकल पड़े कि जो वह आती भी हो तो न आवे।

सुखदा ने पति की ओर फिर तिरस्कार की दृष्टि से देखा और बोली—हाँ, और क्या, मुझे अपने बच्चे की बीमारी का शोक थोड़े ही है। मैंने लाज के मारे तुमसे कहा नहीं, पर मेरे हृदय में यह बात बार-बार उठी है। यदि मुझे दाई के मकान का पूरा पता मालूम होता, तो मैं कभी की उसे मना लाई होती। वह मुझसे कितनी ही नाराज़ हो, पर रुद्र से उसे प्रेम था। आज ही उसके पास जाऊँगी। तुम विनती करने को कहते हो, मैं उसके पैरों पड़ने के लिए तैयार हूँ। उसके पैरों को आँसुओं से भिगोऊँगी, और जिस तरह राज़ी होगी, राज़ी करूँगी।

सुखदा ने बहुत धैर्य धर कर यह बातें कहीं, परंतु उमड़ते हुए आँसू अब न रुक सके। इंद्रमणि ने स्त्री की ओर सहानुभूतिपूर्वक देखा और लज्जित हो बोले—मैं तुम्हारा जाना उचित नहीं समझता। मैं खुद ही जाता हूँ।

कैलासी संसार में अकेली थी। किसी समय उसका परिवार गुलाब की तरह फूला हुआ था; परंतु धीरे-धीरे उसकी सब पत्तियाँ गिर गईं। उसकी सब हरियाली नष्ट-भ्रष्ट हो गई, और अब वही एक सूखी हुई टहनी उस हरे-भरे पेड़ का चिह्न रह गई थी।

परंतु रुद्र को पाकर इस सूखी हुई टहनी में जान पड़ गई थी। इसमें हरी-हरी पत्तियाँ निकल आई थीं। वह जीवन, जो अब तक नीरस और शुष्क था; अब सरस और सजीव हो गया था। अँधेरे जंगल में भटके हुए पथिक को प्रकाश की झलक आने लगी थी। अब उसका जीवन निरर्थक नहीं बल्कि सार्थक हो गया था।

कैलासी रुद्र की भोली बातों पर निछावर हो गई; पर वह अपना स्नेह सुखदा से छिपाती थी, इसलिए कि माँ के हृदय में द्वेष न हो। वह रुद्र के लिए माँ से छिपा कर मिठाइयाँ लाती और उसे खिला कर प्रसन्न होती। वह दिन में दो-तीन बार उसे उबटन मलती कि बच्चा खूब पुष्ट हो। वह दूसरों के सामने उसे कोई चीज़ नहीं खिलाती कि उसे नज़र लग जायेगी। सदा वह दूसरों से बच्चे के अल्पाहार का रोना रोया करती। उसे बुरी नज़र से बचाने के लिए ताबीज़ और गंडे लाती रहती। यह उसका विशुद्ध प्रेम था। उसमें स्वार्थ की गंध न थी।

इस घर से निकल कर आज कैलासी की वह दशा थी, जो थियेटर में एकाएक बिजली के लैम्पों के बुझ जाने से दर्शकों की होती है। उसके सामने वही सूरत नाच रही थी। कानों में वही प्यारी-प्यारी बातें गूँज रही थीं। उसे अपना घर काटे खाता था। उस काल कोठरी में दम घुटा जाता था।

रात ज्यों-त्यों कर कटी। सुबह को वह घर में झाड़ू लगा रही थी। एकाएक बाहर ताजे हलुवे की आवाज़ सुन कर बड़ी फुर्ती से घर से बाहर निकल आई। तब तक याद आ गया, आज हलुवा कौन खाएगा? आज गोद में बैठ कर कौन चहकेगा? वह माधुरी तान सुनने के लिए जो हलुवा खाते समय रुद्र की आँखों से, होंठों से, और शरीर के एक-एक अंग से बरसती थी—कैलासी का हृदय तड़प उठा। वह व्याकुल होकर घर से बाहर निकली कि चलूँ रुद्र को देख आऊँ। पर आधे रास्ते से लौट आई।

रुद्र कैलासी के ध्यान से क्षण भर के लिए भी नहीं उतरता था। वह सोते-सोते चौंक पड़ती, जान पड़ता रुद्र डंडे का घोड़ा दबाये चला आता है। पड़ोसिनों के पास जाती, तो रुद्र ही की चर्चा करती। रुद्र उसके दिल और जान में बसा हुआ था। सुखदा के कठोरतापूर्ण कुव्यवहार का उसके हृदय में ध्यान नहीं था। वह रोज़ इरादा करती थी कि आज रुद्र को देखने चलूँगी। उसके लिए बाज़ार से मिठाइयाँ और खिलौने लाती। घर से चलती, पर रास्ते से लौट आती। कभी दो-चार क़दम से आगे नहीं बढ़ा जाता। कौन मुँह लेकर जाऊँ। जो प्रेम को धूर्तता समझता हो, उसे कौन-सा मुँह दिखाऊँ? कभी सोचती, यदि रुद्र हमें न पहचाने तो? बच्चों के प्रेम का ठिकाना ही क्या? नयी दाई से हिल-मिल गया होगा। यह खयाल उसके पैरों पर जंजीर का काम कर जाता था।

इस तरह दो हफ्ते बीत गये। कैलासी का जी उचाट रहता, जैसे उसे कोई लम्बी यात्रा करनी हो। घर की चीज़ें जहाँ की तहाँ पड़ी रहतीं, न खाने की सुधि रहती थी, न पहनने की। रात-दिन रुद्र ही के ध्यान में डूबी रहती थी। संयोग से इन्हीं दिनों बद्रीनाथ की यात्रा का समय आ गया। मुहल्ले के कुछ लोग यात्रा की तैयारियाँ करने लगे। कैलासी की दशा इस समय उस पालतू चिड़िया की-सी थी, जो पिंजड़े से निकल कर फिर किसी कोने की खोज में हो। उसे विस्मृति का यह अच्छा अवसर मिल गया। यात्रा के लिए तैयार हो गई।

आसमान पर काली घटाएँ छाई हुई थीं, और हलकी-हलकी फुहारें पड़ रही थीं। देहली स्टेशन पर यात्रियों की भीड़ थी। कुछ गाड़ियों पर बैठे थे, कुछ अपने घरवालों से विदा हो रहे थे। चारों तरफ एक हलचल-सी मची थी। संसार-माया आज भी उन्हें जकड़े हुए थी। कोई स्त्री को सावधान कर रहा था कि धान कट जावे तो ताल वाले खेत में मटर बो देना, और बाग के पास गेहूँ। कोई अपने जवान लड़के को समझा रहा था, आसामियों पर बकाया लगान की नालिश में देर न करना, और दो रुपया सैकड़ा सूद जरूर काट लेना। एक बूढ़े व्यापारी महाशय अपने मुनीम से कह रहे थे कि माल आने में देर हो तो खुद चले जाइएगा, और चलतू माल लीजिएगा, नहीं तो रुपया फँस जायेगा। पर कोई-कोई श्रद्धालु मनुष्य भी थे, जो ध्यान-मग्न दिखाई देते थे। वे या तो चुपचाप आसमान की ओर निहार रहे थे या माला फेरने में तल्लीन थे। कैलासी भी एक गाड़ी में बैठी सोच रही थी, इन भले आदमियों को अब भी संसार की चिंता नहीं छोड़ती। वही बनिज-व्यापार, लेन-देन की चर्चा। रुद्र इस समय यहाँ होता, तो बहुत रोता, मेरी गोद से कभी

न उतरता। लौट कर उसे अवश्य देखने जाऊँगी। हे ईश्वर किसी तरह गाड़ी चले; गर्मी के मारे जी व्याकुल हो रहा है। इतनी घटा उमड़ी हुई है, किंतु बरसने का नाम नहीं लेती। मालूम नहीं, यह रेलवाले क्यों देर कर रहे हैं। झूठ मूठ इधर-उधर दौड़ते-फिरते हैं। यह नहीं कि झटपट गाड़ी खोल दें। यात्रियों की जान में जान आये। एकाएक उसने इंद्रमणि को बाइसिकल लिये प्लेटफार्म पर आते देखा। उसका चेहरा उतरा हुआ था और कपड़े पसीने से तर थे। वह गाड़ियों में झाँकने लगे। कैलासी केवल यह जताने के लिए कि मैं भी यात्रा करने जा रही हूँ; गाड़ी से बाहर निकल आई। इंद्रमणि उसे देखते ही लपक कर करीब आ गये; और बोले—क्यों कैलासी, तुम भी यात्रा को चलीं ?

कैलासी ने सगर्व दीनता से उत्तर दिया—हाँ, यहाँ क्या करूँ? ज़िंदगी का कोई ठिकाना नहीं, मालूम नहीं कब आँखें बंद हो जायें, परमात्मा के यहाँ मुँह दिखाने का भी तो कोई उपाय होना चाहिए। रुद्र बाबू अच्छी तरह हैं ?

इंद्रमणि—अब जा रही हो, रुद्र का हाल पूछ कर क्या करोगी? उसे आशीर्वाद देती रहना।

कैलासी की छाती धड़कने लगी। घबरा कर बोली—उनका जी अच्छा नहीं है क्या ?

इंद्रमणि—वह तो उसी दिन से बीमार है जिस दिन तुम वहाँ से निकलीं। दो हफ्ते तक उसने अन्ना-अन्ना की रट लगाई। अब एक हफ्ते से खाँसी और बुखार में पड़ा है। सारी दवाइयाँ करके हार गया, कुछ फ़ायदा नहीं हुआ। मैंने सोचा था कि चल कर तुम्हारी अनुनय-विनय करके लिवा लाऊँगा। क्या जाने तुम्हें देख कर उसकी तबीयत सँभल जाये। पर तुम्हारे घर पर आया तो मालूम हुआ कि तुम यात्रा करने जा रही हो। अब किस मुँह से चलने को कहूँ। तुम्हारे साथ सलूक ही कौन-सा अच्छा किया जो इतना साहस करूँ। फिर पुण्य-कार्य में विघ्न डालने का भी डर है। जाओ, उसका ईश्वर मालिक है। आयु शेष है तो बच ही जायेगा। अन्यथा ईश्वरीय गति में किसी का क्या वश।

कैलासी की आँखों के सामने अँधेरा छा गया। सामने की चीज़ें तैरती हुई मालूम होने लगीं। हृदय भावी अशुभ की आशंका से दहल गया। हृदय से निकल पड़ा—'हे ईश्वर, मेरे रुद्र का बाल बाँका न हो।' प्रेम से गला भर आया। विचार किया कि मैं कैसी कठोरहृदया हूँ। प्यारा बच्चा रो-रोकर हलकान हो गया, और मैं उसे देखने तक नहीं गई। सुखदा का स्वभाव अच्छा नहीं, न सही किंतु रुद्र ने हमारा क्या बिगाड़ा था कि मैंने माँ का बदला बेटे से लिया। ईश्वर मेरा अपराध

क्षमा करे। प्यारा रुद्र मेरे लिए हुड़क रहा है। (इस ख्याल से कैलासी का कलेजा मसोस उठा था और आँखों से आँसू बह निकले थे) मुझे क्या मालूम था कि उसे मुझ से इतना प्रेम है। नहीं मालूम बच्चे की क्या दशा है। भयातुर हो बोली—दूध तो पीते हैं न?

इंद्रमणि—तुम दूध पीने को कहती हो ! उसने दो दिन से आँखें तक नहीं खोलीं।

कैलासी—हे मेरे परमात्मा! अरे ओ कुली ! कुली ! बेटा, आकर मेरा सामान गाड़ी से उतार दे। अब मुझे तीर्थ जाना नहीं सूझता। हाँ बेटा, जल्दी कर। बाबू जी, देखो कोई इक्का हो तो ठीक कर लो।

इक्का रवाना हुआ। सामने सड़क पर बग्घियाँ खड़ी थीं। घोड़ा धीरे-धीरे चल रहा था। कैलासी बार-बार झुँझलाती थी और इक्कावान से कहती थी, बेटा जल्दी कर। मैं तुझे कुछ ज्यादा दे दूँगी। रास्ते में मुसाफ़िरों की भीड़ देख कर उसे क्रोध आता था। उसका जी चाहता था कि घोड़े के पर लग जाते; लेकिन इंद्रमणि का मकान करीब आ गया तो कैलासी का हृदय उछलने लगा। बार-बार हृदय से रुद्र के लिए शुभ आशीर्वाद निकलने लगा। ईश्वर करे, सब कुशल-मंगल हो। इक्का इंद्रमणि की गली की ओर मुड़ा। अकस्मात् कैलासी के कान में रोने की ध्वनि पड़ी। कलेजा मुँह को आ गया। सिर में चक्कर आ गया। मालूम हुआ नदी में डूबी जाती हूँ। जी चाहा कि इक्के पर से कूद पड़े, पर थोड़ी ही देर में मालूम हुआ कि कोई स्त्री मैके से विदा हो रही है, संतोष हुआ। अंत में इंद्रमणि का मकान आ पहुँचा। कैलासी ने डरते-डरते दरवाज़े की तरफ ताका, जैसे कोई घर से भागा हुआ अनाथ लड़का शाम को भूखा-प्यासा घर आये, दरवाज़े की ओर सटकी हुई आँखों से देखे कि कोई बैठा तो नहीं है। दरवाज़े पर सन्नाटा छाया हुआ था। महाराज बैठा सुरती मल रहा था। कैलासी को ज़रा ढाढ़स हुआ। घर में बैठी, तो नई दाई पुलटिस पका रही है। हृदय में बल संचार हुआ। सुखदा के कमरे में गई तो उसका हृदय गर्मी के मध्याह्न काल के सदृश काँप रहा था। सुखदा रुद्र को गोद में लिये दरवाज़े की ओर एकटक ताक रही थी। वह शोक और करुणा की मूर्ति बनी हुई थी।

कैलासी ने सुखदा से कुछ नहीं पूछा। रुद्र को उसकी गोद से ले लिया और उसकी तरफ सजल नयनों से देख कर कहा—बेटा रुद्र, आँखें खोलो।

रुद्र ने आँखें खोलीं, क्षण भर दाई को चुपचाप देखता रहा और तब एकाएक दाई के गले से लिपट कर बोला—अन्ना आई! अन्ना आई!

रुद्र का पीला मुझाया हुआ चेहरा खिल उठा, जैसे बुझते हुए दीपक में तेल पड़ जाय। ऐसा मालूम हुआ मानो यह कुछ बढ़ गया है।

एक सप्ताह बीत गया। प्रातःकाल का समय था। रुद्र आँगन में खेल रहा था। इंद्रमणि ने बाहर से आकर उसे गोद में उठा लिया, और प्यार से बोले—तुम्हारी अन्ना को मार कर भगा दें ?

रुद्र ने मुँह बना कर कहा—नहीं, रोयेगी।

कैलासी बोली—क्यों बेटा, तुमने तो मुझे बद्रीनाथ नहीं जाने दिया। मेरी यात्रा का पुण्य-फल कौन देगा ?

इंद्रमणि ने मुस्करा कर कहा—तुम्हें उससे कहीं अधिक पुण्य मिल गया। यह तीर्थ महातीर्थ है।

रानी सारन्धा

अँधेरी रात के सन्नाटे में धसान नदी चट्टानों से टकराती हुई ऐसी सुहावनी मालूम होती थी, जैसे घुमर-घुमर करती हुई चक्कियाँ। नदी के दायें तट पर एक टीला है। उस पर एक पुराना दुर्ग बना हुआ है, जिसको जंगली वृक्षों ने घेर रखा है। टीले के पूर्व की ओर एक छोटा-सा गाँव है। यह गढ़ी और गाँव, दोनों एक बुंदेला सरदार के कीर्ति-चिह्न हैं। शताब्दियाँ व्यतीत हो गयीं, बुंदेलखंड में कितने ही राज्यों का उदय और अस्त हुआ, मुसलमान आये और गये, बुंदेले राजा उठे और गिरे—कोई गाँव, कोई इलाका ऐसा न था, जो इन दुर्व्यवस्थाओं से पीड़ित न हो; मगर इस दुर्ग पर किसी शत्रु की विजय-पताका न लहराई और इस गाँव में किसी विद्रोह का भी पदार्पण न हुआ। यह उसका सौभाग्य था।

अनिरुद्धसिंह वीर राजपूत था। वह जमाना ही ऐसा था जब मनुष्य मात्र को अपने बाहुबल और पराक्रम ही का भरोसा था। एक ओर मुसलमान सेनाएँ पैर जमाये खड़ी रहती थीं, दूसरी ओर बलवान राजा अपने निर्बल भाइयों का गला घोंटने को तत्पर रहते थे। अनिरुद्धसिंह के पास सवारों और पियादों का एक छोटा-सा, मगर सजीव दल था। इससे वह अपने कुल और मर्यादा की रक्षा किया करता। उसे कभी चैन से बैठना नसीब न होता था। तीन वर्ष पहले उसका विवाह शीतला देवी से हुआ था; मगर अनिरुद्ध मौज के दिन और विलास की रातें पहाड़ों में काटता था और शीतला उसकी जान की खैर मनाने में। वह कितनी बार पति से अनुरोध कर चुकी थी, कितनी बार उसके पैरों पर गिर कर रोई थी कि तुम मेरी आँखों से दूर न हो, मुझे हरिद्वार ले चलो, मुझे तुम्हारे साथ वनवास स्वीकार है, यह वियोग अब नहीं सहा जाता। उसने प्यार से कहा, जिद् से कहा, विनय की; मगर अनिरुद्ध बुंदेला था। शीतला अपने किसी हथियार से उसे घायल न कर सकी।

अँधेरी रात थी। सारी दुनिया सोती थी, मगर तारे आकाश में जागते थे। शीतला देवी पलंग पर पड़ी करवटें बदल रही थीं और उसकी ननद सारन्धा फ़र्श पर बैठी मधुर स्वर से गाती थी—

बिन रघुवीर कटत नहिं रैन

शीतला ने कहा—जी न जलाओ। क्या तुम्हें भी नींद नहीं आती ?

सारन्धा—तुम्हें लोरी सुना रही हूँ।

शीतला—मेरी आँखों से तो नींद लोप हो गयी।

सारन्धा—किसी को ढूँढ़ने गयी होगी।

इतने में द्वार खुला और एक गठे हुए बदन के रूपवान पुरुष ने भीतर प्रवेश किया। वह अनिरुद्ध था। उसके कपड़े भीगे हुए थे, और बदन पर कोई हथियार न था। शीतला चारपाई से उतर कर ज़मीन पर बैठ गयी।

सारन्धा ने पूछा—भैया, यह कपड़े भीगे क्यों हैं ?

अनिरुद्ध—नदी तैर कर आया हूँ।

सारन्धा—हथियार क्या हुए ?

अनिरुद्ध—छिन गये।

सारन्धा—और साथ के आदमी ?

अनिरुद्ध—सबने वीर-गति पाई।

शीतला ने दबी ज़बान से कहा—ईश्वर ने ही कुशल किया। मगर सारन्धा के तेवरों पर बल पड़ गये और मुखमण्डल गर्व से सतेज हो गया। बोली—भैया, तुमने कुल की मर्यादा खो दी। ऐसा कभी न हुआ था।

सारन्धा भाई पर जान देती थी। उसके मुँह से यह धिक्कार सुनकर अनिरुद्ध लज्जा और खेद से विकल हो उठा। वह वीराग्नि; जिसे क्षण भर के लिए अनुराग ने दबा दिया था, फिर ज्वलंत हो उठी। वह उलटे पाँव लौटा और यह कह कर बाहर चला गया कि ''सारन्धा, तुमने मुझे सदैव के लिए सचेत कर दिया। यह बात मुझे कभी न भूलेगी।''

अँधेरी रात थी। आकाश-मण्डल में तारों का प्रकाश बहुत धुँधला था। अनिरुद्ध किले से बाहर निकला। पल भर में नदी के उस पार जा पहुँचा और फिर अन्धकार में लुप्त हो गया। शीतला उसके पीछे-पीछे किले की दीवार तक आयी; मगर जब अनिरुद्ध छलाँग मार कर बाहर कूद पड़ा तो वह एक विरहिणी चट्टान पर बैठ कर रोने लगी।

इतने में सारन्धा भी वहीं आ पहुँची। शीतला ने नागिन की तरह बल खा कर कहा—मर्यादा इतनी प्यारी है ?

सारन्धा—हाँ।

शीतला—अपना पति होता तो हृदय में छिपा लेती।

सारन्धा—ना, छाती में छुरी चुभो देती।

शीतला ने ऐंठकर कहा—डोली में छिपाती फिरोगी, मेरी बात गिरह में बाँध लो।

सारन्धा—जिस दिन ऐसा होगा, मैं भी अपना वचन पूरा कर दिखाऊँगी।

इस घटना के तीन महीने पीछे अनिरुद्ध मदरौना को जीत कर लौटा और साल भर पीछे सारन्धा का विवाह ओरछा के राजा चम्पतराय से हो गया, मगर उस दिन की बातें दोनों महिलाओं के हृदय में काँटे की तरह खटकती रहीं।

राजा चम्पतराय बड़े प्रभावशाली पुरुष थे। सारी बुन्देला जाति उनके नाम पर जान देती थी और उनके प्रभुत्व को मानती थी। गद्दी पर बैठते ही उन्होंने मुग़ल बादशाहों को कर देना बन्द कर दिया और अपने बाहुबल से राज्य-विस्तार करने लगे। मुसलमानों की सेनाएँ बार-बार उन पर हमले करती थीं, पर हार कर लौट जाती थीं।

यही समय था कि जब अनिरुद्ध ने सारन्धा का चम्पतराय से विवाह कर दिया। सारन्धा ने मुँहमाँगी मुराद पाई। उसकी यह अभिलाषा कि मेरा पति बुन्देला जाति का कुल-तिलक हो, पूरी हुई। यद्यपि राजा के महल में पाँच रानियाँ थीं मगर उन्हें शीघ्र ही मालूम हो गया कि वह देवी, जो हृदय में मेरी पूजा करती है, सारन्धा है।

परन्तु कुछ ऐसी घटनाएँ हुई कि चम्पतराय को मुग़ल बादशाह का आश्रित होना पड़ा। वे अपना राज्य अपने भाई पहाड़सिंह को सौंप कर देहली चला गया। यह शाहजहाँ के शासन-काल का अन्तिम काल था। दारा शिकोह राजकीय कार्यों को सँभालते थे। युवराज की आँखों में शील था और चित्त में उदारता। उन्होंने चम्पतराय की वीरता की कथाएँ सुनी थीं, इसलिए उनका बहुत आदर-सम्मान किया और कालपी की बहुमूल्य जागीर उनको भेंट की, जिसकी सालाना आमदनी नौ लाख थी। यह पहला अवसर था कि चम्पतराय को आये-दिन लड़ाई-झगड़े से निवृत्ति मिली और उसके साथ ही भोग-विलास का प्राबल्य हुआ। रात-दिन आमोद-प्रमोद की चर्चा रहने लगी। राजा विलास में डूबे, रानियाँ जड़ाऊ गहनों

पर रीझीं, मगर सारन्धा इन दिनों बहुत उदास और संकुचित रहतीं—वह इन रंगरलियों से दूर-दूर रहती, नृत्य और गान की सभाएँ उसे सूनी प्रतीत होतीं।

एक दिन चम्पतराय ने सारन्धा से कहा—सारन, तुम उदास क्यों रहती हो ? मैं तुम्हें कभी हँसते नहीं देखता। क्या मुझसे नाराज़ हो ?

सारन्धा की आँखों में जल भर आया। बोली—नाथ, आप ऐसा विचार क्यों करते हैं? जहाँ आप प्रसन्न हैं, वहाँ मैं भी खुश हूँ।

चम्पतराय—मैं जब से यहाँ आया हूँ, मैंने तुम्हारे मुख-कमल पर कभी मनोहारिणी मुस्कराहट नहीं देखी। तुमने कभी अपने हाथों से मुझे बीड़ा नहीं खिलाया। कभी मेरी पाग नहीं सँवारी। कभी मेरे शरीर पर शस्त्र नहीं सजाये। कहीं प्रेम-लता मुरझाने तो नहीं लगी?

सारन्धा—प्राणनाथ, आप मुझसे ऐसी बात पूछते हैं, जिसका उत्तर मेरे पास नहीं है। यथार्थ में इन दिनों मेरा चित्त कुछ उदास रहता है। मैं बहुत चाहती हूँ कि खुश रहूँ, मगर एक बोझ-सा हृदय पर धरा रहता है।

चम्पतराय स्वयं आनन्द में मग्न थे। इसलिए उनके विचार में सारन्धा के असन्तुष्ट रहने का कोई उचित कारण नहीं हो सकता था। वह भौंहें सिकोड़ कर बोले—मुझे तुम्हारे उदास रहने का कोई विशेष कारण नहीं मालूम होता। ओरछे में कौन-सा सुख था जो यहाँ नहीं है?

सारन्धा का चेहरा लाल हो गया। बोली—मैं कुछ कहूँ, आप नाराज़ तो न होंगे?

चम्पतराय—नहीं, शौक से कहो।

सारन्धा—ओरछा में मैं एक राजा की रानी थी। यहाँ मैं एक जागीरदार की चेरी हूँ। ओरछा में मैं वह थी जो अवध में कौशल्या थी, परन्तु यहाँ मैं बादशाह के एक सेवक की स्त्री हूँ। जिस बादशाह के सामने आप आदर से सिर झुकाते हैं, वह कल तक आपके नाम से काँपता था। रानी से चेरी हो कर भी प्रसन्नचित्त होना मेरे वश में नहीं है। आपने यह पद और ये विलास की सामग्रियाँ बड़े महँगे दामों में मोल ली हैं।

चम्पतराय के नेत्रों से एक पर्दा-सा हट गया। वे अब तक सारन्धा की आत्मिक उच्चता को न जानते थे। जैसे बे-माँ-बाप का बालक माँ की चर्चा सुन कर रोने लगता है, उसी तरह ओरछा की याद से चम्पतराय की आँखें सजल हो गयीं। उन्होंने आदरयुक्त अनुराग के साथ सारन्धा को हृदय से लगा लिया।

आज से उन्हें फिर उसी उजड़ी बस्ती की चिन्ता हुई, जहाँ से धन और कीर्ति की अभिलाषाएँ खींच लाई थीं।

माँ अपने खोये हुए बालक को पा कर निहाल हो जाती है। चम्पतराय के आने से बुन्देलखण्ड निहाल हो गया। ओरछा के भाग जागे। नौबतें झड़ने लगीं और फिर सारन्धा के नेत्र-कमलों में जातीय अभिमान का आभास दिखलाई देने लगा !

यहाँ रहते महीने बीत गये। इन्हीं महीनों में शाहजहाँ बीमार पड़ा। शाहज़ादों में पहले से ही ईर्ष्या की अग्नि दहक रही थी। यह खबर सुनते ही ज्वाला प्रचण्ड हुई। संग्राम की तैयारियाँ होने लगीं। शाहज़ादा मुराद और मुहीउद्दीन अपने-अपने दल सजाकर दक्खिन से चले। वर्षा के दिन थे। उर्वरा भूमि रंग-बिरंगे रूप भर कर अपने सौन्दर्य को दिखाती थी!

मुराद और मुहीउद्दीन (औरंगज़ेब) उमंगों से भरे हुए कदम बढ़ाते चले आते थे। यहाँ तक कि वे धौलपुर के निकट चम्बल के तट पर आ पहुँचे; परन्तु यहाँ उन्होंने बादशाही सेना को अपने शुभागमन के निमित्त तैयार पाया।

शाहज़ादे अब बड़ी चिंता में पड़े। सामने अगम्य नदी लहरें मार रही थी—लोभ से भी अधिक विस्तार वाली। घाट पर लोहे की दीवार खड़ी थी, किसी योगी के त्याग के सदृश। विवश हो कर उन्होंने चम्पतराय के पास संदेश भेजा कि खुदा के लिए आ कर हमारी डूबती हुई नाव को पार लगाइये।

राजा ने भवन में जा कर सारन्धा से पूछा—इसका क्या उत्तर दूँ ?

सारन्धा—आपको मदद करनी होगी।

चम्पतराय—उनकी मदद करना दाराशिकोह से वैर लेना है।

सारन्धा—यह सत्य है; परन्तु हाथ फैलाने की मर्यादा भी तो निभानी चाहिए ?

चम्पतराय—प्रिये, तुमने सोचकर जवाब नहीं दिया।

सारन्धा—प्राणनाथ, मैं अच्छी तरह जानती हूँ कि यह माँग कठिन है और हमें अपने योद्धाओं का रक्त पानी के समान बहाना पड़ेगा; वह अपना रक्त बहायेंगे और चम्बल की लहरों को लाल कर देंगे। विश्वास रखिये कि जब तक नदी की धारा बहती रहेगी, वह हमारे वीरों का कीर्तिगान करती रहेगी। जब तक बुन्देलों का एक भी नामलेवा रहेगा, वह रक्त-बिन्दु उसके माथे पर केशर का तिलक बन कर चमकेगा।

वायुमण्डल में मेघराज की सेनाएँ उमड़ रही थीं। ओरछे के किले से बुन्देलों की एक काली घटा उठी और वेग के साथ चम्बल की तरफ़ चली। प्रत्येक सिपाही वीर-रस में झूम रहा था। सारन्धा ने दोनों राजकुमारों को गले से लगा लिया और राजा को पान का बीड़ा दे कर कहा—बुन्देलों की लाज अब तुम्हारे हाथ है।

आज उसका एक-एक अंग मुस्करा रहा है और हृदय हुलसित है। बुन्देलों की यह सेना देख कर शाहज़ादे फूले न समाये। राजा वहाँ की अंगुल-अंगुल भूमि से परिचित थे। उन्होंने बुन्देलों को तो एक आड़ में छिपा दिया और स्वयं शाहज़ादों की फौज़ को सजा कर नदी के किनारे पश्चिम की ओर चले। दाराशिकोह को भ्रम हुआ कि शत्रु किसी अन्य घाट से नदी उतरना चाहता है। उन्होंने घाट पर से मोर्चे हटा लिये। घाट में बैठे हुए बुन्देले इसी ताक में थे। बाहर निकल पड़े और उन्होंने तुरन्त ही नदी में घोड़े डाल दिये। चम्पतराय ने शाहज़ादा दाराशिकोह को भुलावा देकर अपनी फौज़ घुमा दी और वह बुन्देलों के पीछे चलता हुआ उस पार उतर आया। इस कठिन चाल में सात घण्टों का विलम्ब हुआ; परन्तु जा कर देखा तो वहाँ सात सौ बुन्देला योद्धाओं की लाशें फड़क रही थीं।

राजा को देखते ही बुन्देलों की हिम्मत बँध गयी। शाहज़ादों की सेना ने भी 'अल्ला हो अकबर' की ध्वनि के साथ धावा किया। बादशाही सेना में हलचल पड़ गयी। उनकी पंक्तियाँ छिन्न-भिन्न हो गयीं, हाथों हाथ लड़ाई होने लगी, यहाँ तक कि शाम हो गयी। रणभूमि रुधिर से लाल हो गयी और आकाश में अँधेरा छा गया। घमासान की मार हो रही थी। बादशाही सेना शाहज़ादों को दबाये आती थी। अकस्मात् पश्चिम से फिर बुन्देलों की एक लहर उठी और इस वेग से बादशाही सेना की पुश्त पर टकराई कि उसके कदम उखड़ गये। जीता हुआ मैदान हाथ से निकल गया। लोगों को कुतूहल था कि यह दैवी सहायता कहाँ से आ गई। सरल स्वभाव के लोगों की धारणा थी कि यह फ़तह के फरिश्ते हैं; शाहज़ादों की मदद के लिए आये हैं; परन्तु जब राजा चम्पतराय निकट गये तो सारन्धा ने घोड़े से उतर कर उनके चरणों पर सिर झुका दिया। राजा को असीम आनन्द हुआ। यह देवी सारन्धा थी।

समर-भूमि का दृश्य इस समय अत्यन्त दुःखमय था। थोड़ी देर पहले जहाँ सजे हुए वीरों के दल थे वहाँ अब बेजान लाशें फड़क रही थीं। मनुष्य अपने स्वार्थ के लिए शुरू ही से अपने भाइयों की हत्या करता आया है।

अब विजयी सेना लूट पर टूटी। पहले मर्द मर्दों से लड़ते थे अब वे मुर्दों से लड़ रहे थे। वह वीरता और पराक्रम का चित्र था, यह नीचता और दुर्बलता

की ग्लानिप्रद तसवीर थी। उस समय मनुष्य पशु बना हुआ था, अब वह पशु से भी बढ़ गया था।

इस नोच-खसोट में लोगों को बादशाही सेना के सेनापति वली बहादुर खाँ का मूर्च्छित शरीर दिखायी दिया। उसके निकट उसका घोड़ा खड़ा हुआ अपनी दुम से मक्खियाँ उड़ा रहा था। राजा को घोड़ों का शौक था। देखते ही वह उस पर मोहित हो गया। यह ईरानी जाति का घोड़ा अति सुन्दर था। एक-एक अंग साँचे में ढला हुआ, सिंह की-सी छाती; चीते की-सी कमर। उसका यह प्रेम और स्वामिभक्ति देखकर लोगों को बड़ा कौतूहल हुआ। राजा ने हुक्म दिया—खबरदार ! इस प्रेमी पर कोई हथियार न चलाये, इसे जीता पकड़ लो, यह मेरे अस्तबल की शोभा बढ़ायेगा। जो इसे पकड़ कर मेरे पास लायेगा, उसे धन से निहाल कर दूँगा।

योद्धागण चारों ओर से लपके; परन्तु किसी को साहस न होता था कि उसके निकट जा सके। कोई पुचकारता था, कोई फन्दे में फाँसने की फिक्र में था पर कोई उपाय सफल न होता था। वहाँ सिपाहियों का मेला-सा लगा हुआ था।

तब सारन्धा अपने खेमे से निकली और निर्भय होकर घोड़े के पास चली गयी। उसकी आँखों में प्रेम का प्रकाश था, छल का नहीं। घोड़े ने सिर झुका दिया। रानी ने उसकी गर्दन पर हाथ रखा और वह उसकी पीठ सहलाने लगी। घोड़े ने उसके अंचल में मुँह छिपा लिया। रानी उसकी रास पकड़ कर खेमे की ओर चली। घोड़ा इस तरह चुपचाप उसके पीछे चला मानो सदैव से उसका सेवक है।

पर बहुत अच्छा होता कि घोड़े ने सारन्धा से भी निष्ठुरता की होती। यही सुन्दर घोड़ा आगे चल कर इस राज-परिवार के निमित्त सोने का मृग साबित हुआ।

संसार एक रण-क्षेत्र है। इस मैदान में उसी सेनापति को विजयलाभ होता है, जो अवसर को पहचानता है। ऐसा सेनापति अवसर देखकर जितने उत्साह से आगे बढ़ता है, उतने ही उत्साह से आपत्ति के समय पीछे हट जाता है। वह वीर पुरुष राष्ट्र का निर्माता होता है और इतिहास उसके नाम पर यश के फूलों की वर्षा करता है।

पर इस मैदान में कभी-कभी ऐसे सिपाही भी आ जाते हैं, जो अवसर पर कदम बढ़ाना जानते हैं; लेकिन संकट में पीछे हटना नहीं जानते। ऐसा रणवीर पुरुष विजय को नीति की भेंट कर देता है। वह अपनी सेना का नाम मिटा देगा, किन्तु जहाँ एक बार पहुँच गया है, वहाँ से कदम पीछे न हटायेगा। इनमें कोई

विरला ही संसार-क्षेत्र में विजय प्राप्त करता है; तथापि प्रायः उसकी हार विजय से भी अधिक गौरवपूर्ण होती है। अगर वह अनुभवशील सेनापति राष्ट्रों की नींव डालता है, तो यह आन पर जान देनेवाला, यह मुँह न मोड़ने वाला सिपाही राष्ट्र के भावों को उच्च करता है। इसे कर्तव्य क्षेत्र में चाहे सफलता न हो, किन्तु जब किसी भाषण या सभा में उसका नाम ज़बान पर आ जाता है, तो श्रोतागण एक स्वर से उसके कीर्ति-गौरव को प्रतिध्वनित कर देते हैं। सारन्धा इन्हीं 'आन' पर जान देनेवालों में थी।

शाहज़ादा मुहिउद्दीन चम्बल के किनारे से आगरे की ओर चला तो सौभाग्य उसके सिर पर चँवर हिलाता था। जब वह आगरे पहुँचा तो विजय देवी ने उसके लिए सिंहासन सजा दिया!

औरंगजेब गुणज्ञ था। उसने बादशाही सरदारों के अपराध क्षमा कर दिये, उनके राज्य-पद लौटा दिये और राजा चम्पतराय को उसके बहुमूल्य कृत्यों के उपलक्ष्य में 'बारह हज़ारी मनसब' प्रदान किया। ओरछा से बनारस और बनारस से यमुना तक उसकी जागीर नियत की गयी। बुन्देला राजा फिर राज-सेवक बना, वह पुनः सुख-विलास में डूबा और सारन्धा एक बार और पराधीनता के शोक से घुलने लगी।

वलीबहादुर खाँ बड़ा वाक्‌-चतुर व्यक्ति था। उसकी मृदुलता ने शीघ्र ही उसे बादशाह आलमगीर का विश्वासपात्र बना दिया। उस पर राज सभा में सम्मान की दृष्टि पड़ने लगी।

खाँ साहब के मन में अपने घोड़े के हाथ से निकल जाने का बड़ा शोक था। एक दिन कुँवर छत्रसाल उसी घोड़े पर सवार होकर सैर को गया था। वह खाँ साहब के महल की तरफ जा निकला। वलीबहादुर ऐसे ही अवसर की ताक में था। उसने तुरन्त अपने सेवकों को इशारा किया। राजकुमार अकेला क्या करता ? घोड़ा छिनवाकर वह पैदल घर आया और उसने सारन्धा से सारा हाल कहा। रानी का चेहरा तमतमा गया। बोली, ''मुझे इसका शोक नहीं कि घोड़ा हाथ से गया, शोक इसका है कि तू उसे खो कर जीता क्यों लौटा ? क्या तेरे शरीर में बुंदेलों का रक्त नहीं है ? घोड़ा न मिलता, न सही; किन्तु तुझे दिखा देना चाहिए था कि एक बुन्देले बालक से उसका घोड़ा छीन लेना हँसी नहीं है।''

यह कह कर उसने अपने पच्चीस योद्धाओं को तैयार होने की आज्ञा दी। स्वयं अस्त्र धारण किये और योद्धाओं के साथ वलीबहादुर खाँ के निवास-स्थान पर जा पहुँची। खाँ साहब उसी घोड़े पर सवार हो कर दरबार चले गये थे, सारन्धा

दरबार की तरफ चली, और एक क्षण में किसी वेगवती नदी के समान बादशाही दरबार के सामने जा पहुँची, यह कैफ़ियत देखते ही दरबार में हलचल मच गयी। अधिकारी वर्ग इधर-उधर से आ कर जमा हो गये। आलमगीर भी सहन में निकल आये। लोग अपनी-अपनी तलवारें सँभालने लगे और चारों तरफ शोर मच गया। कितने ही नेत्रों ने इसी दरबार में अमरसिंह की तलवार की चमक देखी थी। उन्हें वही घटना फिर याद आ गयी।

सारन्धा ने उच्च स्वर से कहा—खाँ साहब, बड़ी लज्जा की बात है कि आपने वह वीरता, जो चम्बल के तट पर दिखानी चाहिए थी, आज एक अबोध बालक के सम्मुख दिखायी है। क्या यह उचित था कि आप उससे घोड़ा छीन लेते ?

बलीबहादुर खाँ की आँखों से अग्नि-ज्वाला निकल रही थी। वे कड़ी आवाज़ से बोले—किसी ग़ैर की क्या मज़ाल है कि मेरी चीज़ अपने काम में लाये ?

रानी—वह आपकी चीज़ नहीं, मेरी है। मैंने उसे रणभूमि में पाया है और उस पर मेरा अधिकार है। क्या रणनीति की इतनी मोटी बात भी आप नहीं जानते ?

खाँ साहब—वह घोड़ा मैं नहीं दे सकता, उसके बदले में सारा अस्तबल आपकी नज़र है।

रानी—मैं अपना घोड़ा लूँगी।

खाँ साहब—मैं उसके बराबर जवाहरात दे सकता हूँ; परन्तु घोड़ा नहीं दे सकता !

रानी—तो फिर इसका निश्चय तलवारों से होगा, बुन्देले योद्धाओं ने तलवारें सूंत लीं और निकट था कि दरबार भूमि रक्त से प्लावित हो जाय, बादशाह आलमगीर ने बीच में आ कर कहा—रानी साहबा, आप सिपाहियों को रोकें। घोड़ा आपको मिल जायगा; परन्तु इसका मूल्य बहुत देना पड़ेगा।

रानी—मैं उसके लिए अपना सर्वस्व खोने को तैयार हूँ।

बादशाह—जागीर और मनसब भी !

रानी—जागीर और मनसब कोई चीज़ नहीं।

बादशाह—अपना राज्य भी ?

रानी—हाँ, राज्य भी।

बादशाह—एक घोड़े के लिए ?

रानी—नहीं, उस पदार्थ के लिए जो संसार में सबसे अधिक मूल्यवान है।

बादशाह—वह क्या है ?

रानी—अपनी आन।

इस भाँति रानी ने एक घोड़े के लिए अपनी विस्तृत जागीर, उच्च राज्य

पद और राज-सम्मान सब हाथ से खोया और केवल इतना ही नहीं, भविष्य के लिए काँटे बोये, इस घड़ी से अन्त तक चम्पतराय को कभी शान्ति न मिली।

राजा चम्पतराय ने फिर ओरछे के किले में पदार्पण किया। उन्हें मनसब और जागीर हाथ से निकल जाने का अत्यन्त शोक हुआ; किन्तु उन्होंने अपने मुँह से शिकायत का एक शब्द भी नहीं निकाला, वे सारन्धा के स्वभाव को भली-भाँति जानते थे। शिकायत इस समय उसके आत्म-गौरव पर कुठार का काम करती।

कुछ दिन यहाँ शान्तिपूर्वक व्यतीत हुए; लेकिन बादशाह सारन्धा की कठोर बातें भूला न था। वह क्षमा करना जानता ही न था। ज्यों ही भाइयों की ओर से निश्चिन्त हुआ, उसने एक बड़ी सेना चम्पतराय का गर्व चूर्ण करने के निमित्त भेजी और बाईस अनुभवशाली सरदार इस मुहिम पर नियुक्त किये। शुभकरण बुन्देला बादशाह का सूबेदार था। वह चम्पतराय का बचपन का मित्र और सहपाठी था। उसने चम्पतराय को परास्त करने का बीड़ा उठाया। और भी कितने ही बुन्देला सरदार राजा से विमुख हो कर बादशाही सूबेदार से आ मिले। एक घोर संग्राम हुआ। भाइयों की तलवारें रक्त से लाल हुईं। यद्यपि इस युद्ध में राजा को विजय प्राप्त हुई लेकिन उसकी शक्ति सदा के लिए क्षीण हो गयी। निकटवर्ती बुन्देला राजा जो चम्पतराय के बाहुबल थे, बादशाह के कृपाकांक्षी बन बैठे। साथियों में कुछ तो काम आये, कुछ दग़ा कर गये। यहाँ तक कि निज सम्बन्धियों ने भी आँखें चुरा लीं; परन्तु इन कठिनाइयों में भी चम्पतराय ने हिम्मत नहीं हारी, धीरज को न छोड़ा। उन्होंने ओरछा छोड़ दिया और वह तीन वर्ष तक बुंदेलखंड के सघन पर्वतों पर छिपे फिरते रहे। बादशाही सेनाएँ शिकारी जानवरों की भाँति सारे देश में मँडरा रही थीं। आये-दिन राजा का किसी न किसी से सामना हो जाता था। सारन्धा सदैव उनके साथ रहती और उनका साहस बढ़ाया करती। बड़ी-बड़ी आपत्तियों में भी जब कि धैर्य लुप्त हो जाता और आशा साथ छोड़ देती—आत्मरक्षा का धर्म उसे सँभाले रहता है। तीन साल के बाद अंत में बादशाह के सूबेदारों ने आलमगीर को सूचना दी कि इस शेर का शिकार आपके सिवाय और किसी से न होगा। उत्तर आया कि सेना को हटा लो और घेरे उठा लो। राजा ने समझा, संकट से निवृत्ति हुई, पर यह बात शीघ्र ही भ्रमात्मक सिद्ध हो गयी।

तीन सप्ताह से बादशाही सेना ने ओरछा घेर रखा है। जिस तरह कठोर वचन हृदय छेद डालते हैं, उसी तरह तोपों के गोलों ने दीवारों को छेद डाला है। किले

में 27 हज़ार आदमी घिरे हुए हैं, लेकिन उनमें आधे से अधिक स्त्रियाँ और उनसे कुछ ही कम बालक हैं। मर्दों की संख्या दिनोंदिन न्यून होती जाती है। आने-जाने का मार्ग चारों तरफ से बंद है। हवा का भी गुज़र नहीं। रसद का सामान बहुत कम रह गया है। पुरुषों और बालकों को जीवित रखने के लिए स्त्रियाँ आप उपवास करती हैं। लोग बहुत हताश हो रहे हैं। औरतें सूर्य नारायण की ओर हाथ उठा-उठा कर शत्रु को कोसती हैं। बालकवृन्द मारे क्रोध के दीवारों की आड़ से उन पर पत्थर फेंकते हैं, जो मुश्किल से दीवार के उस पार जा पाते हैं। राजा चम्पतराय स्वयं ज्वर से पीड़ित हैं। उन्होंने कई दिन से चारपाई नहीं छोड़ी। उन्हें देखकर लोगों को कुछ ढाढ़स होता था, लेकिन उनकी बीमारी से सारे किले में नैराश्य छाया हुआ है।

राजा ने सारन्धा से कहा—आज शत्रु ज़रूर किले में घुस आयेंगे।

सारन्धा—ईश्वर न करे कि इन आँखों से वह दिन देखना पड़े।

राजा—मुझे बड़ी चिंता इन अनाथ स्त्रियों और बालकों की है। गेहूँ के साथ यह घुन भी पिस जायेंगे।

सारन्धा—हम लोग यहाँ से निकल जायँ तो कैसा रहे?

राजा—इन अनाथों को छोड़ कर?

सारन्धा—इस समय इन्हें छोड़ देने ही में कुशल है। हम न होंगे तो शत्रु इन पर कुछ दया अवश्य करेंगे।

राजा—नहीं, यह लोग मुझसे न छोड़े जायँगे। मर्दों ने अपनी जान हमारी सेवा में अर्पण कर दी है, उनकी स्त्रियों और बच्चों को मैं कदापि नहीं छोड़ सकता।

सारन्धा—लेकिन यहाँ रह कर हम उनकी कुछ मदद भी तो नहीं कर सकते?

राजा—उनके साथ प्राण तो दे सकते हैं। मैं उनकी रक्षा में अपनी जान लड़ा दूँगा। उनके लिए बादशाही सेना की खुशामद करूँगा, कारावास की कठिनाइयाँ सहूँगा, किन्तु इस संकट में उन्हें छोड़ नहीं सकता।

सारन्धा ने लज्जित हो कर सिर झुका दिया और सोचने लगी, निस्संदेह प्रिय साथियों को आग की आँच में छोड़ कर अपनी जान बचाना घोर नीचता है! मैं ऐसी स्वार्थान्ध क्यों हो गयी हूँ? लेकिन फिर एकाएक विचार उत्पन्न हुआ। बोली—यदि आपको विश्वास हो जाय कि इन आदमियों के साथ कोई अन्याय न किया जायगा तब तो आपको चलने में कोई बाधा न होगी?

राजा—(सोच कर) कौन विश्वास दिलायेगा?

सारन्धा—बादशाह के सेनापति का प्रतिज्ञा-पत्र।

राजा–हाँ, तब मैं सानन्द चलूँगा।

सारन्धा विचार-सागर में डूबी। बादशाह के सेनापति से क्योंकर यह प्रतिज्ञा कराऊँ ? कौन यह प्रस्ताव ले कर वहाँ जायगा और निर्दयी ऐसी प्रतिज्ञा करने ही क्यों लगे ? उन्हें अपनी विजय की पूरी आशा है। मेरे यहाँ ऐसा नीति-कुशल, वाक्पटु, चतुर कौन है जो इस दुस्तर कार्य को सिद्ध करे ? छत्रसाल चाहे तो कर सकता है। उसमें ये सब गुण मौजूद हैं।

इस तरह मन में निश्चय करके रानी ने छत्रसाल को बुलाया। यह उसके चारों पुत्रों में सबसे बुद्धिमान और साहसी था। रानी उसे सबसे अधिक प्यार करती थीं। जब छत्रसाल ने आ कर रानी को प्रणाम किया तो उनके कमल-नेत्र सजल हो गये और हृदय से दीर्घ निःश्वास निकल गया।

छत्रसाल–माता, मेरे लिए क्या आज्ञा है ?

रानी–आज लड़ाई का क्या ढंग है ?

छत्रसाल–हमारे पचास योद्धा अब तक काम आ चुके हैं।

रानी–बुन्देलों की लाज अब ईश्वर के हाथ है।

छत्रसाल–हम आज रात को छापा मारेंगे।

रानी ने संक्षेप में अपना प्रस्ताव छत्रसाल के सामने उपस्थित किया और कहा–यह काम किसे सौंपा जाय ?

छत्रसाल–मुझको।

'तुम इसे पूरा कर दिखाओगे ?'

'हाँ, मुझे पूर्ण विश्वास है ?'

'अच्छा जाओ, परमात्मा तुम्हारा मनोरथ पूरा करे।'

छत्रसाल जब चला तो रानी ने उसे हृदय से लगाया और तब आकाश की ओर दोनों हाथ उठा कर कहा–दयानिधि, मैंने अपना तरुण और होनहार पुत्र बुन्देलों की आन के आगे भेंट कर दिया। अब इस आन को निभाना तुम्हारा काम है। मैंने बड़ी मूल्यवान् वस्तु अर्पित की है, इसे स्वीकार करो।

दूसरे दिन प्रातःकाल सारन्धा स्नान करके थाल में पूजा की सामग्री लिये मन्दिर को चली। उसका चेहरा पीला पड़ गया था और आँखों तले अँधेरा छाया जाता था। मंदिर के द्वार पर पहुँची थी कि उसके थाल में बाहर से आकर एक तीर गिरा। तीर की नोक पर एक काग़ज़ का पुर्ज़ा लिपटा हुआ था। सारन्धा ने थाल मंदिर के चबूतरे पर रख दिया और पुर्ज़े को खोलकर देखा तो आनन्द से चेहरा

खिल गया; लेकिन यह आनन्द क्षण-भर का था। हाय ! इस पुर्ज़े के लिए मैंने अपना सबसे प्यारा पुत्र हाथ से खो दिया है। कागज़ के टुकड़े को इतने महँगे दामों किसने लिया होगा?

मन्दिर से लौटकर सारन्धा राजा चम्पतराय के पास गयी और बोली—''प्राणनाथ, आपने जो वचन दिया था उसे पूरा कीजिये।'' राजा ने चौंक कर पूछा, ''तुमने अपना वादा पूरा कर लिया ?'' रानी ने प्रतिज्ञा-पत्र राजा को दे दिया। चम्पतराय ने उसे गौरव से देखा फिर बोले—अब मैं चलूँगा और ईश्वर ने चाहा तो एक बार फिर शत्रु की खबर लूँगा। लेकिन सारन, सच बताओ, इस पत्र के लिए क्या देना पड़ा है ?

रानी ने कुंठित स्वर से कहा—बहुत कुछ।

राजा—सुनूँ ?

रानी—एक जवान पुत्र।

राजा को बाण-सा लग गया। पूछा—कौन? अंगदराय?

रानी—नहीं।

राजा—रतनसाह ?

रानी—नहीं।

राजा—छत्रसाल ?

रानी—हाँ।

जैसे कोई पक्षी गोली खाकर परों को फड़फड़ाता है और तब बेदम हो कर गिर पड़ता है, उसी भाँति चम्पतराय पलंग से उछले और फिर अचेत होकर गिर पड़े। छत्रसाल उनका परम प्रिय पुत्र था। उनके भविष्य की सारी कामनाएँ उसी पर अवलम्बित थीं। जब चेत हुआ तब बोले, ''सारन, तुमने बुरा किया। अगर छत्रसाल मारा गया तो बुन्देला-वंश का नाश हो जाएगा।''

अँधेरी रात थी। रानी सारन्धा घोड़े पर सवार होकर चम्पतराय को पालकी में बैठाकर किले के गुप्त मार्ग से निकली जाती थी। आज से बहुत समय पहले एक दिन ऐसी ही अँधेरी दुःखमय रात्रि थी। तब सारन्धा ने शीतलादेवी को कुछ कठोर वचन कहे थे। शीतलादेवी ने उस समय जो भविष्यवाणी की थी, वह आज पूरी हुई। क्या सारन्धा ने उसका जो उत्तर दिया था, वह भी पूरा होकर रहेगा?

मध्याह्न था। सूर्यनारायण सिर पर आकर अग्नि की वर्षा कर रहे थे। शरीर को झुलसाने वाली प्रचण्ड, प्रखर वायु वनों और पर्वतों में आग लगाती फिरती थी।

ऐसा प्रतीत होता था, मानो अग्निदेव की समस्त सेना गरजती हुई चली आ रही है। गगनमण्डल इस भय से काँप रहा था। रानी सारन्धा घोड़े पर सवार, चम्पतराय को लिये, पश्चिम की तरफ चली जाती थी। ओरछा दस कोस पीछे छूट चुका था और प्रतिक्षण यह अनुमान स्थिर होता जाता था कि अब हम भय के क्षेत्र से बाहर निकल आये। राजा पालकी में अचेत पड़े हुए थे और कहार पसीने में सराबोर थे। पालकी के पीछे पाँच सवार घोड़ा बढ़ाये चले आते थे, प्यास के मारे सबका बुरा हाल था। तालू सूखा जाता था। किसी वृक्ष की छाँह और कुएँ की तलाश में आँखें चारों ओर दौड़ रही थीं।

अचानक सारन्धा ने पीछे की तरफ फिर कर देखा, तो उसे सवारों का एक दल आता हुआ दिखायी दिया। उसका माथा ठनका कि अब कुशल नहीं है। ये लोग अवश्य हमारे शत्रु हैं। फिर विचार हुआ कि शायद मेरे राजकुमार अपने आदमियों को लिये हमारी सहायता को आ रहे हैं। नैराश्य में भी आशा साथ नहीं छोड़ती। कई मिनट तक वह इसी आशा और भय की अवस्था में रही। यहाँ तक कि वह दल निकट आ गया और सिपाहियों के वस्त्र साफ़ नज़र आने लगे। रानी ने एक ठण्डी साँस ली, उसका शरीर तृणवत् काँपने लगा। यह बादशाही सेना के लोग थे।

सारन्धा ने कहारों से कहा—डोली रोक लो। बुन्देला सिपाहियों ने भी तलवारें खींच लीं। राजा की अवस्था बहुत शोचनीय थी; किन्तु जैसे दबी हुई आग हवा लगते ही प्रदीप्त हो जाती है, उसी प्रकार इस संकट का ज्ञान होते ही उनके जर्जर शरीर में वीरात्मा चमक उठी। वे पालकी का पर्दा उठा कर बाहर निकल आये। धनुष-बाण हाथ में ले लिया; किन्तु वह धनुष जो उनके हाथ में इन्द्र का वज्र बन जाता था, इस समय ज़रा भी न झुका। सिर में चक्कर आया, पैर थर्राए और वे धरती पर गिर पड़े। भावी अमंगल की सूचना मिल गयी। उस पंखरहित पक्षी के सदृश, जो साँप को अपनी तरफ़ आते देख कर ऊपर को उचकता और फिर गिर पड़ता है, राजा चम्पतराय फिर सँभल उठे और फिर गिर पड़े। सारन्धा ने उन्हें सँभालकर बैठाया और रो कर बोलने की चेष्टा की, परन्तु मुँह से केवल इतना निकला—प्राणनाथ ! इसके आगे उसके मुँह से एक शब्द भी न निकल सका। आन पर मरने वाली सारन्धा इस समय साधारण स्त्रियों की भाँति शक्तिहीन हो गयी, लेकिन एक अंश तक यह निर्बलता स्त्रीजाति की शोभा भी तो है।

चम्पतराय बोले—सारन, देखो, हमारा एक वीर ज़मीन पर गिरा। शोक !

जिस आपत्ति से यावज्जीवन डरता रहा, उसने इस अन्तिम समय आ घेरा। मेरी आँखों के सामने शत्रु तुम्हारे कोमल शरीर में हाथ लगायेंगे, और मैं जगह से हिल भी न सकूँगा। हाय ! मृत्यु, तू कब आयेगी ! यह कहते-कहते उन्हें एक विचार आया। तलवार की तरफ़ हाथ बढ़ाया, मगर हाथों में दम न था। तब सारन्धा से बोले—प्रिये, तुमने कितने ही अवसरों पर मेरी आन निभाई है।

इतना सुनते ही सारन्धा के मुरझाये हुए मुख पर लाली दौड़ गयी। आँसू सूख गये। इस आशा में कि मैं अब भी पति के कुछ काम आ सकती हूँ, उसके हृदय में बल का संचार किया। राजा की ओर विश्वासोत्पादक भाव से देख कर बोली—ईश्वर ने चाहा तो मरते दम तक निभाऊँगी।

रानी ने समझा, राजा मुझे प्राण देने का संकेत कर रहे हैं।

चम्पतराय—तुमने मेरी बात कभी नहीं टाली।

सारन्धा—मरते दम तक न टालूँगी।

राजा—यह मेरी अन्तिम याचना है। इसे अस्वीकार न करना।

सारन्धा ने तलवार को निकाल कर अपने वक्षस्थल पर रख लिया और कहा—यह आपकी आज्ञा नहीं है। मेरी हार्दिक अभिलाषा है कि मरूँ तो यह मस्तक आपके पद-कमलों पर हो।

चम्पतराय—तुमने मेरा मतलब नहीं समझा। क्या तुम मुझे इसलिए शत्रुओं के हाथ में छोड़ जाओगी कि मैं बेड़ियाँ पहने हुए दिल्ली की गलियों में निन्दा का पात्र बनूँ ?

रानी ने जिज्ञासा की दृष्टि से राजा को देखा। वह उनका मतलब नहीं समझी।

राजा—मैं तुमसे एक वरदान माँगता हूँ।

रानी—सहर्ष आज्ञा कीजिये।

राजा—यह मेरी अन्तिम प्रार्थना है। जो कुछ कहूँ, करोगी?

रानी—सिर के बल करूँगी।

राजा—देखो, तुमने वचन दिया है। इन्कार न करना।

रानी—(काँप कर) आपके कहने की देर है।

राजा—अपनी तलवार मेरी छाती में चुभा दो।

रानी के हृदय पर वज्रपात-सा हो गया। बोली—जीवननाथ ! इसके आगे वह और कुछ न बोल सकी। आँखों में नैराश्य छा गया।

राजा—मैं बेड़ियाँ पहनने के रलिए जीवित रहना नहीं चाहता।

रानी—हाय! मुझसे यह कैसे होगा ?

पाँचवाँ और अन्तिम सिपाही धरती पर गिरा। राजा ने झुँझला कर कहा—इसी जीव पर आन निभाने का गर्व था?

बादशाह के सिपाही राजा की तरफ़ लपके। राजा ने नैराश्यपूर्ण भाव से रानी की ओर देखा। रानी क्षण भर अनिश्चित रूप से खड़ी रही; लेकिन संकट में हमारी निश्चयात्मक शक्ति बलवान हो जाती है। निकट था कि सिपाही लोग राजा को पकड़ लें कि सारन्धा ने बिजली की भाँति लपक कर तलवार राजा के हृदय में चुभा दी।

प्रेम की नाव प्रेम सागर में डूब गयी। राजा के हृदय से रुधिर की धारा निकल रही थी; पर चेहरे पर शान्ति छाई हुई थी।

कैसा करुण दृश्य है! वह स्त्री जो अपने पति पर प्राण देती थी आज उसकी प्राणघातिका है! जिस हृदय से उसने यौवन सुख लूटा, जो हृदय उसकी अभिलाषाओं का केन्द्र था, जो हृदय उसके अभिमान का पोषक था, उसी हृदय को आज सारन्धा की तलवार छेद रही है। संसार के इतिहास में और किसी स्त्री की तलवार से ऐसा काम हुआ है?

आह! आत्माभिमान का कैसा विषादमय अंत है। उदयपुर और मारवाड़ के इतिहास में भी आत्म-गौरव की ऐसी घटनाएँ नहीं मिलतीं।

बादशाही सिपाही सारन्धा का यह साहस और धैर्य देखकर दंग रह गये।

सरदार ने आगे बढ़कर कहा रानी साहबा, खुदा गवाह है, हम सब आपके गुलाम हैं। आपका जो हुक्म हो, उसे ब-सरो-चश्म बजा लायेंगे।

सारन्धा ने कहा—अगर हमारे पुत्रों में से कोई जीवित हो, तो ये दोनों लाशें उसे सौंप देना।

यह कह कर उसने वही तलवार अपने हृदय में चुभो ली। जब वह अचेत हो कर धरती पर गिरी, तो उसका सिर राजा चम्पतराय की छाती पर था।

सती

दो शताब्दियों से अधिक बीत गये हैं; पर चिंतादेवी का नाम चला आता है। बुंदेलखंड के एक बीहड़ स्थान में आज भी मंगलवार को सहस्रों स्त्री-पुरुष चिंतादेवी की पूजा करने आते हैं। उस दिन यह निर्जन स्थान सुहाने गीतों से गूँज उठता है, टीले और टीकरे रमणियों के रंग-बिरंगे वस्त्रों से सुशोभित हो जाते हैं। देवी का मंदिर एक बहुत ऊँचे टीले पर बना हुआ है। उसके कलश पर लहराती हुई एक पताका बहुत दूर से दिखायी देती है। मन्दिर इतना छोटा है कि उसमें मुश्किल से एक साथ दो आदमी समा सकते हैं। भीतर कोई प्रतिमा नहीं है, केवल एक छोटी-सी वेदी बनी हुई है। नीचे से मन्दिर तक पत्थर का जीना है। भीड़-भाड़ में धक्का खा कर कोई नीचे न गिर पड़े, इसलिए ज़ीने के दोनों तरफ़ दीवार बनी हुई है। यहीं चिंतादेवी सती हुई थीं; पर लोकरीति के अनुसार वह अपने मृत पति के साथ चिता पर नहीं बैठी थीं। उनका पति हाथ जोड़े सामने खड़ा था; पर वह उसकी ओर आँख उठा कर भी न देखती थीं। वह पति के शरीर के साथ नहीं, उसकी आत्मा के साथ सती हुई। उस चिता पर पति का शरीर न था, उसकी मर्यादा भस्मीभूत हो रही थी।

यमुना तट पर कालपी एक छोटा-सा नगर है। चिंता उसी नगर के एक वीर बुन्देला की कन्या थी। उसकी माता उसकी बाल्यावस्था में ही परलोक सिधार चुकी थी। उसके पालन-पोषण का भार पिता पर पड़ा। संग्राम का समय था, योद्धाओं को कमर खोलने की भी फुरसत न मिलती थी, वे घोड़ों की पीठ पर भोजन करते और ज़ीन ही पर झपकियाँ ले लेते थे। चिंता का बाल्यकाल पिता के साथ समर भूमि में कटा। बाप उसे किसी खोह में या वृक्ष की आड़ में छिपा कर मैदान में चला जाता। चिंता निश्शंक भाव से बैठी हुई मिट्टी के किले बनाती और बिगाड़ती। उसके घरौंदे किले होते थे, उसकी गुड़ियाँ ओढ़नी न ओढ़ती थीं। वह सिपाहियों

के गुड्डे बनाती और उन्हें रणक्षेत्र में खड़ा करती थी। कभी-कभी उसका पिता संध्या समय भी न लौटता; पर चिंता को भय छू तक न गया था। निर्जन स्थान में भूखी-प्यासी रात-रात भर बैठी रह जाती। उसने नेवले और सियार की कहानियाँ कभी न सुनी थीं। वीरों के आत्मोत्सर्ग की कहानियाँ, और वह भी योद्धाओं के मुँह से सुन-सुन कर वह आदर्शवादिनी बन गयी थी।

एक बार तीन दिन तक चिंता को अपने पिता की ख़बर न मिली। वह एक पहाड़ की खोह में बैठी मन-ही-मन एक ऐसा क़िला बना रही थी, जिसे शत्रु किसी भाँति जान न सके। दिन भर वह उसी किले का नक़्शा सोचती और रात को उसी क़िले का स्वप्न देखती। तीसरे दिन संध्या-समय उसके पिता के कई साथियों ने आकर उसके सामने रोना शुरू किया। चिंता ने विस्मित होकर पूछा—दादा जी कहाँ हैं? तुम लोग क्यों रोते हो?

किसी ने इसका उत्तर न दिया। वे ज़ोर से धाड़ें मार-मार कर रोने लगे। चिंता समझ गयी कि उसके पिता ने वीरगति पायी। उस तेरह वर्ष की बालिका की आँखों से आँसू की एक बूँद भी न गिरी, मुख ज़रा भी मलिन न हुआ, एक आह भी न निकली। हँस कर बोली—अगर उन्होंने वीरगति पायी, तो तुम लोग रोते क्यों हो ? योद्धाओं के लिए इससे बढ़ कर और कौन-सी मृत्यु हो सकती है ? इससे बढ़कर उनकी वीरता का और क्या पुरस्कार मिल सकता है ? यह रोने का नहीं, आनन्द मनाने का अवसर है।

एक सिपाही ने चिंतित स्वर में कहा—हमें तुम्हारी चिंता है। तुम अब कहाँ रहोगी ?

चिंता ने गम्भीरता से कहा—इसकी तुम कुछ चिंता न करो, दादा ! मैं अपने बाप की बेटी हूँ। जो कुछ उन्होंने किया, वही मैं भी करूँगी। अपनी मातृभूमि को शत्रुओं के पंजे से छुड़ाने में उन्होंने प्राण दे दिये। मेरे सामने भी वही आदर्श है। जाकर अपने आदमियों को सँभालिए। मेरे लिए एक घोड़ा और हथियारों का प्रबन्ध कर दीजिए। ईश्वर ने चाहा, तो आप लोग मुझे किसी से पीछे न पावेंगे, लेकिन यदि मुझे पीछे हटते देखना, तो तलवार के एक हाथ से इस जीवन का अंत कर देना। यही मेरी आपसे विनय है। जाइए, अब विलम्ब न कीजिए।

सिपाहियों को चिंता के ये वीर-वचन सुनकर कुछ भी आश्चर्य नहीं हुआ। हाँ, उन्हें यह संदेह अवश्य हुआ कि क्या यह कोमल बालिका अपने संकल्प पर दृढ़ रह सकेगी?

पाँच वर्ष बीत गये। समस्त प्रांत में चिंतादेवी की धाक बैठ गयी। शत्रुओं के क़दम उखड़ गये। वह विजय की सजीव मूर्ति थी, उसे तीरों और गोलियों के सामने निश्शंक खड़े देख सिपाहियों को उत्तेजना मिलती रहती थी। उसके सामने वे कैसे कदम पीछे हटाते? कोमलांगी युवती आगे बढ़े, तो कौन पुरुष क़दम पीछे हटायेगा ! सुंदरियों के सम्मुख योद्धाओं की वीरता अजेय हो जाती है। रमणी के वचन-बाण योद्धाओं के लिए आत्म-समर्पण के गुप्त संदेश हैं। उसकी एक ही चितवन कायरों में पुरुषत्व प्रवाहित कर सकती है। चिंता की छवि और कीर्ति ने मनचले सूरमाओं को चारों ओर से खींच-खींच कर उसकी सेना को सजा दिया— जान पर खेलने वाले भौंरे चारों ओर से आ-आकर इस फूल पर मँडराने लगे।

इन्हीं योद्धाओं में रत्नसिंह नाम का एक राजपूत युवक भी था।

यों तो चिंता के सैनिकों में सभी तलवार के धनी थे; बात पर जान देनेवाले, उसके इशारे पर आग में कूदने वाले, उसकी आज्ञा पाकर एक बार आकाश के तारे तोड़ लाने को भी चल पड़ते; किन्तु रत्नसिंह सबसे बढ़ा हुआ था। चिंता भी हृदय में उससे प्रेम करती थी। रत्नसिंह अन्य वीरों की भाँति अक्खड़, मुँहफट या घमंडी न था। और लोग अपनी-अपनी कीर्ति को बढ़ा-बढ़ा कर बयान करते, आत्म-प्रशंसा करते हुए उनकी ज़बान न रुकती थी। वे जो कुछ करते, चिंता को दिखाने के लिए। उनका ध्येय अपना कर्तव्य न था, चिंता थी। रत्नसिंह जो कुछ करता, शांत भाव से। अपनी प्रशंसा करना तो दूर रहा, वह चाहे कोई शेर ही क्यों न मार आवे, उसकी चर्चा तक न करता। उसकी विनयशीलता और नम्रता, संकोच की सीमा से भी बढ़ गयी थी। औरों के प्रेम में विलास था; पर रत्नसिंह के प्रेम में त्याग और तप। और लोग मीठी नींद सोते थे; पर रत्नसिंह तारे गिन-गिन कर रात काटता था और सब अपने दिल में समझते थे कि चिंता मेरी होगी—केवल रत्नसिंह निराश था, और इसलिए उसे किसी से न द्वेष था, न राग। औरों को चिंता के सामने चहकते देख कर उनकी वाक्पटुता पर आश्चर्य होता, प्रतिक्षण उसका निराशांधकार और भी घना हो जाता था। कभी-कभी वह अपने बोदेपन पर झुँझला उठता—क्यों ईश्वर ने उसे उन गुणों से वंचित रखा, जो रमणियों के चित्त को मोहित करते हैं? उसे कौन पूछेगा? उसकी मनोव्यथा को कौन जानता है? पर वह मन में झुँझला कर उसमें कर रह जाता था। दिखावे का उसमें सामर्थ्य ही न था।

आधी से अधिक रात बीत चुकी थी। चिंता अपने खेमे में विश्राम कर रही थी। सैनिकगण भी कड़ी मंज़िल मारने के बाद कुछ खा-पी कर ग़ाफ़िल पड़े हुए थे।

आगे एक घना जंगल था। जंगल के उस पार शत्रुओं का एक दल डेरा डाले पड़ा था। चिंता उसके आने की ख़बर पा कर भागी चली आ रही थी। उसने प्रातःकाल शत्रुओं पर धावा करने का निश्चय कर लिया था। उसे विश्वास था कि शत्रुओं को मेरे आने की ख़बर न होगी; किंतु यह उसका भ्रम था। उसी की सेना का एक आदमी शत्रुओं से मिला हुआ था। यहाँ की खबरें वहाँ नित्य पहुँचती रहती थीं। उन्होंने चिंता से निश्चिंत होने के लिए एक षड्यंत्र रच रखा था—उसकी गुप्त हत्या करने के लिए तीन साहसी सिपाहियों को नियुक्त कर दिया था। वे तीनों हिंस्र पशुओं की भाँति दबे-पाँव जंगल को पार करके आये और वृक्षों की आड़ में खड़े हो कर सोचने लगे कि चिंता का खेमा कौन-सा है ? सारी सेना बे-खबर सो रही थी, इससे उन्हें अपने कार्य की सिद्धि में लेशमात्र संदेह न था। वे वृक्षों की आड़ से निकले, और ज़मीन पर मगर की तरह रेंगते हुए चिंता के खेमे की ओर चले।

सारी सेना बे-खबर सोती थी, पहरे के सिपाही थक कर चूर हो जाने के कारण निद्रा में मग्न हो गये थे। केवल एक प्राणी खेमे के पीछे मारे ठंड के सिकुड़ा हुआ बैठा था। यह रत्नसिंह था। आज उसने यह कोई नयी बात न की थी। पड़ावों में उसकी रातें इसी भाँति चिंता के खेमे के पीछे बैठे-बैठे कटती थीं। घातकों की आहट पा कर उसने तलवार निकाल ली, और चौंक कर उठ खड़ा हुआ। देखा—तीन आदमी झुके हुए चले आ रहे हैं। अब क्या करे ? अगर शोर मचाता है, तो सेना में खलबली मच जायगी, और अँधेरे में लोग एक-दूसरे पर वार करके आपस ही में कट मरेंगे। इधर अकेले तीन जवानों से भिड़ने में प्राणों का भय। अधिक सोचने का मौक़ा न था। उसमें योद्धाओं की अविलम्ब निश्चय कर लेने की शक्ति थी; तुरन्त तलवार खींच ली, और उन तीनों पर टूट पड़ा। कई मिनट तक तलवारें छपाछप चलती रहीं। फिर सन्नाटा हो गया। उधर वे तीनों आहत हो कर गिर पड़े, इधर यह भी जख़्मों से चूर हो गया।

प्रातःकाल चिंता उठी, तो चारों जवानों को भूमि पर पड़े पाया। उसका कलेजा धक् से हो गया। समीप जा कर देखा—तीन आक्रमणकारियों के प्राण निकल चुके थे; पर रत्नसिंह की साँस चल रही थी। सारी घटना समझ में आ गयी। नारीत्व ने वीरत्व पर विजय पायी। जिन आँखों से पिता की मृत्यु पर आँसू की एक बूँद भी न गिरी थी, उन्हीं आँखों से आँसुओं की झड़ी लग गयी। उसने रत्नसिंह का सिर अपनी जाँघ पर रख लिया, और हृदय मण्डप में रचे हुए स्वयंवर में उसके गले में जयमाल डाल दी।

महीने भर न रत्नसिंह की आँखें खुलीं, और न चिंता की आँखें बन्द हुईं। चिंता उसके पास से एक क्षण के लिए भी कहीं न जाती। उसे न अपने इलाके की परवा थी, न शत्रुओं के बढ़ते चले आने की फिक्र। रत्नसिंह पर वह अपनी सारी विभूतियों को बलिदान कर चुकी थी। पूरा महीना बीत जाने के बाद रत्नसिंह की आँख खुली। देखा—चारपाई पर पड़ा हुआ है, और चिंता सामने पंखा लिए खड़ी है। क्षीण स्वर में बोला—चिंता, पंखा मुझे दे दो, तुम्हें कष्ट हो रहा है।

चिंता का हृदय इस समय स्वर्ग के अखंड, अपार सुख का अनुभव कर रहा था। एक महीना पहले जिस जीर्ण शरीर के सिरहाने बैठी हुई वह वैराग्य से रोया करती थी, उसे आज बोलते देखकर आह्लाद का पारावार न रहा। उसने स्नेह-मधुर स्वर में कहा—प्राणनाथ, यदि यह कष्ट है, तो सुख क्या है, मैं नहीं जानती। 'प्राणनाथ'—इस सम्बोधन में विलक्षण मंत्र की-सी शक्ति थी। रत्नसिंह की आँखें चमक उठीं। जीर्ण मुद्रा प्रदीप्त हो गयी, नसों में एक नये जीवन का संचार हो गया, वह जीवन कितना स्फूर्तिमय था। उसमें कितना उत्साह, कितना माधुर्य, कितना उल्लास और कितनी करुणा थी। रत्नसिंह के अंग-अंग फड़कने लगे। उसे अपनी भुजाओं में अलौकिक पराक्रम का अनुभव होने लगा। ऐसा जान पड़ा, मानो वह सारे संसार को विजय कर सकता है, उड़ कर आकाश पर पहुँच सकता है, पर्वतों को चीर सकता है। एक क्षण के लिए उसे ऐसी तृप्ति हुई, मानो उसकी सारी अभिलाषाएँ पूरी हो गयी हैं, और वह किसी से कुछ नहीं चाहता; शायद शिव को सामने खड़े देख कर भी वह मुँह फेर लेगा, कोई वरदान न माँगेगा। उसे अब किसी ऋद्धि की, किसी पदार्थ की इच्छा न थी। उसे गर्व हो रहा था, मानो उससे अधिक सुखी, उससे अधिक भाग्यशाली पुरुष संसार में और कोई न होगा।

चिंता अभी अपना वाक्य पूरा भी न कर पायी थी कि उसी प्रसंग में बोली—हाँ, आपको मेरे कारण अलबत्ता दुस्सह यातना भोगनी पड़ी।

रत्नसिंह ने उठने की चेष्टा करके कहा—बिना तप के सिद्धि नहीं मिलती।

चिंता ने रत्नसिंह को कोमल हाथों से लिटाते हुए कहा—इस सिद्धि के लिए तुमने तपस्या नहीं की थी। झूठ क्यों बोलते हो ? तुम केवल एक अबला की रक्षा कर रहे थे। यदि मेरी जगह कोई दूसरी स्त्री होती, तो भी तुम इतने ही प्राणपण से उसकी रक्षा करते। मुझे इसका विश्वास है। मैं तुमसे सत्य कहती हूँ, मैंने आजीवन ब्रह्मचारिणी रहने का प्रण कर लिया था; लेकिन तुम्हारे आत्मोत्सर्ग ने मेरे प्रण को तोड़ डाला। मेरा पालन योद्धाओं की गोद में हुआ है; मेरा हृदय

उसी पुरुषसिंह के चरणों पर अर्पण हो सकता है, जो प्राणों पर खेल सकता हो। रसिकों के हास-विलास, गुंडों के रूप-रंग और फेंवैतों के दाव-घात का मेरी दृष्टि में रत्ती भर भी मूल्य नहीं। उनकी नट-विद्या को मैं केवल तमाशे की तरह देखती हूँ। तुम्हारे ही हृदय में मैंने सच्चा उत्सर्ग पाया, और तुम्हारी दासी हो गयी—आज से नहीं, बहुत दिनों से।

प्रणय की पहली रात थी। चारों ओर सन्नाटा था। केवल दोनों प्रेमियों के हृदयों में अभिलाषाएँ लहरा रही थीं। चारों ओर अनुरागमयी चाँदनी छिटकी हुई थी, और उसकी हास्यमयी छटा में वर-वधू प्रेमालाप कर रहे थे।

सहसा खबर आयी कि शत्रुओं की एक सेना किले की ओर बढ़ी चली आती है। चिंता चौंक पड़ी; रत्नसिंह खड़ा हो गया, और खूँटी से लटकी हुई तलवार उतार ली।

चिंता ने उसकी ओर कातर-स्नेह की दृष्टि से देख कर कहा—कुछ आदमियों को उधर भेजो, तुम्हारे जाने की क्या ज़रूरत है?

रत्नसिंह ने बंदूक कंधे पर रखते हुए कहा—मुझे भय है कि अबके वे लोग बड़ी संख्या में आ रहे हैं।

चिंता—तो मैं भी चलूँगी।

‘नहीं, मुझे आशा है, वे लोग ठहर न सकेंगे। मैं एक ही धावे में उनके कदम उखाड़ दूँगा। यह ईश्वर की इच्छा है कि हमारी प्रणय-रात्रि विजय-रात्रि हो !’

चिंता—‘न-जाने क्यों मन कातर हो रहा है। जाने देने को जी नहीं चाहता !’

रत्नसिंह ने इस सरल, अनुरक्त आग्रह से विह्वल हो कर चिंता को गले लगा लिया और बोले—मैं सबेरे तक लौट जाऊँगा, प्रिये !

चिंता पति के गले में हाथ डालकर आँखों में आँसू भरे हुए बोली—मुझे भय है, तुम बहुत दिनों में लौटोगे। मेरा मन तुम्हारे साथ रहेगा। जाओ, पर रोज़ खबर भेजते रहना। तुम्हारे पैरों पड़ती हूँ, अवसर का विचार करके धावा करना। तुम्हारी आदत है कि शत्रु देखते ही आकुल हो जाते हो, और जान पर खेल कर टूट पड़ते हो। तुम से मेरा यही अनुरोध है कि अवसर देख कर काम करना। जाओ जिस तरह पीठ दिखाते हो, उसी तरह मुँह भी दिखाओ।

चिंता का हृदय कातर हो रहा था। वहाँ पहले केवल विजय-लालसा का अधिपत्य था, अब भोग-लालसा की प्रधानता थी। वही वीरबाला, जो सिंहनी की

तरह गरजकर शत्रुओं के कलेजे कँपा देती थी, आज इतनी दुर्बल हो रही थी कि रत्नसिंह घोड़े पर सवार हुआ, तो आप उसकी कुशल-कामना से मन ही मन देवी की मनौतियाँ कर रही थी। जब तक वह वृक्षों की ओट में छिप न गया, वह खड़ी उसे देखती रही, फिर वह किले के सबसे ऊँचे बुर्ज पर चढ़ गयी, और घंटों उसी तरफ़ ताकती रही। वहाँ शून्य था, पहाड़ियों ने कभी का रत्नसिंह को अपनी ओट में छिपा लिया था; पर चिंता को ऐसे जान पड़ता था कि वह सामने चले जा रहे हैं। जब उषा की लोहित छवि वृक्षों की आड़ से झाँकने लगी, तो उसकी मोह विस्मृति टूट गयी। मालूम हुआ, चारों तरफ शून्य है। वह रोती हुई बुर्ज से उतरी, और शय्या पर मुँह ढाँप कर रोने लगी।

रत्नसिंह के साथ मुश्किल से सौ आदमी थे; किन्तु सभी मँजे हुए, अवसर और संख्या को तुच्छ समझने वाले, अपनी जान के दुश्मन ! वीरोल्लास से भरे हुए, वीर-रस-पूर्ण पद गाते हुए, घोड़ों को बढ़ाये चले जाते थे—

'बाँकी तेरी पाग सिपाही, इसकी रखना लाज।

तेग़-तवर कुछ काम न आवे, बख्तर-ढाल व्यर्थ हो जावे।

रखियो मन में लाग, सिपाही बाँकी तेरी पाग।

इसकी रखना लाज।।'

पहाड़ियाँ इन वीर-स्वरों से गूँज रही थीं। घोड़ों की टाप ताल दे रही थी। यहाँ तक कि रात बीत गयी, सूर्य ने अपनी लाल आँखें खोल दीं और इन वीरों पर अपनी स्वर्ण-छटा की वर्षा करने लगा।

वहीं रक्तमय प्रकाश में शत्रुओं की सेना एक पहाड़ी पर पड़ाव डाले हुए नज़र आयी।

रत्नसिंह सिर झुकाये, वियोग-व्यथित हृदय को दबाये, मन्द गति से पीछे-पीछे चला जाता था। क़दम आगे बढ़ाता था; पर मन पीछे हटता था। आज जीवन में पहली बार दुश्चिंताओं ने उसे आशंकित कर रखा था। कौन जानता है, लड़ाई का अंत क्या होगा? जिस स्वर्ग-सुख को छोड़ कर वह आया था, उसकी स्मृतियाँ रह-रह कर उसके हृदय को मसोस रही थीं; चिंता की सजल आँखें याद आती थीं; और जी चाहता था, घोड़े की रास पीछे मोड़ दें। प्रतिक्षण रणोत्साह क्षीण होता जाता था, सहसा एक सरदार ने समीप आकर कहा—भैया, यह देखो, ऊँची पहाड़ी पर शत्रु डेरे डाले पड़ा है। तुम्हारी अब क्या राय है ? हमारी तो यह इच्छा है कि तुरन्त उन पर धावा कर दें। गाफ़िल पड़े हुए हैं, भाग खड़े होंगे। देर करने

में वे भी सँभल जायँगे और तब मामला नाजुक हो जायगा। एक हज़ार से कम न होंगे।

रत्नसिंह ने चिंतित नेत्रों से शत्रु-दल की ओर देख कर कहा—हाँ, मालूम तो होता है।

सिपाही—तो धावा कर दिया जाय न?

रत्नसिंह—जैसी तुम्हारी इच्छा। संख्या अधिक है, यह सोच लो।

सिपाही—इसकी परवाह नहीं। हम इससे बड़ी सेनाओं को परास्त कर चुके हैं।

रत्नसिंह—यह सच है; पर आग में कूदना ठीक नहीं।

सिपाही—भैया, तुम कहते क्या हो? सिपाही का तो जीवन ही आग में कूदने के लिए है। तुम्हारे हुक्म की देर है, फिर हमारा जीवन देखना।

रत्नसिंह—अभी हम लोग बहुत थके हुए हैं। ज़रा विश्राम कर लेना अच्छा है।

सिपाही—नहीं भैया; उन सब को हमारी आहट मिल गयी, तो ग़ज़ब हो जायगा।

रत्नसिंह—तो फिर धावा ही कर दो।

एक क्षण में योद्धाओं ने घोड़ों की बागें उठा दीं, और सँभले हुए शत्रु सेना पर लपके; किन्तु पहाड़ी पर पहुँचते ही इन लोगों को मालूम हो गया कि शत्रु-दल गाफ़िल नहीं हैं, इन लोगों ने उसके विषय में जो अनुमान किया था, वह मिथ्या था। वे सजग ही नहीं थे बल्कि स्वयं धावा करने की तैयारियाँ भी कर रहे थे। इन लोगों ने जब उन्हें सामने आते देखा, तो समझ गये, भूल हुई; लेकिन अब सामना करने के सिवा चारा ही क्या था। फिर भी वे निराश न थे। रत्नसिंह जैसे कुशल योद्धा के साथ उन्हें कोई शंका न थी। वह इससे भी कठिन अवसरों पर अपने रण-कौशल से विजय-लाभ कर चुका था। क्या आज वह अपना जौहर न दिखावेगा? सारी आँखें रत्नसिंह को खोज रही थीं; पर उसका वहाँ कहीं पता न था। कहाँ चला गया ? यह कोई न जानता था।

पर वह कहीं नहीं जा सकता। अपने साथियों को इस कठिन अवस्था में छोड़कर वह कहीं नहीं जा सकता—सम्भव नहीं। अवश्य ही वह यहीं है, और हारी हुई बाजी को जीतने की कोई युक्ति सोच रहा है।

एक क्षण में शत्रु इनके सामने आ पहुँचे। इतनी बहुसंख्य सेना के सामने ये मुट्ठी-भर आदमी क्या कर सकते थे। चारों ओर से रत्नसिंह की पुकार होने लगी—भैया, तुम कहाँ हो? हमें क्या हुक्म देते हो? देखते हो, वे लोग सामने

आ पहुँचे; पर तुम अभी तक तक मौन खड़े हो। सामने आकर हमें मार्ग दिखाओ, हमारा उत्साह बढ़ाओ !

पर अब भी रत्नसिंह न दिखायी दिया। यहाँ तक कि शत्रु-दल सिर पर आ पहुँचा, और दोनों दलों में तलवार चलने लगीं। बुन्देलों ने प्राण हथेली पर लेकर लड़ना शुरू किया; पर एक को एक बहुत होता है; एक और दस का मुकाबला ही क्या ? यह लड़ाई न थी, प्राणों का जुआ था! बुन्देलों में निराशा का अलौकिक बल था। खूब लड़े; पर क्या मजाल कि क़दम पीछे हटें। उनमें अब ज़रा भी संगठन न था। जिससे जितना आगे बढ़ते बना, बढ़ा। अंत क्या होगा, इसकी किसी को चिंता न थी। कोई तो शत्रुओं की सफ़ें चीरता हुआ सेनापति के समीप पहुँच गया, कोई उसके हाथी पर चढ़ने की चेष्टा करते मारा गया। उनका अमानुषिक साहस देख कर शत्रुओं के मुँह से भी वाह-वाह निकलती थी; लेकिन ऐसे योद्धाओं ने नाम पाया है, विजय नहीं पायी। एक घंटे में रंगमंच का परदा गिर गया, तमाशा ख़त्म हो गया। एक आँधी थी; जो आयी और वृक्षों को उखाड़ती हुई चली गयी। संगठित रह कर ये ही मुट्ठी भर आदमी दुश्मनों के दाँत खट्टे कर देते; पर जिस पर संगठन का भार था, उसका कहीं पता न था। विजयी मरहठों ने एक-एक लाश ध्यान से देखी। रत्नसिंह उनकी आँखों में खटकता था। उसी पर उनके दाँत लगे थे। रत्नसिंह के जीते-जी उन्हें नींद न आती थी। लोगों ने पहाड़ी की एक-एक चट्टान का मन्थन कर डाला; पर रत्न न हाथ आया। विजय हुई; पर अधूरी।

चिंता के हृदय में आज न जाने क्यों भाँति-भाँति की शंकाएँ उठ रही थीं। वह कभी इतनी दुर्बल न थी। बुन्देलों की हार ही क्यों होगी, इसका कोई कारण तो वह न बता सकती थी; पर यह भावना उसके विकल हृदय से किसी तरह न निकलती थी। उस अभागिन के भाग्य में प्रेम का सुख भोगना लिखा होता, तो क्यों बचपन ही में माँ मर जाती, पिता के साथ वन-वन घूमना पड़ता, खोहों और कंदराओं में रहना पड़ता ! और वह आश्रय भी तो बहुत दिन न रहा। पिता भी मुँह मोड़ कर चल दिये। तब से उसे एक दिन भी तो आराम से बैठना नसीब न हुआ। विधाता क्या अब अपना क्रूर कौतुक छोड़ देगा ? आह ! उसके दुर्बल हृदय में इस समय एक विचित्र भावना उत्पन्न हुई—ईश्वर उसके प्रियतम को आज सकुशल लावे, तो वह उसे लेकर किसी दूर के गाँव में जा बसेगी। पतिदेव की सेवा और आराधना में जीवन सफल करेगी। इस संग्राम से सदा के लिए

मुँह मोड़ लेगी। आज पहली बार नारीत्व का भाव उसके मन में जाग्रत हुआ।

संध्या हो गयी थी, सूर्य भगवान् किसी हारे हुए सिपाही की भाँति मस्तक झुकाए कोई आड़ खोज रहे थे। सहसा एक सिपाही नंगे सिर, नंगे पाँव, निरशस्त्र उसके सामने आ कर खड़ा हो गया। चिंता पर वज्रपात हो गया। एक क्षण तक मर्माहत सी बैठी रही। फिर उठ कर घबराई हुई सैनिक के पास आयी, और आतुर स्वर में पूछा—कौन-कौन बचा ?

सैनिक ने कहा—कोई नहीं ?

'कोई नहीं ? कोई?'

चिंता सिर पकड़ कर भूमि पर बैठ गयी। सैनिक ने फिर कहा—मरहठे समीप आ पहुँचे।

'समीप आ पहुँचे?'

'बहुत समीप!'

'तो तुरंत चिता तैयार करो। समय नहीं है।'

'अभी हम लोग तो सिर कटाने को हाज़िर ही हैं।'

'तुम्हारी जैसी इच्छा। मेरे कर्तव्य का तो यही अंत है।'

'किला बंद करके हम महीनों लड़ सकते हैं।'

'तो जाकर लड़ो। मेरी लड़ाई अब किसी से नहीं।'

एक ओर अंधकार प्रकाश को पैरों-तले कुचलता चला आता था; और दूसरी ओर विजयी मरहठे लहराते हुए खेतों को। इधर क़िले में चिता बन रही थी। ज्यों ही दीपक जले, चिता में भी आग लगी। सती चिंता सोलहों शृंगार किये, अनुपम छवि दिखाती हुई, प्रसन्न-मुख अग्नि-मार्ग से पतिलोक की यात्रा करने जा रही थी।

चिता के चारों ओर स्त्री और पुरुष एकत्रित थे। शत्रुओं ने क़िले को घेर लिया है इसकी किसी को फिक्र न थी। शोक और संताप से सबके चेहरे उदास और सिर झुके थे। अभी कल इसी आँगन में विवाह का मंडप सजाया गया था। जहाँ इस समय चिता सुलग रही है, वहीं कल हवन-कुण्ड था। कल भी इसी भाँति अग्नि की लपटें उठ रही थीं, इसी भाँति लोग जमा थे; पर आज और कल के दृश्यों में कितना अंतर है ! हाँ, स्थूल नेत्रों के लिए अंतर हो सकता है; पर वास्तव में यह उसी यज्ञ की पूर्णाहुति है, उसी प्रतिज्ञा का पालन है।

सहसा घोड़ों की टापों की आवाजें सुनायी देने लगीं। मालूम होता था, कोई

सिपाही घोड़े को सरपट भगाता चला आ रहा है। एक क्षण में टापों की आवाज़ बंद हो गयी, और एक सैनिक आँगन में दौड़ा हुआ आ पहुँचा। लोगों ने चकित हो कर देखा, यह रत्लसिंह था!

रत्लसिंह चिता के पास जाकर हाँफता हुआ बोला—प्रिये, मैं तो अभी जीवित हूँ, यह तुमने क्या कर डाला?

चिता में आग लग चुकी थी! चिंता की साड़ी से अग्नि की ज्वाला निकल रही थी। रत्लसिंह उन्मत्त की भाँति चिता में घुस गया, और चिंता का हाथ पकड़ कर उठाने लगा। लोगों ने चारों ओर से लपक-लपक कर चिता की लकड़ियाँ हटानी शुरू कीं; पर चिंता ने पति की ओर आँख उठा कर भी न देखा, केवल हाथों से उसे हट जाने का संकेत किया।

रत्लसिंह सिर पीट कर बोला—हाय प्रिये, तुम्हें क्या हो गया है। मेरी ओर देखती क्यों नहीं? मैं तो जीवित हूँ।

चिता से आवाज आयी—तुम्हारा नाम रत्लसिंह है; पर तुम मेरे रत्लसिंह नहीं हो।

तुम मेरी तरफ़ देखो तो, मैं ही तुम्हारा दास, तुम्हारा उपासक, तुम्हारा पति हूँ।

'मेरे पति ने वीर-गति पायी।'

'हाय! कैसे समझाऊँ! अरे लोगो, किसी भाँति अग्नि को शांत करो। मैं रत्लसिंह ही हूँ, प्रिये? क्या तुम मुझे पहचानती नहीं हो?'

अग्नि-शिखा चिंता के मुख तक पहुँच गयी। अग्नि में कमल खिल गया। चिंता स्पष्ट स्वर में बोली—खूब पहचानती हूँ। तुम मेरे रत्लसिंह नहीं। मेरा रत्लसिंह सच्चा शूर था। वह आत्मरक्षा के लिए, इस तुच्छ देह को बचाने के लिए अपने क्षत्रिय-धर्म का परित्याग न कर सकता था। मैं जिस पुरुष के चरणों की दासी बनी थी, वह देवलोक में विराजमान है। रत्लसिंह को बदनाम मत करो। वह वीर राजपूत था, रणक्षेत्र से भागनेवाला कायर नहीं!

अंतिम शब्द निकले ही थे कि अग्नि की ज्वाला चिंता के सिर के ऊपर जा पहुँची। फिर एक क्षण में वह अनुपम रूप-राशि, वह आदर्श वीरता की उपासिका, वह सच्ची सती अग्नि-राशि में विलीन हो गयी।

रत्लसिंह चुपचाप, हतबुद्धि-सा खड़ा यह शोकमय दृश्य देखता रहा। फिर अचानक एक ठंडी साँस खींचकर उसी चिता में कूद पड़ा।

क्षमा

मुसलमानों को स्पेन-देश पर राज्य करते कई शताब्दियाँ बीत चुकी थीं। कलीसाओं की जगह मसजिदें बनती जाती थीं, घंटों की जगह अज़ान की आवाज़ें सुनाई देती थीं। ग़रनाता और अलहमरा में समय की नश्वर गति पर हँसने वाले वे प्रासाद बन चुके थे, जिनके खंडहर अब तक देखने वालों को अपने पूर्व ऐश्वर्य की झलक दिखाते हैं। ईसाइयों के गण्यमान्य स्त्री और पुरुष मसीह की शरण छोड़कर इस्लामी भ्रातृत्व में सम्मिलित होते जाते थे, और आज तक इतिहासकारों को यह आश्चर्य है कि ईसाइयों का निशान वहाँ क्योंकर बाकी रहा ! जो ईसाई-नेता अब तक मुसलमानों के सामने सिर न झुकाते थे, और अपने देश में स्वराज्य स्थापित करने का स्वप्न देख रहे थे उनमें एक सौदागर दाऊद भी था। दाऊद विद्वान और साहसी था। वह अपने इलाके में इस्लाम को क़दम न रखने देता था। दीन और निर्धन ईसाई विद्रोही देश के अन्य प्रांतों से आकर उसके शरणागत होते थे और वह बड़ी उदारता से उनका पालन-पोषण करता था। मुसलमान दाऊद से सशंक रहते थे। धर्म-बल से उस पर विजय न पाकर उसे शस्त्र बल से परास्त करना चाहते थे; पर दाऊद कभी उनका सामना न करता। हाँ, जहाँ कहीं ईसाइयों के मुसलमान होने की ख़बर पाता वहाँ हवा की तरह पहुँच जाता और तर्क या विनय से उन्हें अपने धर्म पर अचल रहने की प्रेरणा देता। अंत में मुसलमानों ने चारों तरफ से घेर कर उसे गिरफ्तार करने की तैयारी की। सेनाओं ने उसके इलाके को घेर लिया। दाऊद को प्राण-रक्षा के लिए अपने सम्बन्धियों के साथ भागना पड़ा। वह घर से भागकर ग़रनाता में आया, जहाँ उन दिनों इस्लामी राजधानी थी। वहाँ सब से अलग रह वह अच्छे दिनों की प्रतीक्षा में जीवन व्यतीत करने लगा। मुसलमानों के गुप्तचर उसका पता लगाने के लिए बहुत सिर मारते थे, उसे पकड़ लाने के लिए बड़े-बड़े इनामों की विज्ञप्ति निकाली जाती थी; पर दाऊद की टोह न मिलती थी।

एक दिन एकांतवास से उकताकर दाऊद ग़रनाता के एक बाग में सैर करने चला गया। संध्या हो गयी थी। मुसलमान नीची अबाएँ पहने, बड़े-बड़े अमामे सिर पर बाँधे, कमर से तलवार लटकाये रबिशों में टहल रहे थे। स्त्रियाँ सफेद बुरके ओढ़े, ज़री की जूतियाँ पहने बेंचों और कुरसियों पर बैठी हुई थीं। दाऊद सबसे अलग हरी-हरी घास पर लेटा हुआ सोच रहा था कि वह दिन कब आवेगा जब हमारी जन्मभूमि इन अत्याचारियों के पंजे से छूटेगी ! वह अतीत काल की कल्पना कर रहा था, जब ईसाई स्त्री और पुरुष इन रविशों में टहलते होंगे, जब यह स्थान ईसाइयों के परस्पर वाग्विलास से गुलज़ार होगा।

सहसा एक मुसलमान युवक आकर दाऊद के पास बैठ गया। वह इसे सिर से पाँव तक अपमानसूचक दृष्टि से देखकर बोला—क्या अभी तक तुम्हारा हृदय इस्लाम की ज्योति से प्रकाशित नहीं हुआ?

दाऊद ने गम्भीर भाव से कहा—इस्लाम की ज्योति पर्वत-शृंगों को प्रकाशित कर सकती है। अँधेरी घाटियों में उसका प्रवेश नहीं हो सकता।

उस अरबी मुसलमान का नाम जमाल था। यह आक्षेप सुनकर तीखे स्वर में बोला—इससे तुम्हारा क्या मतलब है?

दाऊद—मेरा मतलब यही है कि ईसाइयों में जो लोग उच्च-श्रेणी के हैं, वे जागीरों और राज्याधिकारों के लोभ तथा राजदंड के भय से इस्लाम की शरण में आ सकते हैं; पर दुर्बल और दीन ईसाइयों के लिए इस्लाम में वह आसमान की बादशाहत कहाँ है जो हज़रत मसीह के दामन में उन्हें नसीब होगी! इस्लाम का प्रचार तलवार के बल से हुआ है, सेवा के बल से नहीं।

जमाल अपने धर्म का अपमान सुनकर तिलमिला उठा। गरम होकर बोला—यह सर्वथा मिथ्या है। इस्लाम की शक्ति उसका आंतरिक भ्रातृत्व और साम्य है, तलवार नहीं।

दाऊद—इस्लाम ने धर्म के नाम पर जितना रक्त बहाया है, उसमें उसकी सारी मसजिदें डूब जायेंगी।

जमाल—तलवार ने सदा सत्य की रक्षा की है।

दाऊद ने अविचलित भाव से कहा—जिसको तलवार का आश्रय लेना पड़े, वह सत्य ही नहीं।

जमाल जातीय गर्व से उन्मत्त होकर बोला—जब तक मिथ्या के भक्त रहेंगे, तब तक तलवार की ज़रूरत भी रहेगी।

दाऊद—तलवार का मुँह ताकनेवाला सत्य ही मिथ्या है।

अरब ने तलवार के कब्जे पर हाथ रखकर कहा—खुदा की कसम, अगर तुम निहत्थे न होते, तो तुम्हें इस्लाम की तौहीन करने का मज़ा चखा देता।

दाऊद ने अपनी छाती में छिपाई हुई कटार निकालकर कहा—नहीं, मैं निहत्था नहीं हूँ। मुसलमानों पर जिस दिन इतना विश्वास करूँगा, उस दिन ईसाई न रहूँगा। तुम अपने दिल के अरमान निकाल लो।

दोनों ने तलवारें खींच लीं। एक-दूसरे पर टूट पड़े। अरब की भारी तलवार ईसाई की हलकी कटार के सामने शिथिल हो गयी। एक सर्प की भाँति फन से चोट करती थी, दूसरी नागिन की भाँति उड़ती थी। एक लहरों की भाँति लपकती थी, दूसरी जल की मछलियों की भाँति चमकती थी। दोनों योद्धाओं में कुछ देर तक चोटें होती रहीं। सहसा एक बार नागिन उछल कर अरब के अंतस्तल में जा पहुँची। वह भूमि पर गिर पड़ा।

जमाल के गिरते ही चारों तरफ से लोग दौड़ पड़े। वे दाऊद को घेरने की चेष्टा करने लगे। दाऊद ने देखा, लोग तलवारें लिये दौड़े चले आ रहे हैं। प्राण लेकर भागा; पर जिधर जाता था, सामने बाग़ की दीवार रास्ता रोक लेती थी। दीवार ऊँची थी, उसे फाँदना मुश्किल था। यह जीवन और मृत्यु का संग्राम था। कहीं शरण की आशा नहीं, कहीं छिपने का स्थान नहीं। उधर अरबों की रक्त-पिपासा प्रतिक्षण तीव्र होती जाती थी। यह केवल एक अपराधी को दंड देने की चेष्टा न थी। जातीय अपमान का बदला था। विजित ईसाई की यह हिम्मत कि अरब पर हाथ उठाये! ऐसा अनर्थ!

जिस तरह पीछा करने वाले कुत्तों के सामने गिलहरी इधर-उधर दौड़ती है, किसी वृक्ष पर चढ़ने की बार-बार चेष्टा करती है, पर हाथ-पाँव फूल जाने के कारण बार-बार गिर पड़ती है, वही दशा दाऊद की थी।

दौड़ते-दौड़ते उसका दम फूल गया; पैर मन-मन भर के हो गये। कई बार जी में आया इन सब पर टूट पड़े और जितने महँगे प्राण बिक सकें, उतने महँगे बेचे; पर शत्रुओं की संख्या देखकर हतोत्साह हो जाता था।

लेना, दौड़ना, पकड़ना का शोर मचा हुआ था। कभी-कभी पीछा करने वाले इतने निकट आ जाते थे कि मालूम होता था कि अब संग्राम का अंत हुआ, वह तलवार पड़ी; पर पैरों की एक ही गति, एक उचक उसे खून की प्यासी तलवारों से बाल-बाल बचा लेती थी।

दाऊद को अब इस संग्राम में खिलाड़ियों का-सा आनंद आने लगा। यह

निश्चय था कि उसके प्राण नहीं बच सकते, मुसलमान दया करना नहीं जानते, इसलिए उसे अपने दाँव-पेंच में मजा आ रहा था। किसी वार से बचकर उसे अब इसकी खुशी न होती थी कि उसके प्राण बच गये, बल्कि इसका आनंद होता था कि उसने क़ातिल को कैसा ज़िच किया।

सहसा उसे अपनी दाहिनी ओर बाग़ की दीवार कुछ नीची नज़र आयी। आह ! यह देखते ही उसके पैरों में एक नयी शक्ति का संचार हो गया, धमनियों में नया रक्त दौड़ने लगा। वह हिरन की तरह उस तरफ़ दौड़ा और एक छलाँग में बाग़ के उस पार पहुँच गया। ज़िन्दगी और मौत में सिर्फ़ एक क़दम का फ़ासला था। पीछे मृत्यु थी और आगे जीवन का विस्तृत क्षेत्र। जहाँ तक दृष्टि जाती थी, झाड़ियाँ ही नज़र आती थीं। ज़मीन पथरीली थी, कहीं ऊँची, कहीं, नीची। जगह-जगह पत्थर की शिलाएँ पड़ी थीं। दाऊद एक शिला के नीचे छिपकर बैठ गया।

दम-भर में पीछा करने वाले भी वहाँ आ पहुँचे और इधर-उधर झाड़ियों में, वृक्षों पर, गड्ढे में शिलाओं के नीचे तलाश करने लगे। एक अरब उस चट्टान पर आकर खड़ा हो गया, जिसके नीचे दाऊद छिपा हुआ था। दाऊद का कलेजा धक्-धक् कर रहा था। अब जान गयी! अरब ने ज़रा नीचे को झाँका और प्राणों का अंत हुआ? संयोग—केवल संयोग पर अब उसका जीवन निर्भर था। दाऊद ने साँस रोक ली, सन्नाटा खींच लिया। एक निगाह पर ही उसकी ज़िंदगी का फैसला था, ज़िंदगी और मौत में कितना सामीप्य है!

मगर अरबों को इतना अवकाश कहाँ था कि वे सावधान होकर शिला के नीचे देखते। वहाँ तो हत्यारे को पकड़ने की जल्दी थी। दाऊद के सिर से बला टल गयी। वे इधर-उधर ताक-झाँककर आगे बढ़ गये।

अँधेरा हो गया। आकाश में तारागण निकल आये और तारों के साथ दाऊद भी शिला के नीचे से निकला। लेकिन देखा, उस समय भी चारों तरफ हलचल मची हुई है, शत्रुओं का दल मशालें लिये झाड़ियों में घूम रहा है; नाकों पर भी पहरा है, कहीं निकल भागने का रास्ता नहीं है। दाऊद एक वृक्ष के नीचे खड़ा होकर सोचने लगा कि अब क्यों कर जान बचे। उसे अपनी जान की वैसी परवा न थी। वह जीवन के सुख-दुख सब भोग चुका था। अगर उसे जीवन की लालसा थी, तो केवल यही देखने के लिए कि इस संग्राम का अंत क्या होगा? मेरे देशवासी हतोल्साह हो जायेंगे, या अदम्य धैर्य के साथ संग्राम क्षेत्र में अटल रहेंगे।

जब रात अधिक बीत गयी और शत्रुओं की घातक चेष्टा कुछ भी कम न होती दीख पड़ी तो दाऊद खुदा का नाम लेकर झाड़ियों से निकला और दबे-पाँव, वृक्षों की आड़ में, आदमियों की नज़र बचाता हुआ, एक तरफ़ को चला। वह इन झाड़ियों से निकलकर बस्ती में पहुँच जाना चाहता था। निर्जनता किसी की आड़ नहीं कर सकती। बस्ती का जन बाहुल्य स्वयं आड़ है।

कुछ दूर तक तो दाऊद के मार्ग में कोई बाधा न उपस्थित हुई। वन के वृक्षों ने इसकी रक्षा की, किन्तु जब वह असमतल भूमि से निकल कर समतल भूमि पर आया, तो एक अरब की निगाह उस पर पड़ गयी। उसने ललकारा। दाऊद भागा। 'कातिल भागा जाता है !' यह आवाज़ हवा में एक ही बार गूँजी और क्षण-भर में चारों तरफ़ से अरबों ने उसका पीछा किया। सामने बहुत दूर तक आबादी का नामोनिशान न था। बहुत दूर पर एक धुँधला-सा दीपक टिमटिमा रहा था। किसी तरह वहाँ तक पहुँच जाऊँ। वह उस दीपक की ओर इतनी तेज़ी से दौड़ रहा था, मानो वहाँ पहुँचते ही अभय पा जायगा। आशा उसे उड़ाये लिये जाती थी। अरबों का समूह पीछे छूट गया; मशालों की ज्योति निष्प्रभ हो गयी। केवल तारागण उसके साथ दौड़े चले आते थे। अंत को वह आशामय दीपक के सामने आ पहुँचा। एक छोटा-सा फूस का मकान था। एक बूढ़ा अरब ज़मीन पर बैठा हुआ रेहल पर कुरान रखे उसी दीपक के मंद प्रकाश से पढ़ रहा था। दाऊद आगे न जा सका। उसकी हिम्मत ने जवाब दे दिया। वह वहीं शिथिल होकर गिर पड़ा। रास्ते की थकान घर पर पहुँच मालूम होती है।

अरब ने उठकर कहा—तू कौन है ?

दाऊद—एक ग़रीब ईसाई। मुसीबत में फँस गया हूँ। अब आप ही शरण दें, तो मेरे प्राण बच सकते हैं।

अरब—खुदापाक तेरी मदद करेगा। तुम पर क्या मुसीबत पड़ी हुई है ?

दाऊद—डरता हूँ कहीं कह दूँ तो आप भी मेरे खून के प्यासे न बन जायँ।

अरब—अब तू मेरी शरण में आ गया, तो तुझे मुझ से कोई शंका न होनी चाहिए। हम मुसलमान हैं, जिसे एक बार अपनी शरण में ले लेते हैं उसकी ज़िंदगी-भर रक्षा करते हैं।

दाऊद—मैंने एक मुसलमान युवक की हत्या कर डाली है।

वृद्ध अरब का मुख क्रोध से विकृत हो गया, बोला—उसका नाम?

दाऊद—उसका नाम जमाल था।

अरब सिर पकड़कर वहीं बैठ गया। उसकी आँखें सुर्ख हो गयीं; गरदन

की नसें तन गयीं; मुख पर अलौकिक तेजस्विता की आभा दिखायी दी, नथुने फड़कने लगे। ऐसा मालूम होता था कि उसके मन में भीषण द्वंद्व हो रहा है और वह समस्त विचार-शक्ति से अपने मनोभावों को दबा रहा है। दो-तीन मिनट तक वह इसी उग्र अवस्था में बैठा धरती की ओर ताकता रहा। अंत में अवरुद्ध कंठ से बोला—नहीं-नहीं, शरणागत की रक्षा करनी ही पड़ेगी। आह! ज़ालिम! तू जानता है, मैं कौन हूँ। मैं उसी युवक का अभागा पिता हूँ, जिसकी आज तूने इतनी निर्दयता से हत्या की है। तू जानता है, तूने मुझ पर कितना बड़ा अत्याचार किया है? तूने मेरे खानदान का निशान मिटा दिया है! मेरा चिराग़ गुल कर दिया ! आह, जमाल मेरा इकलौता बेटा था। मेरी सारी अभिलाषाएँ उसी पर निर्भर थीं। वह मेरी आँखों का उजाला, मुझ अंधे का सहारा, मेरे जीवन का आधार, और मेरे जर्जर शरीर का प्राण था। अभी-अभी उसे कब्र की गोद में लिटा आया हूँ। आह, मेरा शेर, आज ख़ाक के नीचे सो रहा है। ऐसा दिलेर, ऐसा दीनदार, ऐसा सजीला जवान मेरी कौम में दूसरा न था। ज़ालिम, तुझे उस पर तलवार चलाते ज़रा भी दया न आयी। तेरा पत्थर का कलेजा ज़रा भी न पसीजा ! तू जानता है, मुझे इस वक्त तुझ पर कितना गुस्सा आ रहा है ? मेरा जी चाहता है कि अपने दोनों हाथों से तेरी गरदन पकड़कर इस तरह दबाऊँ कि तेरी ज़बान बाहर निकल आवे, तेरी आँखें कौड़ियों की तरह बाहर निकल पड़ें। पर नहीं, तूने मेरी शरण ली है, कर्तव्य मेरे हाथों को बाँधे हुए है, क्योंकि हमारे रसूल-पाक ने हिदायत की है, कि जो अपनी पनाह में आवे, उस पर हाथ न उठाओ। मैं नहीं चाहता कि नबी के हुक्म को तोड़ कर दुनिया के साथ अपनी आक़ुबत भी बिगाड़ लूँ। दुनिया तूने बिगाड़ी, दीन अपने हाथों बिगाड़ूँ ? नहीं। सब्र करना मुश्किल है; पर सब्र करूँगा ताकि नबी के सामने आँखें नीची न करनी पड़ें। आ, घर में आ। तेरा पीछा करने वाले दौड़े आ रहे हैं। तुझे देख लेंगे, तो फिर मेरी सारी मिन्नत-समाजत तेरी जान न बचा सकेगी। तू नहीं जानता कि अरब लोग खून कभी माफ़ नहीं करते।

यह कहकर अरब ने दाऊद का हाथ पकड़ लिया, और उसे घर में ले जाकर एक कोठरी में छिपा दिया। यह घर से बाहर निकला ही था कि अरबों का एक दल द्वार पर आ पहुँचा।

एक आदमी ने पूछा—क्यों शेख हसन, तुमने इधर से किसी को भागते देखा है?

'हाँ देखा है।'

'उसे पकड़ क्यों न हलिया ? वही तो जमाल का कातिल था !'

'यह जानकर भी मैंने उसे छोड़ दिया।'

'ऐं ! ग़ज़ब ख़ुदा का ! यह तुमने क्या किया ? जमाल हिसाब के दिन हमारा दामन पकड़ेगा तो हम क्या जवाब देंगे ?'

'तुम कह देना कि तेरे बाप ने तेरे क़ातिल को माफ़ कर दिया।'

'अरब ने कभी क़ातिल का ख़ून नहीं माफ़ किया।'

'यह तुम्हारी ज़िम्मेदारी है, मैं उसे अपने सिर क्यों लूँ ?'

अरबों ने शेख हसन से ज़्यादा हुज्जत न की, क़ातिल की तलाश में दौड़े। शेख हसन फिर चटाई पर बैठकर कुरान पढ़ने लगा, लेकिन उसका मन पढ़ने में न लगता था। शत्रु से बदला लेने की प्रवृत्ति अरबों की प्रवृत्ति में बद्धमूल होती थी। ख़ून का बदला ख़ून था। इसके लिए ख़ून की नदियाँ बह जाती थीं, क़बीले-के-क़बीले मिटते थे, शहर-के-शहर वीरान हो जाते थे। उस प्रवृत्ति पर विजय पाना शेख हसन को असाध्य-सा प्रतीत हो रहा था। बार-बार प्यारे पुत्र की सूरत उसकी आँखों के आगे फिरने लगती थी, बार-बार उसके मन में प्रबल उत्तेजना होती थी कि चलकर दाऊद के ख़ून से अपने क्रोध की आग बुझाऊँ। अरब वीर होते थे। काटना-मारना उनके लिए कोई असाधारण बात न थी। मरने वालों के लिए वे आँसुओं की कुछ बूँदें बहाकर फिर अपने काम में प्रवृत्त हो जाते। वे मृत व्यक्ति की स्मृति को केवल उसी दशा में जीवित रखते थे, जब उसके ख़ून का बदला लेना होता था। अन्त को शेख हसन अधीर हो उठा। उसको भय हुआ कि अब मैं अपने ऊपर क़ाबू नहीं रख सकता। उसने तलवार म्यान से निकाल ली और दबे पाँव उस कोठरी के द्वार पर आकर खड़ा हो गया, जिसमें दाऊद छिपा हुआ था। तलवार को दामन में छिपाकर उसने धीरे से द्वार खोला। दाऊद टहल रहा था। बूढ़े अरब का रौद्र रूप देखकर दाऊद उसके मनोवेग को ताड़ गया। उसे बूढ़े से सहानुभूति हो गयी। उसने सोचा, यह धर्म का दोष नहीं, मेरे पुत्र की किसी ने हत्या की होती, तो कदाचित् मैं भी उसके ख़ून का प्यासा हो जाता। यही मानव प्रकृति है।

अरब ने कहा—दाऊद, तुम्हें मालूम है बेटे की मौत का कितना ग़म होता है।

दाऊद—जानता हूँ। अगर मेरी जान से आपके उस ग़म का एक हिस्सा भी मिट सके, तो लीजिए, यह सिर हाज़िर है। मैं इसे शौक से आपकी नज़र करता हूँ। आपने दाऊद का नाम सुना होगा।

अरब—क्या पीटर का बेटा ?

दाऊद—जी हाँ। मैं वही बदनसीब दाऊद हूँ। मैं केवल आपके बेटे का घातक

ही नहीं, इस्लाम का दुश्मन हूँ। मेरी जान लेकर आप जमाल के खून का बदला ही न लेंगे, बल्कि अपनी जाति और धर्म की सच्ची सेवा भी करेंगे।

शेख हसन ने गम्भीर भाव से कहा—दाऊद, मैंने तुम्हें माफ़ किया। मैं जानता हूँ, मुसलमानों के हाथ ईसाइयों को बहुत तकलीफें पहुँची हैं, मुसलमानों ने उन पर बड़े-बड़े अत्याचार किये हैं, उनकी स्वाधीनता हर ली है ! लेकिन यह इस्लाम का नहीं, मुसलमानों का क़सूर है। विजय-गर्व ने मुसलमानों की मति हर ली है। हमारे पाक नबी ने यह शिक्षा नहीं दी थी, जिस पर आज हम चल रहे हैं। वह स्वयं क्षमा और दया का सर्वोच्च आदर्श है। मैं इस्लाम के नाम को बट्टा न लगाऊँगा। मेरी ऊँटनी ले लो और रातों-रात जहाँ तक भागा जाय, भागो। कहीं एक क्षण के लिए भी न ठहरना। अरबों को तुम्हारी बू भी मिल गयी, तो तुम्हारी जान की खैरियत नहीं। जाओ, तुम्हें खुदा-ए-पाक घर पहुँचावे। बूढ़े शेख हसन और उसके बेटे जमाल के लिए खुदा से दुआ किया करना।

दाऊद खैरियत से घर पहुँच गया; किंतु अब वह दाऊद न था, जो इस्लाम को जड़ से खोदकर फेंक देना चाहता था। उसके विचारों में गहरा परिवर्तन हो गया था। अब वह मुसलमानों का आदर करता और इस्लाम का नाम इज़्ज़त से लेता था।

पंच-परमेश्वर

जुम्मन शेख़ और अलगू चौधरी में गाढ़ी मित्रता थी। साझे में खेती होती थी। कुछ लेन-देन में भी साझा था। एक को दूसरे पर अटल विश्वास था। जुम्मन जब हज करने गये थे, तब अपना घर अलगू को सौंप गये थे, और अलगू जब कभी बाहर जाते, तो जुम्मन पर अपना घर छोड़ जाते थे। उनमें न खान-पान का व्यवहार था, न धर्म का नाता; केवल विचार मिलते थे। मित्रता का मूलमंत्र भी यही है।

इस मित्रता का जन्म उसी समय हुआ, जब दोनों मित्र बालक ही थे; और जुम्मन के पूज्य पिता, जुमराती, उन्हें शिक्षा प्रदान करते थे। अलगू ने गुरु जी की बहुत सेवा की थी, खूब रकाबियाँ माँजी, खूब प्याले धोये। उनका हुक्का एक क्षण के लिए भी विश्राम न लेने पाता था; क्योंकि प्रत्येक चिलम अलगू को आध घंटे तक किताबों से अलग कर देती थी। अलगू के पिता पुराने विचारों के मनुष्य थे। उन्हें शिक्षा की अपेक्षा गुरु की सेवा-शुश्रूषा पर अधिक विश्वास था। वह कहते थे कि विद्या पढ़ने से नहीं आती; जो कुछ होता है, गुरु के आशीर्वाद से। बस, गुरु जी की कृपा-दृष्टि चाहिए। अतएव यदि अलगू पर जुमराती शेख़ के आशीर्वाद अथवा सत्संग का कुछ फल न हुआ, तो यह मानकर संतोष कर लूँगा कि विद्योपार्जन में उसने यथाशक्ति कोई बात उठा नहीं रखी, विद्या उसके भाग ही में न थी, तो कैसे आती ?

मगर जुमराती शेख़ स्वयं आशीर्वाद के कायल न थे। उन्हें अपने सोटे पर अधिक भरोसा था, और उसी सोटे के प्रताप से आज आस-पास के गाँवों में जुम्मन की पूजा होती थी। उनके लिखे हुए रहननामे या बैनामे पर कचहरी का मुहरिर भी कलम न उठा सकता था। हलक्के का डाकिया, कांस्टेबल और तहसील का चपरासी—सब उसकी कृपा की आकांक्षा रखते थे। अतएव अलगू का मान उसके धन के कारण था, तो जुम्मन शेख़ अपनी अनमोल विद्या से ही सब के आदर पात्र बने थे।

जुम्मन शेख़ की एक बूढ़ी खाला (मौसी) थी। उसके पास कुछ थोड़ी-सी मलकीयत थी; परन्तु उसके निकट संबंधियों में कोई न था। जुम्मन ने लम्बे-चौड़े वायदे करके वह मलकीयत अपने नाम लिखवा ली थी। जब तक दान पात्र की रजिस्ट्री न हुई थी, तब तक खालाजान का खूब आदर-सत्कार किया गया। उन्हें खूब स्वादिष्ट पदार्थ खिलाये गये। हलवे-पुलाव की वर्षा-सी की गयी; पर रजिस्ट्री की मुहर ने इन खातिरदारियों पर भी मानो मुहर लगा दी। जुम्मन की पत्नी करीमन रोटियों के साथ कड़वी बातों के कुछ तेज, तीखे सालन भी देने लगी। जुम्मन शेख भी निष्ठुर हो गये। अब बेचारी खालाजान को प्रायः नित्य ही ऐसी बातें सुननी पड़ती थीं।

बुढ़िया न जाने कब तक जियेगी। दो-तीन बीघे ऊसर क्या दे दिया, मानो मोल ले लिया है! बघारी दाल के बिना रोटियाँ नहीं उतरतीं! जितना रुपया इसके पेट में झोंक चुके, उतने से तो अब तक एक गाँव मोल ले लेते।

कुछ दिन खालाजान ने यह सुना और सहा; पर जब न सहा गया तब जुम्मन से शिकायत की। जुम्मन ने स्थानीय कर्मचारी—गृहस्वामिनी—के प्रबंध में दखल देना उचित न समझा। कुछ दिन तक और यों ही रो-धोकर काम चलता रहा। अंत में एक दिन खाला ने जुम्मन से कहा—बेटा ! तुम्हारे साथ मेरा निबाह न होगा। तुम मुझे रुपये दे दिया करो, मैं अपना पका-खा लूँगी।

जुम्मन ने धृष्टता के साथ उत्तर दिया—रुपये क्या यहाँ फलते हैं?

खाला ने नम्रता से कहा—मुझे कुछ रूखा-सूखा चाहिए भी कि नहीं?

जुम्मन ने गम्भीर स्वर से जवाब दिया—तो कोई यह थोड़े ही समझा था कि तुम मौत से लड़कर आयी हो?

खाला बिगड़ गयीं, उन्होंने पंचायत करने की धमकी दी। जुम्मन हँसे, जिस तरह कोई शिकारी हिरन को जाल की तरफ़ जाते देख कर मन ही मन हँसता है। वह बोले—हाँ, पंचायत करो। फैसला हो जाय। मुझे भी यह रात-दिन की खटखट पसंद नहीं।

पंचायत में किसकी जीत होगी, इस विषय में जुम्मन को कुछ भी संदेह न था। आस-पास के गाँवों में ऐसा कौन था, जो उनके अनुग्रहों का ऋणी न हो; ऐसा कौन था, जो उनको शत्रु बनाने का साहस कर सके? किसमें इतना बल था, जो उनका सामना कर सके? आसमान के फरिश्ते तो पंचायत करने आवेंगे नहीं।

इसके बाद कई दिन तक बूढ़ी खाला हाथ में एक लकड़ी लिये आस-पास के गाँवों में दौड़ती रहीं। कमर झुक कर कमान हो गयी थी। एक-एक पग चलना दूभर था; मगर बात आ पड़ी थी। उसका निर्णय करना ज़रूरी था।

बिरला ही कोई भला आदमी होगा, जिसके सामने बुढ़िया ने दुःख के आँसू न बहाये हों। किसी ने तो यों ही ऊपरी मन से हूँ-हाँ करके टाल दिया, और किसी ने इस अन्याय पर ज़माने को गालियाँ दीं ! कहा—क़ब्र में पाँव लटके हुए हैं, आज मरे कल दूसरा दिन; पर हवस नहीं मानती। अब तुम्हें क्या चाहिए? रोटी खाओ और अल्लाह का नाम लो। तुम्हें अब खेती-बारी से क्या काम? कुछ ऐसे सज्जन भी थे, जिन्हें हास्य के रसास्वादन का अच्छा अवसर मिला। झुकी हुई कमर, पोपला मुँह, सन के-से बाल—इतनी सामग्रियाँ एकत्र हों, तब हँसी क्यों न आवे? ऐसे न्यायप्रिय, दयालु, दीनवत्सल पुरुष बहुत कम थे, जिन्होंने उस अबला के दुखड़े को ग़ौर से सुना हो और उसको सांत्वना दी हो। चारों ओर से घूम-घाम कर बेचारी अलगू चौधरी के पास आयी। लाठी पटक दी और दम ले कर बोली—बेटा, तुम भी दम भर के लिए मेरी पंचायत में चले आना।

अलगू—मुझे बुला कर क्या करोगी ? कई गाँव के आदमी तो आवेंगे ही।

खाला—अपनी विपदा तो सबके आगे रो आयी। अब आने-न-आने का अख़ितयार उनको है।

अलगू—यों आने को मैं आऊँगा; मगर पंचायत में मुँह न खोलूँगा।

खाला—क्यों बेटा?

अलगू—अब इसका क्या जवाब दूँ? अपनी खुशी। जुम्मन मेरा पुराना मित्र है। उससे बिगाड़ नहीं कर सकता।

खाला—बेटा, क्या बिगाड़ के डर से ईमान की बात न कहोगे ?

हमारे सोये हुए धर्म-ज्ञान की सारी सम्पत्ति लुट जाय, तो उसे खबर नहीं होती, परन्तु ललकार सुन कर वह सचेत हो जाता है। फिर उसे कोई जीत नहीं सकता। अलगू इस सवाल का कोई उत्तर न दे सका, पर उसके हृदय में ये शब्द गूँज रहे थे—क्या बिगाड़ के डर से ईमान की बात न कहोगे?

संध्या समय एक पेड़ के नीचे पंचायत बैठी। शेख़ जुम्मन ने पहले से ही फर्श बिछा रखा था। उन्होंने पान, इलायची, हुक्के-तम्बाकू आदि का प्रबन्ध भी किया था। हाँ, वह स्वयं अलबत्ता अलगू चौधरी के साथ ज़रा दूरी पर बैठे हुए थे। जब कोई पंचायत में आ जाता था, तब दबे हुए सलाम से उसका स्वागत करते थे। जब सूर्य अस्त

हो गया और चिड़ियों की कलरवयुक्त पंचायत पेड़ों पर बैठी, तब यहाँ भी पंचायत शुरू हुई। फर्श की एक-एक अंगुल ज़मीन भर गयी; पर अधिकांश दर्शक ही थे। निमंत्रित महाशयों में से केवल वे ही लोग पधारे थे, जिन्हें जुम्मन से अपनी कुछ कसर निकालनी थी। एक कोने में आग सुलग रही थी। नाई ताबड़तोड़ चिलम भर रहा था। यह निर्णय करना असम्भव था कि सुलगते हुए उपलों से अधिक धुआँ निकलता है या चिलम के दमों से। लड़के इधर-उधर दौड़ रहे थे। कोई आपस में गाली-गलौज करते और कोई रोते थे। चारों तरफ कोलाहल मच रहा था। गाँव के कुत्ते इस जमाव को भोज समझ कर झुंड के झुंड जमा हो गये थे।

पंच लोग बैठ गये, तो बूढ़ी खाला ने उनसे विनती की—

'पंचो, आज तीन साल हुए, मैंने अपनी सारी जायदाद अपने भानजे जुम्मन के नाम लिख दी थी। इसे आप लोग जानते ही होंगे। जुम्मन ने मुझे आजीवन रोटी-कपड़ा देना कबूल किया। साल भर तो मैंने इसके साथ रो-धोकर काटा। पर अब रात-दिन का रोना नहीं सहा जाता। मुझे न पेट की रोटी मिलती है और न तन का कपड़ा। बेकस बेवा हूँ। कचहरी-दरबार नहीं कर सकती। तुम्हारे सिवा और किसे अपना दुःख सुनाऊँ? तुम लोग जो राह निकाल दो, उसी राह पर चलूँ। अगर मुझ में कोई ऐब देखो, तो मेरे मुँह पर थप्पड़ मारो। जुम्मन में बुराई देखो, तो उसे समझाओ, क्यों एक बेकस की आह लेता है! मैं पंचों का हुक्म सिर-माथे पर चढ़ाऊँगी।'

रामधन मिश्र, जिनके कई असामियों को जुम्मन ने अपने गाँव में बसा लिया था, बोले—जुम्मन मियाँ, किसे पंच बदते हो ? अभी से इसका निपटारा कर लो। फिर जो कुछ पंच कहेंगे, वही मानना पड़ेगा।

जुम्मन को इस समय सदस्यों में विशेष कर वे ही लोग दीख पड़े, जिनसे किसी न किसी कारण उनका वैमनस्य था। जुम्मन बोले—पंचों का हुक्म अल्लाह का हुक्म है। खालाजान जिसे चाहें, उसे बदें। मुझे कोई उज्र नहीं।

खाला ने चिल्ला कर कहा—अरे अल्लाह के बन्दे ! पंचों का नाम क्यों नहीं बता देता ? कुछ मुझे भी तो मालूम हो।

जुम्मन ने क्रोध से कहा—अब इस वक्त मेरा मुँह न खुलवाओ। तुम्हारी बन पड़ी है, जिसे चाहो, पंच बदो।

खालाजान जुम्मन के आक्षेप को समझ गयीं, वह बोलीं—बेटा, खुदा से डरो, पंच न किसी के दोस्त होते हैं, न किसी के दुश्मन। कैसी बात कहते हो ! और

तुम्हारा किसी पर विश्वास न हो, तो जाने दो; अलगू चौधरी को तो मानते हो ? लो, मैं उन्हीं को सरपंच बदती हूँ।

जुम्मन शेख़ आनंद से फूल उठे, परंतु मन के भावों को छिपा कर बोले—अलगू चौधरी ही सही, मेरे लिए जैसे रामधन मिसिर वैसे अलगू।

अलगू इस झमेले में फँसना नहीं चाहते थे। वे कन्नी काटने लगे। बोले—खाला, तुम जानती हो कि मेरी जुम्मन से गाढ़ी दोस्ती है।

खाला ने गम्भीर स्वर से कहा—बेटा, दोस्ती के लिए कोई अपना ईमान नहीं बेचता। पंच के दिल में खुदा बसता है। पंचों के मुँह से जो बात निकलती है, वह खुदा की तरफ से निकलती है।

अलगू चौधरी सरपंच हुए। रामधन मिश्र और जुम्मन के दूसरे विरोधियों ने बुढ़िया को मन में बहुत कोसा।

अलगू चौधरी बोले—शेख़ जुम्मन ! हम और तुम पुराने दोस्त हैं ! जब काम पड़ा, तुमने हमारी मदद की है और हम भी जो कुछ बन पड़ा, तुम्हारी सेवा करते रहे हैं; मगर इस समय तुम और बूढ़ी खाला, दोनों हमारी निगाहों में बराबर हो। तुम को पंचों से जो कुछ अर्ज करनी हो, करो।

जुम्मन को पूरा विश्वास था कि अब बाजी मेरी है। अलगू यह सब दिखावे की बातें कर रहा है। अतएव शांत-चित्त हो कर बोले—पंचो, तीन साल हुए खालाजान ने अपनी जायदाद मेरे नाम हिब्बा कर दी थी। मैंने उन्हें उम्र-भर खाना-कपड़ा देना कबूल किया था। खुदा गवाह है, आज तक मैंने खालाजान को कोई तकलीफ नहीं दी। मैं उन्हें अपनी माँ के समान समझता हूँ। उनकी खिदमत करना मेरा फर्ज है; मगर औरतों में ज़रा अनबन रहती है, इसमें मेरा क्या बस है? खालाजान मुझसे माहवार खर्च अलग माँगती हैं। जायदाद जितनी है, वह पंचों से छिपी नहीं। उससे इतना मुनाफा नहीं होता है कि माहवार खर्च दे सकूँ। इसके अलावा हिब्बानामे में माहवार खर्च का कोई जिक्र नहीं। नहीं तो मैं भूल कर भी इस झमेले में न पड़ता। बस, मुझे यही कहना है। आइंदा पंचों का इखतियार है, जो फैसला चाहें, करें।

अलगू चौधरी को हमेशा कचहरी से काम पड़ता था। अतएव वह पूरा कानूनी आदमी था। उसने जुम्मन से जिरह शुरू की। एक-एक प्रश्न जुम्मन के हृदय पर हथौड़े की चोट की तरह पड़ता था। रामधन मिश्र इन प्रश्नों पर मुग्ध हुए जाते थे। जुम्मन चकित थे कि अलगू को क्या हो गया। अभी यह अलगू मेरे साथ बैठा हुआ कैसी-कैसी बातें कर रहा था ! इतनी ही देर में ऐसी कायापलट

हो गयी कि मेरी जड़ खोदने पर तुला हुआ है। न मालूम कब की कसर निकाल रहा है? क्या इतने दिनों की दोस्ती कुछ भी काम न आवेगी?

जुम्मन शेख़ तो इसी संकल्प-विकल्प में पड़े हुए थे कि इतने में अलगू ने फैसला सुनाया—

जुम्मन शेख़! पंचो ने इस मामले पर विचार किया। उन्हें यह नीति-संगत मालूम होता है कि खालाजान को माहवार खर्च दिया जाय। हमारा विचार है कि खाला की जायदाद से इतना मुनाफा अवश्य होता है कि माहवार खर्च दिया जा सके। बस, यही हमारा फैसला है, अगर जुम्मन को खर्च देना मंजूर न हो, तो हिब्बानामा रद्द समझा जाय।

यह फैसला सुनते ही जुम्मन सन्नाटे में आ गये। जो अपना मित्र हो, वही शत्रु-सा व्यवहार करे और गले पर छुरी फेरे, इसे समय के हेर-फेर के सिवा और क्या कहें? जिस पर पूरा भरोसा था, उसने समय पड़ने पर धोखा दिया। ऐसे ही अवसरों पर झूठे-सच्चे मित्रों की परीक्षा की जाती है। यही कलियुग की दोस्ती है। अगर लोग ऐसे कपटी-धोखेबाज़ न होते, तो देश में आपत्तियों का प्रकोप क्यों होता? यह हैज़ा-प्लेग आदि व्याधियाँ दुष्कर्मों के ही तो दंड हैं।

मगर रामधन मिश्र और अन्य पंच अलगू चौधरी की इस नीति-परायणता की प्रशंसा जी खोलकर कर रहे थे। वे कहते थे—इसी का नाम पंचायत है! दूध का दूध और पानी का पानी कर दिया। दोस्ती, दोस्ती की जगह है, किंतु धर्म का पालन करना मुख्य है। ऐसे ही सत्यवादियों के बल पर पृथ्वी ठहरी हुई है, नहीं तो वह कब की रसातल को चली जाती।

इस फैसले ने अलगू और जुम्मन की दोस्ती की जड़ हिला दीं। अब वे साथ-साथ बातें करते नहीं दिखायी देते। इतना पुराना मित्रता-रूपी वृक्ष सत्य का एक झोंका भी न सह सका। सचमुच वह बालू की ही ज़मीन पर खड़ा था।

उनमें अब शिष्टाचार का अधिक व्यवहार होने लगा। एक दूसरे की आवभगत ज़्यादा करने लगा। वे मिलते-जुलते थे, मगर उसी तरह, जैसे तलवार से ढाल मिलती है।

जुम्मन के चित्त में मित्र की कुटिलता आठों पहर खटका करती थी। उसे हर घड़ी यही चिंता लगी रहती थी कि किसी तरह बदला लेने का अवसर मिले।

अच्छे कामों की सिद्धि में बड़ी देर लगती है; पर बुरे कामों की सिद्धि में यह बात नहीं होती। जुम्मन को भी बदला लेने का अवसर जल्द ही मिल गया। पिछले

साल अलगू चौधरी बटेसर से बैलों की एक बहुत अच्छी गोई मोल लाये थे। बैल पछाहीं जाति के सुंदर, बड़े-बड़े सींगों वाले थे। महीनों तक आस-पास के गाँवों के लोग उनके दर्शन करते रहे। दैवयोग से जुम्मन की पंचायत के एक महीने के बाद इस जोड़ी का एक बैल मर गया। जुम्मन ने दोस्तों से कहा—यह दग़ाबाजी की सजा है। इन्सान सब्र भले ही कर जाय, पर खुदा नेक-बद सब देखता है। अलगू को संदेह हुआ कि जुम्मन ने बैल को विष दिला दिया है। चौधराइन ने भी जुम्मन पर ही इस दुर्घटना का दोषारोपण किया। उसने कहा—जुम्मन ने कुछ कर-करा दिया है। चौधराइन और करीमन में इस विषय पर एक दिन खूब ही वाद-विवाद हुआ। दोनों देवियों ने शब्द-बाहुल्य की नदी बहा दी। व्यंग्य, वक्रोक्ति, अन्योक्ति और उपमा आदि अलंकारों में बातें हुईं। जुम्मन ने किसी तरह शांति स्थापित की। उसने अपनी पत्नी को डाँट-डपट कर समझा दिया। वह उसे उस रणभूमि से हटा भी ले गये। उधर अलगू चौधरी ने समझाने-बुझाने का काम अपने तर्क-पूर्ण सोंटे से लिया।

अब अकेला बैल किस काम का ? उसका जोड़ बहुत ढूँढ़ा गया, पर न मिला। निदान यह सलाह ठहरी कि इसे बेच डालना चाहिए। गाँव में एक समझू साहू थे, वह इक्का-गाड़ी हाँकते थे। गाँव से गुड़, घी लाद कर मंडी ले जाते, मंडी से तेल, नमक भर लाते, और गाँव में बेचते। इस बैल पर उनका मन ललचाया। उन्होंने सोचा, यह बैल हाथ लगे तो दिन-भर में बेखटके तीन खेपें हों। आजकल तो एक ही खेप के लाले पड़े रहते हैं। बैल देखा, गाड़ी में दौड़ाया, बाल-भौंरी की पहचान करायी, मोल-तोल किया और उसे लाकर द्वार पर बाँध ही दिया। एक महीने में दाम चुकाने का वादा ठहरा। चौधरी को भी गरज़ थी ही, घाटे की परवा न की।

समझू साहू ने नया बैल पाया, तो लगे उसे रगेदने। वह दिन में तीन-तीन, चार-चार खेपें करने लगे। न चारे की फिक्र थी, न पानी की, बस खेपों से काम था। मंडी ले गये, वहाँ कुछ सूखा भूसा सामने डाल दिया। बेचारा जानवर अभी दम भी न लेने पाया था कि फिर जोत दिया। अलगू चौधरी के घर था तो चैन की बंशी बजती थी। बैलराम छठे-छमाहे कभी बहली में जोते जाते थे। तब खूब उछलते-कूदते और कोसों तक दौड़ते चले जाते थे। वहाँ इनका रातिब था—साफ पानी, दली हुई अरहर की दाल और भूसे के साथ खली, और यही नहीं, कभी-कभी घी का स्वाद भी चखने को मिल जाता था। शाम-सबेरे एक आदमी खरहरे करता, पोंछता और सहलाता था। कहाँ वह सुख-चैन, कहाँ यह आठों पहर की खपन!

महीने भर ही में वह पिस-सा गया। इक्के का जुआ देखते ही उसका लहू सूख जाता था। एक-एक पग चलना दूभर था। हड्डियाँ निकल आयी थीं; पर था वह पानीदार, मार की बरदाश्त न थी।

एक दिन चौथी खेप में साहू जी ने दूना बोझ लादा। दिन-भर का थका जानवर, पैर न उठते थे। पर साहू जी कोड़े फटकारने लगे। बस, फिर क्या था, बैल कलेजा तोड़ कर चला। कुछ दूर दौड़ा और चाहा कि ज़रा दम ले लूँ; पर साहू जी को जल्द पहुँचने की फ़िक्र थी; अतएव उन्होंने कई कोड़े बड़ी निर्दयता से फटकारे। बैल ने एक बार फिर जोर लगाया; पर अब की बार शक्ति ने जवाब दे दिया। वह धरती पर गिर पड़ा, और ऐसा गिरा कि फिर न उठा। साहू जी ने बहुत पीटा, टाँग पकड़ कर खींचा, नथनों में लकड़ी ठूँस दी; पर कहीं मृतक भी उठ सकता है ? तब साहू जी को कुछ शंका हुई। उन्होंने बैल को गौर से देखा, खोल कर अलग किया; और सोचने लगे कि गाड़ी कैसे घर पहुँचे। बहुत चीखे-चिल्लाये; पर देहात का रास्ता बच्चों की आँख की तरह साँझ होते ही बंद हो जाता है। कोई नज़र न आया। आस-पास कोई गाँव भी न था। मारे क्रोध के उन्होंने मरे हुए बैल पर और दुर्रे लगाये और कोसने लगे—अभागे। तुझे मरना ही था, तो घर पहुँच कर मरता! ससुरा बीच रास्ते ही में मर रहा! अब गाड़ी कौन खींचे? इस तरह साहू जी खूब जले-भुने। कई बोरे गुड़ और कई पीपे घी उन्होंने बेचे थे, दो-ढाई सौ रुपये कमर में बँधे थे। इसके सिवा गाड़ी पर कई बोरे नमक के थे; अतएव छोड़ कर जा भी न सकते थे। लाचार बेचारे गाड़ी पर ही लेट गये। वहीं रतजगा करने की ठान ली। चिलम पी, गाया। फिर हुक्का पिया। इस तरह साहू जी आधी रात तक नींद को बहलाते रहे। अपनी जान में तो वह जागते ही रहे; पर पौ फटते ही जो नींद टूटी और कमर पर जो हाथ रखा, तो थैली गायब! घबरा कर इधर-उधर देखा, तो कई कनस्तर तेल भी नदारद! अफसोस में बेचारे ने सिर पीट लिया और पछाड़ खाने लगा। प्रातःकाल रोते-बिलखते घर पहुँचे। साहुआईन ने जब यह बुरी सुनावनी सुनी, तब पहले तो रोयी, फिर अलगू चौधरी को गालियाँ देने लगी—निगोड़े ने ऐसा कुलच्छनी बैल दिया कि जन्म भर की कमाई लुट गयी।

इस घटना को हुए कई महीने बीत गये। अलगू जब अपने बैल के दाम माँगते तब साहू और साहुआईन, दोनों ही झल्लाये हुए कुत्तों की तरह चिढ़ बैठते और अंड-बंड बकने लगते—वाह! यहाँ तो सारे जन्म की कमाई लुट गयी, सत्यानाश हो गया, इन्हें दामों की पड़ी है। मुर्दा बैल दिया था, उस पर दाम माँगने चले

हैं! आँखों में धूल झोंक दी, सत्यानाशी बैल गले बाँध दिया, हमें निरा पोंगा ही समझ लिया है! हम भी बनिये के बच्चे हैं, ऐसे बुद्धू कहीं और होंगे। पहले जाकर किसी गड्ढे में मुँह धो आओ, तब दाम लेना। न जी मानता हो, तो हमारा बैल खोल ले जाओ। महीना भर के बदले दो महीना जोत लो। और क्या लोगे ?

चौधरी के अशुभचिंतकों की कमी न थी। ऐसे अवसरों पर वे भी एकत्र हो जाते और साहू जी के बर्राने की पुष्टि करते। इस तरह फटकारें सुनकर बेचारे चौधरी अपना-सा मुँह लेकर लौट आते, परन्तु डेढ़ सौ रुपयों से इस तरह हाथ धो लेना आसान न था। एक बार वह भी गरम हो पड़े। साहू जी बिगड़ कर लाठी ढूँढ़ने घर में चले गये। अब साहुआईन जी ने मैदान लिया। प्रश्नोत्तर होते-होते हाथापाई की नौबत आ पहुँची। साहुआईन ने घर में घुस कर किवाड़ बंद कर लिये। शोरगुल सुन कर गाँव के भलेमानस जमा हो गये। उन्होंने दोनों को समझाया। साहू जी को दिलासा दे कर घर से निकाला। वह परामर्श देने लगे कि इस तरह सिरफुटौवल से काम न चलेगा। पंचायत कर लो। जो कुछ तय हो जाय, उसे स्वीकार कर लो। साहू जी राजी हो गये। अलगू ने भी हामी भर ली।

पंचायत की तैयारियाँ होने लगीं। दोनों पक्षों ने अपने-अपने दल बनाने शुरू किये। इसके बाद तीसरे दिन उसी वृक्ष के नीचे पंचायत बैठी। वही संध्या का समय था। खेतों में कौए पंचायत कर रहे थे। विवादग्रस्त विषय यह था कि मटर की फलियों पर उनका कोई स्वत्व है या नहीं; और जब तक यह प्रश्न हल न हो जाय, तब तक वे रखवाले की पुकार पर अपनी अप्रसन्नता प्रकट करना आवश्यक समझते थे। पेड़ की डालियों पर बैठी शुक-मंडली में यह प्रश्न छिड़ा हुआ था कि मनुष्यों को उन्हें बेमुरौवत कहने का क्या अधिकार है, जब उन्हें स्वयं अपने मित्रों से दग़ा करने में भी संकोच नहीं होता।

पंचायत बैठ गयी, तो रामधन मिश्र ने कहा—अब देरी क्या है? पंचों का चुनाव हो जाना चाहिए। बोलो चौधरी; किस-किस को पंच बदते हो।

अलगू ने दीन भाव से कहा—समझू साहू ही चुन लें।

समझू खड़े हुए और कड़क कर बोले—मेरी ओर से जुम्मन शेख़।

जुम्मन का नाम सुनते ही अलगू चौधरी का कलेजा धक्-धक् करने लगा, मानो किसी ने अचानक थप्पड़ मार दिया हो। रामधन अलगू के मित्र थे। वह बात को ताड़ गये। पूछा—क्यों चौधरी तुम्हें कोई उज्र तो नहीं।

चौधरी ने निराश हो कर कहा—नहीं, मुझे क्या उज्र होगा ?

अपने उत्तरदायित्व का ज्ञान बहुधा हमारे संकुचित व्यवहारों का सुधारक होता है। जब हम राह भूलकर भटकने लगते हैं तब यही ज्ञान हमारा विश्वसनीय पथ-प्रदर्शक बन जाता है।

पत्र-संपादक अपनी शांत कुटी में बैठा हुआ कितनी धृष्टता और स्वतंत्रता के साथ अपनी प्रबल लेखनी से मंत्रिमंडल पर आक्रमण करता है; परंतु ऐसे अवसर भी आते हैं, जब वह स्वयं मंत्रिमंडल में सम्मिलित होता है। मंडल के भवन में पग धरते ही उसकी लेखनी कितनी मर्मज्ञ, कितनी विचारशील, कितनी न्यायपरायण हो जाती है। इसका कारण उत्तरदायित्व का ज्ञान है। नवयुवक युवावस्था में कितना उद्दंड रहता है। माता-पिता उसकी ओर से कितने चिंतित रहते हैं ! वे उसे कुल-कलंक समझते हैं; परन्तु थोड़े ही समय में परिवार का बोझ सिर पर पड़ते ही अव्यवस्थित-चित्त उन्मत्त युवक कितना धैर्यशील, कैसा शांतचित्त हो जाता है, यह भी उत्तरदायित्व के ज्ञान का फल है।

जुम्मन शेख़ के मन में भी सरपंच का उच्च स्थान ग्रहण करते ही अपनी ज़िम्मेदारी का भाव पैदा हुआ। उसने सोचा, मैं इस वक्त न्याय और धर्म के सर्वोच्च आसन पर बैठा हूँ। मेरे मुँह से इस समय जो कुछ निकलेगा, वह देववाणी के सदृश है—और देववाणी में मेरे मनोविकारों का कदापि समावेश न होना चाहिए। मुझे सत्य से जौ भर भी टलना उचित नहीं !

पंचों ने दोनों पक्षों से सवाल-जवाब करने शुरू किये। बहुत देर तक दोनों दल अपने-अपने पक्ष का समर्थन करते रहे। इस विषय में तो सब सहमत थे कि समझू को बैल का मूल्य देना चाहिए। परंतु दो महाशय इस कारण रियायत करना चाहते थे कि बैल के मर जाने से समझू को हानि हुई। इसके प्रतिकूल दो सभ्य मूल के अतिरिक्त समझू को दंड भी देना चाहते थे, जिससे फिर किसी को पशुओं के साथ ऐसी निर्दयता करने का साहस न हो। अंत में जुम्मन ने फैसला सुनाया—

अलगू चौधरी और समझू साहू! पंचों ने तुम्हारे मामले पर अच्छी तरह विचार किया। समझू को उचित है कि बैल का पूरा दाम दें। जिस वक्त उन्होंने बैल लिया, उसे कोई बीमारी न थी। अगर उसी समय दाम दे दिये जाते, तो समझू उसे फेर लेने का आग्रह न करते। बैल की मृत्यु केवल इस कारण हुई कि उससे बड़ा कठिन परिश्रम लिया गया और उसके दाने-चारे का कोई अच्छा प्रबंध न किया गया।

रामधन मिश्र बोले—समझू ने बैल को जान-बूझकर मारा है, अतएव उससे दंड लेना चाहिए।

जुम्मन बोले—यह दूसरा सवाल है! हमको इससे कोई मतलब नहीं!

झगड़ू साहू ने कहा—समझू के साथ कुछ रियायत होनी चाहिए।

जुम्मन बोले—यह अलगू चौधरी की इच्छा पर निर्भर है। वह रियायत करें, तो उनकी भलमनसी है।

अलगू चौधरी फूले न समाये। उठ खड़े हुए और जोर से बोले—पंच-परमेश्वर की जय!

चारों ओर से प्रतिध्वनि हुई—पंच-परमेश्वर की जय !

प्रत्येक मनुष्य जुम्मन की नीति को सराहता था—इसे कहते हैं न्याय ! यह मनुष्य का काम नहीं, पंच में परमेश्वर वास करते हैं, यह उन्हीं की महिमा है। पंच के सामने खोटे को कौन खरा कह सकता है ?

थोड़ी देर बाद जुम्मन अलगू के पास आये और उनके गले लिपट कर बोले—भैया, जब से तुमने मेरी पंचायत की तब से मैं तुम्हारा प्राण-घातक शत्रु बन गया था; पर आज मुझे ज्ञात हुआ कि पंच के पद पर बैठ कर न कोई किसी का दोस्त होता है, न दुश्मन। न्याय के सिवा उसे और कुछ नहीं सूझता। आज मुझे विश्वास हो गया कि पंच की ज़बान से खुदा बोलता है। अलगू रोने लगे। इस पानी से दोनों के दिलों का मैल धुल गया। मित्रता की मुरझायी हुई लता फिर से हरी हो गयी।

प्रायश्चित्त

दफ़्तर में ज़रा देर से आना अफसरों की शान है। जितना ही बड़ा अधिकारी होता है, उतनी ही देर में आता है; और उतने ही सबेरे जाता है। चपरासी की हाज़िरी चौबीसों घंटे की। वह छुट्टी पर भी नहीं जा सकता। अपना एवज़ देना पड़ता है। खैर, जब बरेली जिला-बोर्ड के हेड क्लर्क बाबू मदारीलाल ग्यारह बजे दफ़्तर आये, तब मानो दफ़्तर नींद से जाग उठा। चपरासी ने दौड़ कर पैरगाड़ी ली, अरदली ने दौड़ कर कमरे की चिक उठा दी और जमादार ने डाक की किश्ती मेज पर ला कर रख दी। मदारीलाल ने पहला ही सरकारी लिफाफा खोला था कि उनका रंग फक हो गया। वे कई मिनट तक स्तंभित होकर खड़े रहे, मानो सारी ज्ञानेन्द्रियाँ शिथिल हो गयी हों। उन पर बड़े-बड़े आघात हो चुके थे; पर इतने बदहवास वे कभी न हुए थे। बात यह थी कि बोर्ड के सेक्रेटरी की जो जगह एक महीने से खाली थी, सरकार ने सुबोधचंद्र को वह जगह दी थी और सुबोधचन्द्र वह व्यक्ति था जिसके नाम ही से मदारीलाल को घृणा थी। वह सुबोधचन्द्र, जो उनका सहपाठी था, जिसे ज़क देने को उन्होंने कितनी ही बार चेष्टा की; और कभी सफल न हुए थे। वही सुबोध आज उनका अफ़सर हो कर आ रहा था। सुबोध की इधर कई सालों से कोई ख़बर न थी। इतना मालूम था कि वह फौज में भरती हो गया था। मदारीलाल ने समझा था—वहीं मर गया होगा; पर आज वह मानो जी उठा और सेक्रेटरी हो कर आ रहा था। मदारीलाल को उसकी मातहती में काम करना पड़ेगा। इस अपमान से तो मर जाना कहीं अच्छा था। सुबोध को स्कूल और कालेज की सारी बातें अवश्य ही याद होंगी। मदारीलाल ने उसे कालेज से निकलवा देने के लिए कई बार मंत्र चलाये, झूठे आरोप लगाए, बदनाम किया। क्या सुबोध सब कुछ भूल गया होगा ? नहीं, कभी नहीं। वह आते ही पुरानी कसर निकालेगा। मदारी बाबू को अपनी प्राण-रक्षा का कोई उपाय न सूझता था।

मदारी और सुबोध के ग्रहों में ही विरोध था। दोनों एक ही दिन, एक ही शाला में भरती हुए, और पहले ही दिन से मदारी के दिल में ईर्ष्या और द्वेष की वह चिन्गारी पड़ गयी, जो आज बीस वर्ष बीतने पर भी न बुझी थी। सुबोध का अपराध यही था कि वह मदारीलाल से हर एक बात में बढ़ा हुआ था। डील-डौल, रंग-रूप, रीति-व्यवहार, विद्या-बुद्धि ये सारे मैदान उसके हाथ थे। मदारीलाल ने उनका यह अपराध कभी क्षमा नहीं किया। सुबोध बीस वर्ष तक निरंतर उनके हृदय का काँटा बना रहा। जब सुबोध डिग्री लेकर अपने घर चला गया और मदारी फेल हो कर इस दफ्तर में नौकर हो गया, तब उसका चित्त शांत हुआ। और जब यह मालूम हुआ कि सुबोध बसरे जा रहा है, तब तो मदारीलाल का चेहरा खिल उठा। उनके दिल से यह पुरानी फाँस निकल गयी। पर हा हतभाग्य! आज वह पुराना नासूर शतगुण टीस और जलन के साथ खुल गया। आज उनकी किस्मत सुबोध के हाथ में थी। ईश्वर इतना अन्यायी है ! विधि इतनी कठोर!

जब ज़रा चित्त शांत हुआ, तब मदारी ने दफ्तर के क्लर्कों को सरकारी हुक्म सुनाते हुए कहा—अब आप लोग ज़रा हाथ-पाँव सँभाल कर रहिएगा। सुबोधचंद्र वह आदमी नहीं हैं, जो भूलों को क्षमा कर दें?

एक क्लर्क ने पूछा—क्या बहुत सख्त हैं।

मदारीलाल ने मुस्करा कर कहा—वह तो आप लोगों को दो-चार दिन ही में मालूम हो जायगा। मैं अपने मुँह से किसी की क्यों शिकायत करूँ ? बस, चेतावनी दे दी कि ज़रा हाथ-पाँव सँभाल कर रहिएगा। आदमी योग्य है, पर बड़ा ही क्रोधी, बड़ा दम्भी। गुस्सा तो उसकी नाक पर रहता है। खुद हज़ारों हजम कर जाय और डकार तक न ले; पर क्या मजाल कि कोई मातहत एक कौड़ी भी हजम करने पाये। ऐसे आदमी से ईश्वर ही बचाये ! मैं तो सोच रहा हूँ कि छुट्टी ले कर घर चला जाऊँ। दोनों वक्त घर पर हाजिरी बजानी होगी। आप लोग आज से सरकार के नौकर नहीं, सेक्रेटरी साहब के नौकर हैं। कोई उनके लड़के को पढ़ायेगा, कोई बाज़ार से सौदा-सुलुफ लायेगा और कोई उन्हें अखबार सुनायेगा। और चपरासियों के तो शायद दफ्तर में दर्शन ही न हों।

इस प्रकार सारे दफ्तर को सुबोधचंद्र की तरफ से भड़का कर मदारीलाल ने अपना कलेजा ठंडा किया।

इसके एक सप्ताह बाद जब सुबोधचंद्र गाड़ी से उतरे, तब स्टेशन पर दफ्तर के सब कर्मचारियों को हाजिर पाया, सब उनका स्वागत करने आये थे। मदारीलाल को

देखते ही सुबोध लपक कर उनके गले से लिपट गये और बोले—तुम खूब मिले भाई। यहाँ कैसे आये? ओह ! आज एक युग के बाद भेंट हुई !

मदारीलाल बोले—यहाँ जिला-बोर्ड के दफ्तर में हेड क्लर्क हूँ। आप तो कुशल से हैं?

सुबोध—अजी, मेरी न पूछो। बसरा, फ्रांस, मिस्र और न-जाने कहाँ-कहाँ फिरा। तुम दफ्तर में हो, यह बहुत ही अच्छा हुआ। मेरी तो समझ में ही न आता था कि कैसे काम चलेगा। मैं तो बिलकुल कोरा हूँ; मगर जहाँ जाता हूँ, मेरा सौभाग्य ही मेरे साथ जाता है। बसरे में सभी अफसर खुश थे। फ्रांस में भी खूब चैन किया। दो साल में कोई पचीस हज़ार रुपये बना लाया और सब उड़ा दिया। वहाँ से आ कर कुछ दिनों को-आपरेशन दफ्तर में मटरगश्ती करता रहा। यहाँ आया तब तुम मिल गये। (क्लर्कों को देख कर) ये लोग कौन हैं ?

मदारी के हृदय में बर्छियाँ-सी चल रही थीं। दुष्ट पचीस हज़ार रुपये बसरे से कमा लाया ! यहाँ कलम घिसते-घिसते मर गये और पाँच सौ भी न जमा कर सके। बोले—ये लोग बोर्ड के कर्मचारी हैं। सलाम करने आये हैं।

सुबोध ने उन सब लोगों से बारी-बारी से हाथ मिलाया और बोला—आप लोगों ने व्यर्थ यह कष्ट किया। बहुत आभारी हूँ। मुझे आशा है कि आप सब सज्जनों को मुझसे कोई शिकायत न होगी। मुझे अपना अफ़सर नहीं, अपना भाई समझिए। आप सब लोग मिल कर इस तरह काम कीजिए कि बोर्ड की नेकनामी हो और मैं भी सुर्खरू रहूँ। आपके हेड क्लर्क साहब तो मेरे पुराने मित्र और लँगोटिया यार हैं।

एक वाकचतुर क्लर्क ने कहा—हम सब हुजूर के ताबेदार हैं। यथाशक्ति आपको असंतुष्ट न करेंगे, लेकिन आदमी ही हैं, अगर कोई भूल हो भी जाय, तो हुजूर उसे क्षमा करेंगे।

सुबोध ने नम्रता से कहा—यही मेरा सिद्धांत है और हमेशा यही सिद्धांत रहा है। जहाँ रहा, मातहतों से मित्रों का-सा बर्ताव किया। हम और आप दोनों ही किसी तीसरे के गुलाम हैं। फिर रोब कैसा और अफ़सरी कैसी ? हाँ, हमें नेकनीयती के साथ अपना कर्तव्य पालन करना चाहिए।

जब सुबोध से विदा हो कर कर्मचारी लोग चले, तब आपस में बातें होने लगीं—

'आदमी तो अच्छा मालूम होता है।'

'हेड क्लर्क के कहने से तो ऐसा मालूम होता था कि सबको कच्चा ही खा जायगा।'

‘पहले सभी ऐसी ही बातें करते हैं।’

‘ये दिखाने के दाँत हैं।’

सुबोध को आये एक महीना गुज़र गया। बोर्ड के क्लर्क, अरदली, चपरासी सभी उसके बर्ताव से खुश हैं। वह इतना प्रसन्नचित्त है, इतना नम्र है कि जो उससे एक बार मिलता है, सदैव के लिए उसका मित्र हो जाता है। कठोर शब्द तो उसकी ज़बान पर आता ही नहीं। इनकार को भी वह अप्रिय नहीं होने देता; लेकिन द्वेष की आँखों में गुण और भी भयंकर हो जाता है। सुबोध के ये सारे सद्गुण मदारीलाल की आँखों में खटकते रहते हैं। उसके विरुद्ध कोई न कोई गुप्त षड्यंत्र रचते ही रहते हैं। पहले कर्मचारियों को भड़काना चाहा, सफल न हुए। बोर्ड के मेम्बरों को भड़काना चाहा, मुँह की खायी। ठेकेदारों को उभारने का बीड़ा उठाया, लज्जित होना पड़ा। वे चाहते थे कि भुस में आग लगा कर आप दूर से तमाशा देखें। सुबोध से यों हँसकर मिलते, यों चिकनी-चुपड़ी बातें करते, मानो उसके सच्चे मित्र हैं, पर घात में लगे रहते। सुबोध में और सब गुण थे, पर आदमी पहचानना न जानते थे। वे मदारीलाल को अब भी अपना दोस्त ही समझते हैं।

एक दिन मदारीलाल सेक्रेटरी साहब के कमरे में गये तब कुरसी खाली देखी। वे किसी काम से बाहर चले गये थे। उनकी मेज पर पाँच हजार के नोट पुलिंदों में बँधे हुए रखे थे। बोर्ड के मदरसों के लिए कुछ लकड़ी के सामान बनवाये गये थे। उसी के दाम थे। ठेकेदार वसूली के लिए बुलाया गया था। आज ही सेक्रेटरी साहब ने चेक भेज कर ख़जाने से रुपये मँगवाये थे। मदारीलाल ने बरामदे में झाँक कर देखा, सुबोध का कहीं पता नहीं। उनकी नीयत बदल गयी। ईर्ष्या में लोभ का सम्मिश्रण हो गया। काँपते हुए हाथों से पुलिंदे उठाये; पतलून की दोनों जेबों में भर कर तुरंत कमरे से निकले और चपरासी को पुकार कर बोले—बाबू जी भीतर हैं? चपरासी आज ठेकेदार से कुछ वसूल करने की खुशी में फूला हुआ था। सामने वाले तम्मोली के दूकान से आ कर बोला—जी नहीं, कचहरी में किसी से बातें कर रहे हैं। अभी-अभी तो गये हैं।

मदारीलाल ने दफ्तर में आ एक क्लर्क से कहा—यह मिसिल ले जा कर सेक्रेटरी साहब को दिखाओ।

क्लर्क मिसिल ले कर चला गया। ज़रा देर में लौट कर बोला—सेक्रेटरी साहब कमरे में न थे। फ़ाइल मेज पर रख आया हूँ।

मदारीलाल ने मुँह सिकोड़ कर कहा—कमरा छोड़ कर कहीं चले जाया करते हैं? किसी दिन धोखा उठायेंगे।

क्लर्क ने कहा—उनके कमरे में दफ़्तर वालों के सिवा और जाता ही कौन है?

मदारीलाल ने तीव्र स्वर में कहा—तो क्या दफ़्तर वाले सब के सब देवता हैं? कब किसकी नीयत बदल जाय, कोई नहीं कह सकता। मैंने छोटी-छोटी रक़मों पर अच्छों-अच्छों की नीयतें बदलते देखी हैं। इस वक्त हम सभी साह हैं; लेकिन अवसर पा कर शायद ही कोई चूके। मनुष्य की यही प्रकृति है। आप जा कर उनके कमरे के दोनों दरवाज़े बंद कर दीजिए।

क्लर्क ने टाल कर कहा—चपरासी तो दरवाज़े पर बैठा हुआ है।

मदारीलाल ने झुँझला कर कहा—आप से मैं जो कहता हूँ, वह कीजिए। कहने लगे, चपरासी बैठा हुआ है। चपरासी कोई ऋषि है, मुनि है? चपरासी ही कुछ उड़ा दे, तो आप उसका क्या कर लेंगे? जमानत भी है तो तीन सौ की। यहाँ एक-एक कागज लाखों का है।

यह कह कर मदारीलाल खुद उठे और दफ्तर के द्वार दोनों तरफ़ से बंद कर दिये। जब ज़रा चित्त शांत हुआ तब नोटों के पुलिंदे जेब से निकाल कर एक आलमारी में कागजों के नीचे छिपा कर रख दिये। फिर आकर अपने काम में व्यस्त हो गये।

सुबोधचंद्र कोई घंटे भर में लौटे। तब उनके कमरे का द्वार बंद था। दफ्तर में आ कर मुस्कराते हुए बोले—मेरा कमरा किसने बंद कर दिया है, भाई, क्या मेरी बेदख़ली हो गयी ?

मदारीलाल ने खड़े हो कर मृदु तिरस्कार दिखाते हुए कहा—साहब, गुस्ताख़ी माफ़ हो, आप जब कभी बाहर जायँ, चाहे एक ही मिनट के लिए क्यों न हो, तब दरवाज़ा ज़रूर बंद कर दिया करें। आपकी मेज़ पर रुपये-पैसे और सरकारी काग़ज़-पत्र बिखरे पड़े रहते हैं, न-जाने किस वक्त किसकी नीयत बदल जाय। मैंने अभी सुना कि आप कहीं गये हुए हैं, तब दरवाज़े बंद कर दिये।

सुबोधचंद्र द्वार खोल कर कमरे में गये और सिगार पीने लगे। मेज़ पर नोट रखे हुए हैं, इसकी खबर ही न थी।

सहसा ठेकेदार ने आ कर सलाम किया। सुबोध कुर्सी से उठ बैठे और बोले—तुमने बहुत देर कर दी, तुम्हारा ही इन्तज़ार कर रहा था। दस ही बजे रुपये मँगवा लिये थे। रसीद का टिकट लाये हो न?

ठेकेदार—हुज़ूर रसीद लिखाता लाया हूँ।

सुबोध—तो अपने रुपये ले जाओ। तुम्हारे काम से मैं बहुत खुश नहीं हूँ। लकड़ी तुमने अच्छी नहीं लगायी और काम में सफ़ाई भी नहीं है। अगर ऐसा काम फिर करोगे, तो ठेकेदारों के रजिस्टर से तुम्हारा नाम निकाल दिया जायगा।

यह कह कर सुबोध ने मेज़ पर निगाह डाली, तब नोटों के पुलिंदे न थे। सोचा, शायद किसी फ़ाइल के नीचे दब गये हों। कुरसी के समीप के सब काग़ज़ उलट-पलट डाले; मगर नोटों का कहीं पता नहीं। ऐं, नोट कहाँ गये ! अभी तो यहीं मैंने रख दिये थे। जा कहाँ सकते हैं। फिर फ़ाइलों को उलटने-पलटने लगे। दिल में ज़रा-ज़रा धड़कन होने लगी। सारी मेज़ के कागज़ छान डाले, पुलिंदों का पता नहीं। तब वे कुरसी पर बैठ कर इस आध घंटे में होने वाली घटनाओं की मन में आलोचना करने लगे—चपरासी ने नोटों के पुलिंदे लाकर मुझे ही दिये, खूब याद है। भला, यह भी भूलने की बात है और इतनी जल्दी ! मैंने नोटों को लेकर यहीं मेज़ पर रख दिया, गिना तक नहीं। फिर वकील साहब आ गये, पुराने मुलाकाती हैं। उनसे बातें करता ज़रा उस पेड़ तक चला गया। उन्होंने पान मँगवाये, बस इतनी ही देर हुई। जब गया हूँ तब पुलिंदे रखे हुए थे। खूब अच्छी तरह याद है। तब ये नोट कहाँ गायब हो गये ? मैंने किसी संदूक, दराज़ या अलमारी में नहीं रखे। फिर गये तो कहाँ? शायद दफ्तर में किसी ने सावधानी के लिए उठा कर रख दिये हों, यही बात है। मैं व्यर्थ ही इतना घबरा गया। छिः !

तुरंत दफ्तर में आ कर मदारीलाल से बोले—आपने मेरी मेज़ पर से नोट तो उठा कर नहीं रख दिये ?

मदारीलाल ने भौंचक्के हो कर कहा—क्या आपकी मेज़ पर नोट रखे हुए थे? मुझे तो खबर ही नहीं। अभी पंडित सोहनलाल एक फाइल ले कर गये थे तब आपको कमरे में न देखा। जब मुझे मालूम हुआ कि आप किसी से बातें करने चले गये हैं, तब दरवाज़े बंद करा दिये। क्या कुछ नोट नहीं मिल रहे हैं ?

सुबोध आँखें फैला कर बोले—अरे साहब, पूरे पाँच हज़ार के हैं। अभी-अभी चेक भुनाया है।

मदारीलाल ने सिर पीट कर कहा—पूरे पाँच हज़ार! या भगवान्! आपने मेज़ पर खूब देख लिया है?

'अजी पंद्रह मिनट से तलाश कर रहा हूँ।'

'चपरासी से पूछ लिया कि कौन-कौन आया था ?'

'आइए, ज़रा आप लोग भी तलाश कीजिए। मेरे तो होश उड़े हुए हैं।'

सारा दफ्तर सेक्रेटरी साहब के कमरे की तलाशी लेने लगा। मेज़, आलमारियाँ,

संदूक सब देखे गये। रजिस्टरों के वर्क उलट-पलट कर देखे गये; मगर नोटों का कहीं पता नहीं। कोई उड़ा ले गया, अब इसमें कोई शुबहा न था। सुबोध ने एक लम्बी साँस ली और कुर्सी पर बैठ गये। चेहरे का रंग फ़क़ हो गया। ज़रा-सा मुँह निकल आया। इस समय कोई उन्हें देखता तो समझता कि महीनों से बीमार हैं।

मदारीलाल ने सहानुभूति दिखाते हुए कहा—ग़ज़ब हो गया, और क्या ! आज तक कभी ऐसा अंधेर न हुआ था। मुझे यहाँ काम करते दस साल हो गये, कभी धेले की चीज़ भी गायब न हुई। मैं आपको पहले ही दिन सावधान कर देना चाहता था कि रुपये-पैसे के विषय में होशियार रहिएगा; मगर होनी थी, खयाल न रहा। ज़रूर बाहर से कोई आदमी आया और नोट उड़ा कर गायब हो गया। चपरासी का यही अपराध है कि उसने किसी को कमरे में जाने ही क्यों दिया। वह लाख कसम खाये कि बाहर से कोई नहीं आया; लेकिन मैं इसे मान नहीं सकता। यहाँ से तो केवल पंडित सोहनलाल एक फ़ाइल ले कर गये थे; मगर दरवाज़े ही से झाँक कर चले आये।

सोहनलाल ने सफाई दी—मैंने तो अंदर कदम ही नहीं रखा, साहब ! अपने जवान बेटे की कसम खाता हूँ, जो अंदर कदम भी रखा हो।

मदारीलाल ने माथा सिकोड़ कर कहा—आप व्यर्थ में कसमें क्यों खाते हैं ? कोई आपसे कुछ कहता है ? (सुबोध के कान में) बैंक में कुछ रुपये हों तो निकाल कर ठेकेदार को दे दिये जायँ, वरना बड़ी बदनामी होगी। नुकसान तो हो ही गया, अब उसके साथ अपमान क्यों हो।

सुबोध ने करुण-स्वर में कहा—बैंक में मुश्किल से दो-चार सौ रुपये होंगे, भाईजान ! रुपये होते तो क्या चिंता थी। समझ लेता, जैसे पचीस हज़ार उड़ गये, वैसे ही तीस हज़ार भी उड़ गये। यहाँ तो कफन को भी कौड़ी नहीं।

उसी रात सुबोधचंद्र ने आत्महत्या कर ली। इतने रुपयों का प्रबंध करना उनके लिए कठिन था। मृत्यु के परदे के सिवा उन्हें अपनी वेदना, अपनी विवशता को छिपाने की और कोई आड़ न थी।

दूसरे दिन प्रातःकाल चपरासी ने मदारीलाल के घर पहुँच कर आवाज़ दी। मदारी को रात-भर नींद न आयी थी। घबरा कर बाहर आये। चपरासी उन्हें देखते ही बोला—हुज़ूर! बड़ा ग़ज़ब हो गया, सिकट्टरी साहब ने रात को गर्दन पर छुरी फेर ली।

मदारीलाल की आँखें ऊपर चढ़ गयीं, मुँह फैल गया और सारी देह सिहर उठी, मानो उनका हाथ बिजली के तार पर पड़ गया हो।

‘छुरी फेर ली ?’

‘जी हाँ, आज सबेरे मालूम हुआ। पुलिसवाले जमा हैं। आपको बुलाया है।’

‘लाश अभी पड़ी हुई है ?’

‘जी हाँ, अभी डाक्टरी होने वाली है।’

‘बहुत से लोग जमा हैं ?’

‘सब बड़े-बड़े अफसर जमा हैं। हुजूर, लाश की ओर ताकते नहीं बनता। कैसा भलामानुष हीरा आदमी था ! सब लोग रो रहे हैं। छोटे-छोटे दो बच्चे हैं, एक सयानी लड़की है ब्याहने लायक। बहू जी को लोग कितना रोक रहे हैं; पर बार-बार दौड़ कर लाश के पास आ जाती हैं। कोई ऐसा नहीं है, जो रूमाल से आँखें न पोंछ रहा हो। अभी इतने ही दिन आये हुए, पर सबसे कितना मेल-जोल हो गया था। रुपये की तो कभी परवा ही नहीं थी। दिल दरियाव था !’

मदारीलाल के सिर में चक्कर आने लगा। द्वार की चौखट पकड़ कर अपने को सँभाल न लेते, तो शायद गिर पड़ते। पूछा—बहू जी बहुत रो रही थीं?

‘कुछ न पूछिए, हुजूर। पेड़ की पत्तियाँ झड़ी जाती हैं। आँखें फूल कर गूलर हो गयी हैं।

‘कितने लड़के बतलाये तुमने ?’

‘हुजूर, दो लड़के हैं और एक लड़की।’

‘हाँ-हाँ, लड़कों को तो देख चुका हूँ, लड़की सयानी होगी ?’

‘जी हाँ, ब्याहने लायक है। रोते-रोते बेचारी की आँखें सूज आयी हैं।’

‘नोटों के बारे में भी बातचीत हो रही होगी?’

‘जी हाँ, सब लोग यही कहते हैं कि दफ्तर के किसी आदमी का काम है। दारोगा जी सोहनलाल को गिरफ्तार करना चाहते थे; पर साइत आपसे सलाह ले कर करेंगे। सिकट्री तो लिख गये हैं कि मेरा किसी पर शक नहीं, नहीं तो अब तक तहलका मच जाता। सारा दफ़्तर फंस जाता।’

‘क्या सेक्रेटरी साहब कोई खत लिख कर छोड़ गये हैं ?’

‘हाँ, मालूम होता है, छुरी चलाते वक्त याद आयी कि शक में दफ्तर के सब लोग पकड़ लिए जायेंगे। बस, कलक्टर साहब के नाम चिट्ठी लिख दी।’

‘चिट्ठी में मेरे बारे में भी कुछ लिखा है ? तुम्हें यह क्या मालूम होगा ?’

‘हुजूर, अब मैं क्या जानूँ, मुदा इतना सब लोग कहते थे कि आपकी बड़ी तारीफ लिखी है।’

मदारीलाल की साँस और तेज हो गयी। आँख से आँसू की दो बड़ी-बड़ी

बूँदें गिर पड़ीं। आँखें पोंछते हुए बोले—वे और मैं एक साथ के पढ़े थे, नन्दू! आठ-दस साल साथ रहा। साथ उठते-बैठते, साथ खाते, साथ खेलते। बस, इसी तरह रहते थे, जैसे दो सगे भाई रहते हों। खत में मेरी क्या तारीफ लिखी है? मगर तुम्हें क्या मालूम होगा?

'आप तो चल ही रहे हैं, देख लीजिएगा।'

'कफन का इन्तजाम हो गया है?'

'नहीं हुजूर, कहा न कि अभी लाश की डाक्टरी होगी। मुदा अब जल्द चलिए। ऐसा न हो, कोई दूसरा आदमी बुलाने आता हो।'

'हमारे दफ्तर के सब लोग आ गये होंगे ?'

'जी हाँ; इस मुहल्ले वाले सभी थे।'

'पुलिस ने मेरे बारे में तो उनसे कुछ पूछ-ताछ नहीं की ?'

'जी नहीं, किसी से भी नहीं।'

मदारीलाल जब सुबोधचंद्र के घर पहुँचे, तब उन्हें ऐसा मालूम हुआ कि सब लोग उनकी तरफ संदेह की आँखों से देख रहे हैं। पुलिस इंस्पेक्टर ने तुरंत उन्हें बुला कर कहा—आप भी अपना बयान लिखा दें और सबके बयान तो लिख चुका हूँ।

मदारीलाल ने ऐसी सावधानी से अपना बयान लिखाया कि पुलिस के अफसर भी दंग रह गये। उन्हें मदारीलाल पर शुबहा होता था, पर इस बयान ने उसका अंकुर भी निकाल डाला।

उसी वक्त सुबोध के दोनों बालक रोते हुए मदारीलाल के पास आये और कहा—"चलिए, आपको अम्माँ बुलाती हैं।" दोनों मदारीलाल से परिचित थे। मदारीलाल यहाँ तो रोज़ ही आते थे; पर घर में कभी नहीं गये थे। सुबोध की स्त्री उनसे पर्दा करती थी। यह बुलावा सुन कर उनका दिल धड़क उठा—कहीं इसका मुझ पर शुबहा न हो। कहीं सुबोध ने मेरे विषय में कोई संदेह न प्रकट किया हो। कुछ झिझकते, कुछ डरते भीतर गये, तब विधवा का करुण-विलाप सुन कर कलेजा काँप उठा। इन्हें देखते ही उस अबला के आँसुओं का कोई दूसरा सोता खुल गया और लड़की तो दौड़ कर इनके पैरों से लिपट गयी। दोनों लड़कों ने भी घेर लिया। मदारीलाल को उन तीनों की आँखों में ऐसी अथाह वेदना, ऐसी विदारक याचना भरी हुई मालूम हुई कि वे उनकी ओर देख न सके। उनकी आत्मा उन्हें धिक्कारने लगी। जिन बेचारों को उन पर इतना विश्वास, इतना भरोसा, इतनी आत्मीयता, इतना स्नेह था, उन्हीं की गर्दन पर उन्होंने छुरी फेरी ! उन्हीं के हाथ यह भरा-पूरा परिवार धूलि में मिल गया! इन असहायों का अब क्या

हाल होगा? लड़की का विवाह करना है; कौन करेगा? बच्चों के लालन-पालन का भार कौन उठायेगा? मदारीलाल को इतनी आत्मग्लानि हुई कि उनके मुँह से तसल्ली का एक शब्द भी न निकला। उन्हें ऐसा जान पड़ा कि मेरे मुख पर कालिख पुती हुई है, मेरा कद छोटा हो गया है। उन्होंने जिस वक्त नोट उड़ाये थे, उन्हें गुमान भी न था कि उसका यह फल होगा। वे केवल सुबोध को जिच करना चाहते थे। उनका सर्वनाश करने की इच्छा न थी।

शोकातुर विधवा ने सिसकते हुए कहा—भैया जी, हम लोगों को वे मँझधार में छोड़ गये। अगर मुझे मालूम होता कि वे मन में यह बात ठान चुके हैं तो अपने पास जो कुछ था; वह सब उनके चरणों पर रख देती। मुझ से तो वे यही कहते रहे कि कोई-न-कोई उपाय हो जायगा। आप ही के मार्फत वे कोई महाजन ठीक करना चाहते थे। आपके ऊपर उन्हें कितना भरोसा था कि कह नहीं सकती।

मदारीलाल को ऐसा मालूम हुआ कि कोई उनके हृदय पर नश्तर चला रहा है। उन्हें अपने कंठ में कोई चीज़ फँसी हुई जान पड़ती थी।

रामेश्वरी ने फिर कहा—रात सोये, तब खूब हँस रहे थे। रोज़ की तरह दूध पिया, बच्चों को प्यार किया, थोड़ी देर हारमोनियम बजाया और तब कुल्ला करके लेटे। कोई ऐसी बात न थी जिससे लेशमात्र भी संदेह होता। मुझे चिंतित देखकर बोले—तुम व्यर्थ घबराती हो। बाबू मदारीलाल से मेरी पुरानी दोस्ती है। आखिर वह किस दिन काम आयेगी? मेरे साथ के खेले हुए हैं। इस नगर में उनका सब से परिचय है। रुपयों का प्रबंध आसानी से हो जायगा। फिर न-जाने कब मन में यह बात समायी। मैं नसीबों-जली ऐसी सोयी कि रात को मिनकी तक नहीं। क्या जानती थी कि वे अपनी जान पर खेल जायँगे ?

मदारीलाल को सारा विश्व आँखों में तैरता हुआ मालूम हुआ। उन्होंने बहुत जब्त किया; मगर आँसुओं के प्रवाह को न रोक सके।

रामेश्वरी ने आँखें पोंछ कर फिर कहा—भैया जी, जो कुछ होना था, वह तो हो चुका; लेकिन आप उस दुष्ट का पता जरूर लगाइए, जिसने हमारा सर्वनाश कर दिया है। यह दफ्तर ही के किसी आदमी का काम है। वे तो देवता थे। मुझसे यही कहते रहे कि मेरा किसी पर संदेह नहीं है, पर है यह किसी दफ्तर वाले ही का काम। आप से केवल इतनी विनती करती हूँ कि उस पापी को बच कर न जाने दीजिएगा। पुलिसवाले शायद कुछ रिश्वत लेकर उसे छोड़ दें। आपको देख कर उनका यह हौसला न होगा। अब हमारे सिर पर आपके सिवा और कौन है। किससे अपना दुःख कहें ? लाश की यह दुर्गति होनी भी लिखी थी।

मदारीलाल के मन में एक बार ऐसा उबाल उठा कि सब कुछ खोल दें। साफ़ कह दें, मैं ही वह दुष्ट, वह अधम, वह पामर हूँ। विधवा के पैरों पर गिर पड़ें और कहें, वही छुरी इस हत्यारे की गर्दन पर फेर दो। पर जबान न खुली; इसी दशा में बैठे-बैठे उनके सिर में ऐसा चक्कर आया कि वे ज़मीन पर गिर पड़े।

तीसरे पहर लाश की परीक्षा समाप्त हुई। अर्थी श्मशान की ओर चली। सारा दफ्तर, सारे हुक्काम और हज़ारों आदमी साथ थे। दाह-संस्कार लड़कों को करना चाहिए था, पर लड़के नाबालिग थे। इसलिए विधवा चलने को तैयार हो रही थी कि मदारीलाल ने जा कर कहा—बहू जी, यह संस्कार मुझे करने दो। तुम क्रिया पर बैठ जाओगी, तो बच्चों को कौन सँभालेगा। सुबोध मेरे भाई थे। ज़िंदगी में उनके साथ कुछ सलूक न कर सका, अब ज़िंदगी के बाद मुझे दोस्ती का कुछ हक़ अदा कर लेने दो। आखिर मेरा भी तो उन पर कुछ हक़ था। रामेश्वरी ने रोककर कहा—आपको भगवान् ने बड़ा उदार हृदय दिया है भैया जी, नहीं तो मरने पर कौन किसको पूछता है। दफ्तर के और लोग जो आधी-आधी रात तक हाथ बाँधे खड़े रहते थे, झूठी बात पूछने न आये कि ज़रा ढाढ़स होता।

मदारीलाल ने दाह-संस्कार किया। तेरह दिन तक क्रिया पर बैठे रहे। तेरहवें दिन पिंडदान हुआ; ब्राह्मणों ने भोजन किया, भिखारियों को अन्न दान किया गया, क्रिया समाप्त हुई, और यह सब कुछ मदारीलाल ने अपने खर्च से किया। रामेश्वरी ने बहुत कहा कि आपने जितना किया उतना ही बहुत है। अब मैं आपको और जेरबार नहीं करना चाहती। दोस्ती का हक़ इससे ज़्यादा और कोई क्या अदा करेगा, मगर मदारीलाल ने एक न सुनी। सारे शहर में उनके यश की धूम मच गयी, मित्र हो तो ऐसा हो।

सोलहवें दिन विधवा ने मदारीलाल से कहा—भैया जी, आप ने हमारे साथ जो उपकार और अनुग्रह किये हैं उनसे हम मरते दम तक उऋण नहीं हो सकते। आपने हमारी पीठ पर हाथ न रखा होता, तो न-जाने हमारी क्या गति होती। कहीं वृक्ष की छाँह भी नहीं थी। अब हमें घर जाने दीजिए। वहाँ देहात में खर्च भी कम होगा और कुछ खेती-बारी का सिलसिला भी कर लूँगी। किसी न किसी तरह विपत्ति के दिन कट ही जायँगे। इसी तरह हमारे ऊपर दया रखिएगा।

मदारीलाल ने पूछा—घर पर कितनी जायदाद है?

रामेश्वरी—जायदाद क्या है, एक कच्चा मकान है और दस-बारह बीघे की काश्तकारी है। पक्का मकान बनवाना शुरू किया था; मगर रुपये पूरे न पड़े।

अभी अधूरा पड़ा हुआ है। दस-बारह हज़ार खर्च हो गये हैं और अभी छत पड़ने की नौबत नहीं आयी।

मदारी.—कुछ रुपये बैंक में जमा हैं, या बस खेती ही का सहारा है ?

विधवा—जमा तो एक पाई भी नहीं है, भैया जी! उनके हाथ में रुपये रहने ही नहीं पाते थे। बस, वही खेती का सहारा है।

मदारी.—तो उन खेतों में इतनी पैदावार हो जायगी कि लगान अदा हो जाय और तुम लोगों की गुज़र-बसर भी हो ?

रामेश्वरी—और कर ही क्या सकते हैं, भैया जी! किसी न किसी तरह ज़िंदगी तो काटनी ही है। बच्चे न होते तो मैं ज़हर खा लेती।

मदारी.—और अभी बेटी का विवाह भी तो करना है।

विधवा—उसके विवाह की अब कोई चिंता नहीं। किसानों में ऐसे बहुत से मिल जायेंगे, जो बिना कुछ लिये-दिये विवाह कर लें।

मदारीलाल ने एक क्षण सोच कर कहा—अगर मैं कुछ सलाह दूँ, तो उसे मानेंगी आप?

रामेश्वरी—भैया जी, आपकी सलाह न मानूँगी तो किसकी सलाह मानूँगी। और दूसरा है ही कौन ?

मदारी.—तो आप अपने घर जाने के बदले मेरे घर चलिए। जैसे मेरे बाल-बच्चे रहेंगे, वैसे ही आप के भी रहेंगे। आपको कष्ट न होगा। ईश्वर ने चाहा तो कन्या का विवाह भी किसी अच्छे कुल में हो जायगा।

विधवा की आँखें सजल हो गयीं। बोली—मगर भैया जी, सोचिए...

मदारीलाल ने बात काट कर कहा—मैं कुछ न सोचूँगा और न कोई उज़ सुनूँगा। क्या दो भाइयों के परिवार एक साथ नहीं रहते ? सुबोध को मैं अपना भाई समझता था और हमेशा समझूँगा।

विधवा का कोई उज़ न सुना गया। उसी दिन मदारीलाल सबको अपने साथ ले गये और आज दस साल से वह उनका पालन कर रहे हैं। दोनों बच्चे कालेज में पढ़ते हैं और कन्या का एक प्रतिष्ठित कुल में विवाह हो गया है। मदारीलाल और उनकी स्त्री तन-मन से रामेश्वरी की सेवा करते हैं और उनके इशारों पर चलते हैं। मदारीलाल सेवा से अपने पाप का प्रायश्चित्त कर रहे हैं।

शतरंज के खिलाड़ी

वाजिदअली शाह का समय था। लखनऊ विलासिता के रंग में डूबा हुआ था। छोटे-बड़े, अमीर-गरीब सभी विलासिता में डूबे हुए थे। कोई नृत्य और गान की मजलिस सजाता था, तो कोई अफीम की पीनक ही के मजे लेता था। जीवन के प्रत्येक विभाग में आमोद-प्रमोद का प्रधान्य था। शासन-विभाग में, साहित्य-क्षेत्र में, सामाजिक व्यवस्था में, कला-कौशल में, उद्योग-धंधों में, आहार-व्यवहार में सर्वत्र विलासिता व्याप्त हो रही थी। राजकर्मचारी विषय-वासना में, कविगण प्रेम और विरह के वर्णन में, कारीगर कलाबत्तू और चिकन बनाने में, व्यवसायी सुरमे, इत्र, मिस्सी और उबटन का रोज़गार करने में लिप्त थे। सभी की आँखों में विलासिता का मद छाया हुआ था। संसार में क्या हो रहा है, इसकी किसी को ख़बर न थी। बटेर लड़ रहे हैं। तीतरों की लड़ाई के लिए पाली बदी जा रही है। कहीं चौसर बिछी हुई है; पौ-बारह का शोर मचा हुआ है। कही शतरंज का घोर संग्राम छिड़ा हुआ है। राजा से लेकर रंक इसी धुन में मस्त थे। यहाँ तक कि फक़ीरों को पैसे मिलते तो वे रोटियाँ न लेकर अफीम खाते या शराब पीते। शतरंज, ताश, गंजीफ़ा खेलने से बुद्धि तीव्र होती है, विचार-शक्ति का विकास होता है, पेचीदा मसलों को सुलझाने की आदत पड़ती है—ये दलीलें जोर के साथ पेश की जाती थीं। इस सम्प्रदाय के लोगों से दुनिया अब भी खाली नहीं है। इसलिए यदि मिर्ज़ा सज्जादअली और मीर रौशनअली अपना अधिकांश समय बुद्धि तीव्र करने में व्यतीत करते थे, तो किसी विचारशील पुरुष को क्या आपत्ति हो सकती थी? दोनों के पास मौरूसी जागीरें थीं; जीविका की कोई चिंता न थी; घर में बैठे चखौतियाँ करते थे। आखिर और करते ही क्या? प्रातःकाल दोनों मित्र नाश्ता करके बिसात बिछा कर बैठ जाते, मुहरे सज जाते, दाव-पेंच होने लगते। फिर ख़बर न होती थी कि कब दोपहर हुई, कब तीसरा पहर, कब शाम! घर के भीतर से बार-बार बुलावा आता खाना तैयार है। यहाँ से जवाब मिलता—चलो, आते

हैं, दस्तरख्वान बिछाओ। यहाँ तक कि बावरची विवश हो कमरे ही में खाना रख जाता था, और दोनों मित्र दोनों काम साथ-साथ करते थे। मिर्ज़ा सज्जाद अली के घर में कोई बड़ा-बूढ़ा न था, इसलिए उन्हीं के दीवानखाने में बाजियाँ होती थीं। मगर यह बात न थी कि मिर्ज़ा के घर के और लोग उनके व्यवहार से खुश हों। घरवालों का तो कहना ही क्या, मुहल्लेवाले, घर के नौकर-चाकर तक नित्य द्वेषपूर्ण टिप्पणियाँ किया करते थे—बड़ा मनहूस खेल है। घर को तबाह कर देता है। खुदा न करे, किसी को इसकी चाट पड़े, आदमी दीन-दुनिया किसी काम का नहीं रहता, न घर का, न घाट का। बुरा रोग है। यहाँ तक कि मिर्ज़ा की बेगम साहबा को इससे इतना द्वेष था कि अवसर खोज-खोजकर पति को लताड़ती थीं। पर उन्हें इसका अवसर मुश्किल से मिलता था। वह सोती ही रहती थीं, तब तक उधर बाजी बिछ जाती थी। और रात को जब सो जाती थीं, तब कहीं मिर्ज़ाजी घर में आते थे। हाँ, नौकरों पर वह अपना गुस्सा उतारती रहती थीं—क्या पान माँगे हैं? कह दो, आकर ले जायँ। खाने को भी फुरसत नहीं है? ले जाकर खाना सिर पर पटक दो, खायँ चाहे कुत्ते को खिलायें। पर रूबरू वह भी कुछ न कह सकती थीं। उनको अपने पति से उतना मलाल न था, जितना मीर साहब से। उन्होंने उनका नाम मीर बिगाड़ू रख छोड़ा था। शायद मिर्ज़ाजी अपनी सफाई देने के लिए सारा इल्जाम मीर साहब ही के सिर थोप देते थे।

एक दिन बेगम साहबा के सिर में दर्द होने लगा। उन्होंने लौंडी से कहा—‘‘जाकर मिर्ज़ा साहब को बुला ला। किसी हकीम के यहाँ से दवा लावें। दौड़, जल्दी कर। लौंडी गयी तो मिर्ज़ाजी ने कहा—चल, अभी आते हैं। बेग़म साहब का मिज़ाज गरम था। इतनी बात कहाँ कि उनके सिर में दर्द हो और पति शतरंज खेलता रहे। चेहरा सुर्ख़ हो गया। लौंडी से कहा—जाकर कह, अभी चलिए, नहीं तो वह आप ही हकीम के यहाँ चली जायेंगी। मिर्ज़ाजी बड़ी दिलचस्प बाजी खेल रहे थे, दो ही किस्तों में मीर साहब की मात हुई जाती थी। झुँझलाकर बोले—क्या ऐसा दम लबों पर है? ज़रा सब्र नहीं होता?

मीर—अरे, तो जाकर सुन ही आइए न। औरतें नाज़ुक-मिज़ाज होती हैं।

मिर्ज़ा—जी हाँ, चला क्यों न जाऊँ! दो किस्तों में आपकी मात होती है।

मीर—जनाब, इस भरोसे न रहिएगा। वह चाल सोची है कि आपके मुहरे धरे रहें और मात हो जाय। पर जाइए, सुन आइए। क्यों ख्वामख्वाह उनका दिल दुखाइएगा?

मिर्ज़ा—इसी बात पर मात ही करके जाऊँगा।

मीर—मैं खेलूँगा ही नहीं। आप जाकर सुन आइए।

मिर्ज़ा—अरे यार, जाना पड़ेगा हकीम के यहाँ। सिर-दर्द खाक नहीं है, मुझे परेशान करने का बहाना है।

मीर—कुछ भी हो, उनकी ख़ातिर तो करनी ही पड़ेगी।

मिर्ज़ा—अच्छा, एक चाल और चल लूँ।

मीर—हरगिज़ नहीं, जब तक आप सुन न आवेंगे, मैं मुहरे में हाथ ही न लगाऊँगा।

मिर्ज़ा साहब मजबूर होकर अंदर गये तो बेगम साहबा ने त्योरियाँ बदलकर, लेकिन कराहते हुए कहा—तुम्हें निगोड़ी शतरंज इतनी प्यारी है! चाहे कोई मर ही जाय, पर उठने का नाम नहीं लेते! नौज, कोई तुम-जैसा आदमी हो!

मिर्ज़ा—क्या कहूँ, मीर साहब मानते ही न थे। बड़ी मुश्किल से पीछा छुड़ाकर आया हूँ।

बेगम—क्या जैसे वह खुद निखट्टू हैं, वैसे ही सबको समझते हैं। उन के भी तो बाल-बच्चे हैं; या सबका सफाया कर डाला?

मिर्ज़ा—बड़ा लती आदमी है। जब आ जाता है, तब मजबूर होकर मुझे भी खेलना पड़ता है।

बेगम—दुत्कार क्यों नहीं देते?

मिर्ज़ा—बराबर के आदमी हैं; उम्र में, दर्जे में मुझ से दो अंगुल ऊँचे। मुलाहिज़ा करना ही पड़ता है।

बेगम—तो मैं ही दुत्कारे देती हूँ। नाराज़ हो जायँगे, हो जायँ। कौन किसी की रोटियाँ चला देता है। रानी रूठेंगी, अपना सुहाग लेगी। हिरिया; जा बाहर से शतरंज उठा ला। मीर साहब से कहना, मियाँ अब न खेलेंगे; आप तशरीफ ले जाइए।

मिर्ज़ा—हाँ-हाँ, कहीं ऐसा गजब भी न करना! जलील करना चाहती हो क्या? ठहर हिरिया, कहाँ जाती है।

बेगम—जाने क्यों नहीं देते? मेरा ही खून पिये, जो उसे रोके। अच्छा, उसे रोका, मुझे रोको, तो जानूँ?

यह कहकर बेगम साहबा झल्लाई हुई दीवानखाने की तरफ चलीं। मिर्ज़ा बेचारे का रंग उड़ गया। बीबी की मिन्नतें करने लगे—खुदा के लिए, तुम्हें हजरत हुसेन की कसम है। मेरी ही मैयत देखे, जो उधर जाय। लेकिन बेगम ने एक न मानी। दीवानखाने के द्वार तक गयीं, पर एकाएक पर-पुरुष के सामने जाते

हुए पाँव बँध-से गये। भीतर झाँका, संयोग से कमरा खाली था। मीर साहब ने दो-एक मुहरे इधर-उधर कर दिये थे, और अपनी सफाई जताने के लिए बाहर टहल रहे थे। फिर क्या था, बेगम ने अंदर पहुँचकर बाजी उलट दी, मुहरे कुछ तख्त के नीचे फेंक दिये, कुछ बाहर और किवाड़ अंदर से बंद करके कुंडी लगा दी। मीर साहब दरवाज़े पर तो थे ही, मुहरे बाहर फेंके जाते देखे, चूड़ियों की झनक भी कान में पड़ी। फिर दरवाज़ा बंद हुआ, तो समझ गये, बेगम साहबा बिगड़ गयीं। चुपके से घर की राह ली।

मिर्ज़ा ने कहा—तुमने ग़ज़ब किया।

बेगम—अब मीर साहब इधर आये, तो खड़े-खड़े निकलवा दूँगी। इतनी लौ खुदा से लगाते, तो क्या गरीब हो जाते! आप तो शतरंज खेलें, और मैं यहाँ चूल्हे-चक्की की फिक्र में सिर खपाऊँ! लो, जाते हो हकीम साहब के यहाँ कि अब भी ताम्मुल है?

मिर्ज़ा घर से निकले, तो हकीम के घर जाने के बदले मीर साहब के घर पहुँचे और सारा वृत्तांत कहा। मीर साहब बोले—मैंने तो जब मुहरे बाहर आते देखे, तभी ताड़ गया। फ़ौरन भागा। बड़ी गुस्सेवर मालूम होती हैं। मगर आपने उन्हें यों सिर चढ़ा रखा है, यह मुनासिब नहीं। उन्हें इससे क्या मतलब कि आप बाहर क्या करते हैं। घर का इंतज़ाम करना उनका काम है; दूसरी बातों से उन्हें क्या सरोकार?

मिर्ज़ा—खैर, यह तो बताइए, अब कहाँ जमाव होगा?

मीर—इसका क्या गम है। इतना बड़ा घर पड़ा हुआ है। बस यहीं जमें।

मिर्ज़ा—लेकिन बेगम साहबा को कैसे मनाऊँगा? घर पर बैठा रहता था, तब तो वह इतना बिगड़ती थीं; यहाँ बैठक होगी, तो शायद ज़िंदा न छोड़ेंगी।

मीर—अजी बकने भी दीजिए, दो-चार रोज़ में आप ही ठीक हो जायेंगी। आप इतना कीजिए कि आज से ज़रा तन जाइए।

मीर साहब की बेगम किसी अज्ञात कारण से उनका घर से दूर रहना ही उपयुक्त समझती थीं। इसलिए वह उनके शतरंज-प्रेम की कभी आलोचना न करती थीं; बल्कि कभी-कभी मीर साहब को देर हो जाती, तो याद दिला देती थीं। इन कारणों से मीर साहब को भ्रम हो गया था कि मेरी स्त्री अत्यन्त विनयशील और गंभीर है, लेकिन जब दीवानखाने में बिसात बिछने लगी, और मीर साहब दिन-भर घर में रहने लगे, तो उन्हें बड़ा कष्ट होने लगा। उनकी स्वाधीनता में बाधा पड़ गयी। दिन-भर दरवाज़े पर झाँकने को तरस जातीं।

उधर नौकरों में भी काना फूसी होने लगी। अब तक दिन-भर पड़े-पड़े मक्खियाँ मारा करते थे। घर में चाहे कोई आवे, चाहे कोई जाये, उनसे कुछ मतलब न था। आठों पहर की धौंस हो गयी कभी पान लाने का हुक्म होता, कभी मिठाई का। और हुक्का तो किसी प्रेमी के हृदय की भाँति नित्य जलता ही रहता था। वे बेगम साहबा से जा-जाकर कहते—हुजूर, मियाँ की शतरंज तो हमारे जी का जंजाल हो गयी। दिन-भर दौड़ते-दौड़ते पैरों में छाले पड़ गये। यह भी कोई खेल कि सुबह को उठे तो शाम कर दी। घड़ी आध घड़ी दिल-बहलाव के लिए खेल लेना बहुत है। खैर, हमें तो कोई शिकायत नहीं; हुजूर के गुलाम हैं, जो हुक्म होगा, बजा ही लावेंगे; मगर यह खेल मनहूस है। इसका खेलने वाला कभी पनपता नहीं; घर पर कोई न कोई आफ़त ज़रूर आती है। यहाँ तक कि एक के पीछे महल्ले-के-महल्ले तबाह होते देखे गये हैं। सारे महल्ले में यही चर्चा रहती है। हुजूर का नमक खाते हैं, अपने आक़ा की बुराई सुन-सुनकर रंज होता है ? मगर क्या करें? इस पर बेगम साहबा कहती हैं—मैं तो खुद इसको पसंद नहीं करती। पर वह किसी की सुनते ही नहीं, क्या किया जाय।

मुहल्ले में भी जो दो-चार पुराने ज़माने के लोग थे, वे आपस में भाँति-भाँति के अमंगल की कल्पनाएँ करने लगे—अब खैरियत नहीं। जब हमारे रईसों का यह हाल है, तो मुल्क का खुदा ही हाफ़िज है। यह बादशाहत शतरंज के हाथों तबाह होगी। आसार बुरे हैं।

राज्य में हाहाकार मचा हुआ था। प्रजा दिन-दहाड़े लूटी जाती थी। कोई फ़रियाद सुनने वाला न था। देहातों की सारी दौलत लखनऊ में खिंची चली आती थी और वह वेश्याओं में, भाँडों में और विलासिता के अन्य अंगों की पूर्ति में उड़ जाती थी। अंग्रेज़ कम्पनी का ऋण दिन-दिन बढ़ता जाता था। कमली दिन-दिन भीगकर भारी होती जाती थी। देश में सुव्यवस्था न होने के कारण वार्षिक कर भी न वसूल होता था। रेजीडेंट बार-बार चेतावनी देता था, पर यहाँ तो लोग विलासिता के नशे में चूर थे, किसी के कानों पर जूँ न रेंगती थी।

खैर, मीर साहब के दीवानखाने में शतरंज होते कई महीने गुज़र गये। नये-नये नक्शे हल किये जाते; नये-नये किले बनाये जाते; नित्य नयी व्यूह-रचना होती; कभी-कभी खेलते-खेलते झड़प हो जाती; तू-तू मैं-मैं तक की नौबत आ जाती; पर शीघ्र ही दोनों मित्रों में मेल हो जाता। कभी-कभी ऐसा भी होता कि बाजी उठा दी जाती; मिर्ज़ाजी रूठ कर अपने घर चले जाते। मीर साहब अपने घर में जा बैठते। हर रात भर की निद्रा के साथ सारा मनोमालिन्य शांत हो जाता था। प्रातःकाल दोनों मित्र दीवानखाने में आ पहुँचते थे।

एक दिन दोनों मित्र बैठे हुए शतरंज की दलदल में गोते खा रहे थे कि इतने में घोड़े पर सवार एक बादशाही फौज का अफ़सर मीर साहब का नाम पूछता हुआ वहाँ आ पहुँचा। मीर साहब के होश उड़ गये। यह क्या बला सिर पर आयी! यह तलबी किस लिए हुई है? अब खैरियत नहीं नज़र आती। घर के दरवाज़े बंद कर लिये। नौकरों से बोले—कह दो, घर में नहीं हैं।

सवार—घर में नहीं, तो कहाँ हैं ?

नौकर—यह मैं नहीं जानता। क्या काम है ?

सवार—काम तुझे क्या बताऊँ? हुज़ूर में तलबी है। शायद फौज के लिए कुछ सिपाही माँगे गये हैं। जागीरदार हैं कि दिल्लगी! मोर्चे पर जाना पड़ेगा, तो आटे-दाल का भाव मालूम हो जायगा!

नौकर—अच्छा, तो जाइए, कह दिया जायगा ?

सवार—कहने की बात नहीं है। मैं कल खुद आऊँगा, साथ ले जाने का हुक्म हुआ है।

सवार चला गया। मीर साहब की आत्मा काँप उठी। मिर्ज़ाजी से बोले—कहिए जनाब, अब क्या होगा?

मिर्ज़ा—बड़ी मुसीबत है। कहीं मेरी भी तलबी न हो।

मीर—कमबख्त कल फिर आने को कह गया है।

मिर्ज़ा—आफ़त है, और क्या। कहीं मोर्चे पर जाना पड़ा, तो बे मौत मरे।

मीर—बस, यही एक तदबीर है कि घर पर मिलें ही नहीं। कल से गोमती पर कहीं वीराने में नक़्शा जमे। वहाँ किसे खबर होगी। हज़रत आकर आप लौट जायँगे।

मिर्ज़ा—वल्लाह, आपको खूब सूझी! इसके सिवाय और कोई तदबीर ही नहीं है।

इधर मीर साहब की बेगम उस सवार से कह रही थी, तुमने खूब धत्ता बताई।

उसने जवाब दिया—ऐसे गावदियों को तो चुटकियों पर नचाता हूँ। इनकी सारी अक्ल और हिम्मत तो शतरंज ने चर ली। अब भूल कर भी घर पर न रहेंगे।

दूसरे दिन से दोनों मित्र मुँह अँधेरे घर से निकल खड़े होते। बग़ल में एक छोटी-सी दरी दबाये, डिब्बे में गिलौरियाँ भरे, गोमती पार की एक पुरानी वीरान मसजिद में चले जाते, जिसे शायद नवाब आसिफ़उद्दौला ने बनवाया था। रास्ते में तम्बाकू,

चिलम और मदरिया ले लेते, और मसजिद में पहुँच, दरी बिछा, हुक्का भर कर शतरंज खेलने बैठ जाते थे। फिर उन्हें दीन-दुनिया की फ़िक्र न रहती थी। 'किश्त', 'शह' आदि दो-एक शब्दों के सिवा उनके मुँह से और कोई वाक्य नहीं निकलता था। कोई योगी भी समाधि में इतना एकाग्र न होता होगा। दोपहर को जब भूख मालूम होती तो दोनों मित्र किसी नानबाई की दूकान पर जाकर खाना खा आते और एक चिलम हुक्का पीकर फिर संग्राम-क्षेत्र में डट जाते। कभी-कभी तो उन्हें भोजन का भी ख्याल न रहता था।

इधर देश की राजनीतिक दशा भयंकर होती जा रही थी। कम्पनी की फ़ौजें लखनऊ की तरफ बढ़ी चली आती थीं। शहर में हलचल मची हुई थी। लोग बाल-बच्चों को ले कर देहातों में भाग रहे थे। पर हमारे दोनों खिलाड़ियों को इसकी ज़रा भी फ़िक्र न थी। वे घर से आते तो गलियों में होकर। डर था कि कहीं किसी बादशाही कर्मचारी की निगाह न पड़ जाय, जो बेकार में पकड़ जायँ। हज़ारों रुपये सालाना की जागीर मुफ्त ही हज़म करना चाहते थे।

एक दिन दोनों मित्र मसजिद के खंडहर में बैठे हुए शतरंज खेल रहे थे। मिर्ज़ा की बाजी कुछ कमज़ोर थी। मीर साहब उन्हें किश्त-पर-किश्त दे रहे थे। इतने में कम्पनी के सैनिक आते हुए दिखायी दिये। वह गोरों की फ़ौज थी, जो लखनऊ पर अधिकार जमाने के लिए आ रही थी।

मीर साहब बोले—अंग्रेज़ी फ़ौज आ रही है; खुदा ख़ैर करे।

मिर्ज़ा—आने दीजिए, किश्त बचाइए। लो यह किश्त।

मीर—ज़रा देखना चाहिए, यहीं आड़ में खड़े हो जायँ!

मिर्ज़ा—देख लीजिएगा, जल्दी क्या है, फिर किश्त!

मीर—तोपखाने भी हैं। कोई पाँच हज़ार आदमी होंगे। कैसे जवान हैं। सूरत देखकर खौफ़ मालूम होता है।

मिर्ज़ा—जनाब, हीले न कीजिए। ये चकमे किसी और को दीजिएगा। यह किश्त!

मीर—आप भी अजीब आदमी हैं। यहाँ तो शहर पर आफ़त आयी हुई है और आप को किश्त की सूझी है ! कुछ इसकी भी खबर है कि शहर घिर गया, तो घर कैसे चलेंगे?

मिर्ज़ा—जब घर चलने का वक्त आएगा, तब देखी जायगी—यह किश्त ! बस, अब की शह में मात है।

फ़ौज निकल गयी। दस बजे का समय था। फिर बाजी बिछ गयी।

मिर्ज़ा—आज खाने की कैसे ठहरेगी ?

मीर—अजी, आज तो रोज़ा है। क्या आपको ज़्यादा भूख मालूम होती है ?

मिर्ज़ा—जी नहीं। शहर में न जाने क्या हो रहा होगा?

मीर—शहर में कुछ न हो रहा होगा। लोग खाना खा-खाकर आराम से सो रहे होंगे। हुज़ूर नवाब साहब भी ऐशगाह में होंगे।

दोनों सज्जन फिर जो खेलने बैठे, तो तीन बज गये। अबकी मिर्ज़ा जी की बाज़ी कमजोर थी। चार का घण्टा बज ही रहा था कि फ़ौज की वापसी की आहट मिली। नवाब वाजिदअली पकड़ लिये गये थे, और सेना उन्हें किसी अज्ञात स्थान को लिये जा रही थी। शहर में न कोई हलचल थी, न मार-काट। एक बूँद भी खून नहीं गिरा था। आज तक किसी स्वाधीन देश के राजा की पराजय इतनी शांति से, इस तरह खून बहे बिना न हुई होगी। यह वह अहिंसा न थी, जिस पर देवगण प्रसन्न होते हैं। यह वह कायरपन था, जिस पर बड़े-बड़े कायर भी आँसू बहाते हैं। अवध के विशाल देश का नवाब बन्दी बना चला जाता था, और लखनऊ ऐश की नींद में मस्त था। यह राजनीतिक अधःपतन की चरम सीमा थी।

मिर्ज़ा ने कहा—हुज़ूर नवाब साहब को जालिमों ने कैद कर लिया है।

मीर—होगा, यह लीजिए शह।

मिर्ज़ा—जनाब ज़रा ठहरिए। इस वक्त इधर तबीयत नहीं लगती। बेचारे नवाब साहब इस वक्त खून के आँसू रो रहे होंगे।

मीर—रोया ही चाहें। यह ऐश वहाँ कहाँ नसीब होगा। यह किश्त!

मिर्ज़ा—किसी के दिन बराबर नहीं जाते। कितनी दर्दनाक हालत है।

मीर—हाँ, सो तो है ही—यह लो, फिर किश्त ! बस, अब की किश्त में मात है, बच नहीं सकते।

मिर्ज़ा—खुदा की कसम, आप बड़े बे-दर्द हैं। इतना बड़ा हादसा देखकर भी आपको दुःख नहीं होता। हाय, गरीब वाजिदअली शाह!

मीर—पहले अपने बादशाह को तो बचाइए, फिर नवाब साहब का मातम कीजिएगा। यह किश्त और यह मात! लाना हाथ!

बादशाह को लिये हुए सेना सामने से निकल गयी। उनके जाते ही मिर्ज़ा ने फिर बाज़ी बिछा दी। हार की चोट बुरी होती है। मीर ने कहा—आइए, नवाब साहब के मातम में एक मरसिया कह डालें। लेकिन मिर्ज़ा की राजभक्ति अपनी हार के साथ लुप्त हो चुकी थी, वह हार का बदला चुकाने के लिए अधीर हो रहे थे।

शाम हो गयी। खंडहर में चमगादड़ों ने चीखना शुरू किया। अबाबीलें आ-आकर अपने-अपने घोसलों में चिमटीं। पर दोनों खिलाड़ी डटे हुए थे, मानो दो खून के प्यासे सूरमा आपस में लड़ रहे हों। मिर्ज़ाजी तीन बाजियाँ लगातार हार चुके थे; इस चौथी बाजी का रंग भी अच्छा न था। वह बार-बार जीतने का दृढ़ निश्चय करके सँभलकर खेलते थे लेकिन एक-न-एक चाल ऐसी बेढब आ पड़ती थी, जिससे बाज़ी खराब हो जाती थी। हर बार हार के साथ प्रतिकार की भावना और भी उग्र हो जाती थी। उधर मीर साहब मारे उमंग के गजल गाते थे, चुटकियाँ लेते थे, मानो कोई गुप्त धन पा गये हों। मिर्ज़ाजी सुन-सुनकर झुँझलाते और हार की झेंप मिटाने के लिए उनकी दाद देते थे। पर ज्यों-ज्यों बाज़ी कमज़ोर पड़ती थी, धैर्य हाथ से निकला जाता था। यहाँ तक वह बात-बात पर झुँझलाने लगे—जनाब, आप चाल बदला न कीजिए। यह क्या कि एक चाल चले, और फिर उसे बदल दिया। जो कुछ चलना हो एक बार चल लीजिए; यह आप मुहरे पर ही हाथ क्यों रखे रहते हैं? मुहरे को छोड़ दीजिए। जब तक आपको चाल न सूझे, मुहरा छुइये ही नहीं। आप एक-एक चाल आध-आध घंटे में चलते हैं। इसकी सनद नहीं। जिसे एक चाल चलने में पाँच मिनट से ज़्यादा लगे, उसकी मात समझी जाय। फिर आपने चाल बदली! चुपके से मुहरा वहीं रख दीजिए।

मीर साहब का फ़रज़ी पिटता था। बोले—मैंने चाल चली ही कब थी?

मिर्ज़ा—आप चाल चल चुके हैं। मुहरा वहीं रख दीजिए—उसी घर में!

मीर—उस घर में क्यों रखूँ? मैंने हाथ से मुहरा छोड़ा कब था?

मिर्ज़ा—मुहरा आप कयामत तक न छोड़ें, तो क्या चाल ही न होगी? फ़रज़ी पिटते देखा तो धाँधली करने लगे।

मीर—धाँधली आप करते हैं। हार-जीत तक़दीर से होती है, धाँधली करने से कोई नहीं जीतता ?

मिर्ज़ा—तो इस बाज़ी में आपकी मात हो गयी।

मीर—मुझे क्यों मात होने लगी?

मिर्ज़ा—तो आप मुहरा उसी घर में रख दीजिए, जहाँ पहले रक्खा था।

मीर—वहाँ क्यों रखूँ? नहीं रखता।

मिर्ज़ा—क्यों न रखिएगा? आपको रखना होगा।

तकरार बढ़ने लगी। दोनों अपनी-अपनी टेक पर अड़े थे। न यह दबता था न वह। अप्रासंगिक बातें होने लगीं, मिर्ज़ा बोले—किसी ने ख़ानदान में शतरंज खेली होती, तब तो इसके क़ायदे जानते। वे तो हमेशा, घास छीला करते थे,

आप शतरंज क्या खेलिएगा। रियासत और ही चीज़ है। जागीर मिल जाने से ही कोई रईस नहीं हो जाता।

मीर—क्या? घास आपके अब्बाजान छीलते होंगे। यहाँ तो पीढ़ियों से शतरंज खेलते चले आते हैं।

मिर्ज़ा—अजी, जाइए भी, गाजीउद्दीन हैदर के यहाँ बावर्ची का काम करते-करते उम्र गुज़र गयी, आज रईस बनने चले हैं। रईस बनना कुछ दिल्लगी नहीं है।

मीर—क्यों अपने बुजुर्गों के मुँह में कालिख लगाते हो—वे ही बावर्ची का काम करते होंगे। यहाँ तो हमेशा बादशाह के दस्तरख्वान पर खाना खाते चले आये हैं।

मिर्ज़ा—अरे चल चरकटे, बहुत बढ़-बढ़कर बातें न कर। रईस बनना कुछ दिल्लगी नहीं।

मीर—ज़बान सँभालिये, वर्ना बुरा होगा। मैं ऐसी बातें सुनने का आदी नहीं हूँ। यहाँ तो किसी ने आँखें दिखायीं कि उसकी आँखें निकालीं। है हौसला?

मिर्ज़ा—आप मेरा हौसला देखना चाहते हैं, तो फिर, आइए। आज दो-दो हाथ हो जायँ, इधर या उधर।

मीर—तो यहाँ तुमसे दबने वाला कौन है?

दोनों दोस्तों ने कमर से तलवारें निकाल लीं। नवाबी जमाना था; सभी तलवार, पेशकब्ज, कटार वगैरह बाँधते थे। दोनों विलासी थे, पर कायर न थे। उनमें राजनीतिक भावों का अधःपतन हो गया था—बादशाह के लिए क्यों मरें; पर व्यक्तिगत वीरता का अभाव न था। दोनों ने पैंतरे बदले, तलवारें चमकीं, छपाछप की आवाज़ें आईं। दोनों जख्म खाकर गिरे, और दोनों ने वहीं तड़प-तड़पकर जानें दे दीं। अपने बादशाह के लिए जिनकी आँखों से एक बूँद आँसू न निकला, उन्होंने शतरंज के वज़ीर की रक्षा में प्राण दे दिये।

अँधेरा हो चला था। बाज़ी बिछी हुई थी। दोनों बादशाह अपने-अपने सिंहासनों पर बैठे हुए मानो इन दोनों वीरों की मृत्यु पर रो रहे थे !

चारों तरफ सन्नाटा छाया हुआ था। खंडहर की टूटी हुई मेहराबें, गिरी हुई दीवारें और धूल-धूसरित मीनारें इन लाशों को देखतीं और सिर धुनती थीं।

दो बैलों की कथा

जानवरों में गधा सबसे ज़्यादा बुद्धिहीन समझा जाता है। हम जब किसी आदमी को पहले दरजे का बेवकूफ कहना चाहते हैं, तो उसे गधा कहते हैं। गधा सचमुच बेवकूफ है, या उसके सीधेपन, उसकी निरापद सहिष्णुता ने उसे यह पदवी दे दी है, ब्याई हुई गाय तो अनायास ही सिंहनी का रूप धारण कर लेती है। कुत्ता भी बहुत गरीब ज़ानवर है, लेकिन कभी-कभी उसे भी क्रोध आ जाता है; लेकिन गधे को कभी क्रोध करते नहीं सुना, न देखा। जितना चाहो ग़रीब को मारो, चाहे जैसी खराब, सड़ी हुई घास सामने डाल दो, उसके चेहरे पर कभी असन्तोष की छाया भी न दिखायी देगी। वैशाख में चाहे एकाध बार कुलेल कर लेता हो; पर हमने तो उसे कभी खुश होते नहीं देखा। उस के चेहरे पर एक स्थिर विषाद स्थायी रूप से छाया रहता है। सुख-दुःख, हानि-लाभ, किसी दशा में भी उसे बदलते नहीं देखा। ऋषियों-मुनियों के जितने गुण हैं, वे सभी उसमें अपनी पराकाष्ठा को पहुँच गये हैं; पर आदमी उसे बेवकूफ कहता है। सद्गुणों का इतना अनादर कहीं नहीं देखा। कदाचित् सीधापन संसार के लिए उपयुक्त नहीं है। देखिये न, भारतवासियों की अफ्रीका में यों दुर्दशा हो रही है? क्यों अमेरिका में उन्हें घुसने नहीं दिया जाता ? बेचारे शराब नहीं पीते, चार पैसे कुसमय के लिए बचाकर रखते हैं, जी तोड़कर काम करते हैं, किसी से लड़ाई-झगड़ा नहीं करते, चार बातें सुनकर भी गम खा जाते हैं, फिर भी बदनाम हैं। कहा जाता है, वे जीवन के आदर्श को नीचा करते हैं। यदि वे भी ईंट का जवाब पत्थर से देना सीख जाते, तो शायद सभ्य कहलाने लगते। जापान की मिसाल सामने है। एक ही विजय ने उन्हें संसार की सभ्य जातियों में गण्य बना दिया।

लेकिन गधे का एक छोटा भाई और भी है, जो उससे कुछ कम ही गधा है, और वह है 'बैल'। जिस अर्थ में हम गधा शब्द का प्रयोग करते हैं, कुछ उसी से मिलते-जुलते अर्थ में 'बछिया के ताऊ' का प्रयोग करते हैं। कुछ लोग बैल

को शायद बेवकूफ़ी में सर्वश्रेष्ठ कहें; मगर हमारा विचार ऐसा नहीं है। बैल कभी-कभी मारता भी है, कभी-कभी अड़ियल बैल भी देखने में आ जाता है और भी कई रीतियों से वह अपना असन्तोष प्रकट कर देता है; अतएव बेवकूफी में उसका स्थान गधे से नीचा है।

झूरी कछी के दोनों बैलों के नाम थे हीरा और मोती। दोनों पछाई जाति के थे—देखने में सुन्दर, काम में चौकस, डील में ऊँचे। बहुत दिनों साथ रहते-रहते दोनों में भाईचारा हो गया था। दोनों आमने-सामने या आस-पास बैठे हुए एक-दूसरे से मूक-भाषा में विचार-विनिमय करते थे। एक-दूसरे के मन की बात कैसे समझ जाता था, हम नहीं कह सकते। अवश्य ही उनमें कोई ऐसी गुप्त शक्ति थी, जिससे जीवों में श्रेष्ठता का दावा करनेवाला मनुष्य वंचित है। दोनों एक-दूसरे को चाट कर और सूँघकर अपना प्रेम प्रकट करते, कभी-कभी दोनों सींग भी मिला लिया करते थे—विग्रह के नाते से नहीं, केवल विनोद के भाव से, आत्मीयता के भाव से, जैसे दोस्तों में घनिष्ठता होते ही धौल-धप्पा होने लगता है। इसके बिना दोस्ती कुछ फुस-फुसी, कुछ हलकी-सी रहती है, जिस पर ज़्यादा विश्वास नहीं किया जा सकता। जिस वक्त ये दोनों बैल हल या गाड़ी में जोत दिये जाते और गरदनें हिला-हिलाकर चलते, तो हरेक की यही चेष्टा होती थी कि ज़्यादा-से-ज़्यादा बोझ मेरी ही गरदन पर रहे। दिन-भर के बाद दोपहर या सन्ध्या को दोनों खुलते, तो एक-दूसरे को चाट-चूटकर अपनी थकान मिटा लिया करते। नाँद में खली-भूसा पड़ जाने के बाद दोनों साथ उठते, साथ नाँद में मुँह डालते और साथ ही बैठते थे। एक मुँह हटा लेता, तो दूसरा भी हटा लेता था।

संयोग की बात, झूरी ने एक बार गोई को ससुराल भेज दिया। बैलों को क्या मालूम, वे क्यों भेजे जा रहे हैं। समझे, मालिक ने हमें बेच दिया। अपना यों बेचा जाना उन्हें अच्छा लगा या बुरा, कौन जाने, पर झूरी के साले गया को घर तक गोई ले जाने में दाँतों पसीना आ गया। पीछे से हाँकता तो दोनों दाँयें-बाँयें भागते; पगहिया पकड़कर आगे से खींचता, तो दोनों पीछे को ज़ोर लगाते। मारता तो दोनों सींग नीचे करके हुँकारते। अगर ईश्वर ने उन्हें वाणी दी होती, तो वे झूरी से पूछते—तुम हम ग़रीबों को क्यों निकाल रहे हो? हमने तो तुम्हारी सेवा करने में कोई कसर नहीं उठा रखी। अगर इतनी मेहनत से काम न चलता था, और काम ले लेते। हमें तो तुम्हारी चाकरी में मर जाना कबूल था। हमने कभी दाने-चारे की शिकायत नहीं की। तुमने जो कुछ खिलाया, वह सिर झुका खा लिया, फिर तुमने हमें इस ज़ालिम के हाथ क्यों बेच दिया?

संध्या समय दोनों बैल अपने नये स्थान पर पहुँचे। दिन-भर के भूखे थे, लेकिन जब चाँद में लगाये गये, तो एक ने भी उसमें मुँह न डाला। दिल भारी हो रहा था। जिसे उन्होंने अपना घर समझ रखा था, वह आज उनसे छूट गया था। यह नया घर, नया गाँव, नये आदमी, उन्हें बेगानों-से लगते थे।

दोनों ने अपनी मूक-भाषा में सलाह की, एक-दूसरे को कनखियों से देखा और लेट गये। जब गाँव में सोता पड़ गया, तो दोनों ने जोर मार कर पगहे तुड़ा डाले और घर की तरफ चले। पगहे बहुत मजबूत थे। अनुमान न हो सकता था कि कोई बैल उन्हें तोड़ सकेगा; पर इन दोनों में इस समय दूनी शक्ति आ गयी थी। एक-एक झटके में रस्सियाँ टूट गयीं।

झूरी प्रातःकाल सोकर उठा, तो देखा कि दोनों बैल चरनी पर खड़े हैं। दोनों की गरदनों में आधा-आधा गराँव लटक रहा है। घुटने तक पाँव कीचड़ से भरे हैं और दोनों की आँखों में विद्रोहमय स्नेह झलक रहा है।

झूरी बैलों को देखकर स्नेह से गद्गद हो गया। दौड़कर उन्हें गले लगा लिया। प्रेमालिंगन और चुम्बन का दृश्य बड़ा ही मनोहर था।

घर और गाँव के लड़के जमा हो गये और तालियाँ बजा-बजाकर उनका स्वागत करने लगे। गाँव के इतिहास में यह घटना अभूतपूर्व न होने पर भी महत्त्वपूर्ण अवश्य थी। बाल-सभा ने निश्चय किया, दोनों पशु-वीरों का अभिनन्दन करना चाहिए। कोई अपने घर से रोटियाँ लाया, कोई गुड़, कोई चोकर, और कोई भूसी।

एक बालक ने कहा—ऐसे बैल किसी के पास न होंगे।

दूसरे ने समर्थन किया—इतनी दूर से दोनों अकेले चले आये।

तीसरा बोला—बैल नहीं हैं वे, उस जन्म के आदमी हैं।

इसका प्रतिवाद करने का किसी को साहस न हुआ।

झूरी की स्त्री ने बैलों को द्वार पर देखा तो जल उठी। बोली—कैसे नमक-हराम बैल हैं कि एक दिन वहाँ काम न किया; भाग खड़े हुए।

झूरी अपने बैलों पर यह आक्षेप न सुन सका—नमक हराम क्यों हैं ? चारा-दाना कुछ न दिया होगा, तो क्या करते ?

स्त्री ने रौब के साथ कहा—बस, तुम्हीं तो बैलों को खिलाना जानते हो, और तो सभी पानी पिला-पिलाकर रखते हैं।

झूरी ने चिढ़ाया—चारा मिलता तो क्यों भागते?

स्त्री चिढ़ी—भागे इसलिए कि वे लोग तुम-जैसे बुद्धुओं की तरह बैलों को

सराहते नहीं। खिलाते हैं, तो रगड़ कर जोतते भी हैं। ये दोनों ठहरे कामचोर, भाग निकले। अब देखूँ, कहाँ से खली और चोकर मिलता है ! सूखे भूसे के सिवा कुछ न दूँगी, खायें चाहें मरें।

वही हुआ। मजदूर को कड़ी ताकीद कर दी गयी कि बैलों को खाली सूखा भूसा दिया जाय।

बैलों ने नाँद में मुँह डाला, तो फीका-फीका। न कोई चिकनाहट, न कोई रस! क्या खायें? आसभरी आँखों से द्वार की ओर ताकने लगे।

झूरी ने मजदूर से कहा—थोड़ी-सी खली क्यों नहीं डाल देता बे ?

'मालकिन मुझे मार ही डालेंगी।'

'चुरा कर डाल आ।'

'ना दादा, पीछे से तुम भी उन्हीं की-सी कहोगे।'

दूसरे दिन झूरी का साला फिर आया और बैलों को ले चला। अब की उसने दोनों को गाड़ी में जोता।

दो-चार बार मोती ने गाड़ी को सड़क की खाई में गिराना चाहा; पर हीरा ने सँभाल लिया। वह ज़्यादा सहनशील था।

संध्या-समय घर पहुँचकर उसने दोनों को मोटी रस्सियों में बाँधा और कल की शरारत का मज़ा चखाया। फिर वही सूखा भूसा डाल दिया। अपने दोनों बैलों को खली, चूनी सब कुछ दी।

दोनों बैलों का ऐसा अपमान कभी न हुआ था। झूरी इन्हें फूल की छड़ी से भी न छूता था। उसकी टिटार पर दोनों उड़ने लगते थे। यहाँ मार पड़ी। आहत-सम्मान की व्यथा तो थी ही, उस पर मिला सूखा भूसा !

नाँद की तरफ आँखें भी न उठायीं।

दूसरे दिन गया ने बैलों को हल में जोता, पर इन दोनों ने जैसे पाँव उठाने की कसम खा ली थी। वह मारते-मारते थक गया; पर दोनों ने पाँव न उठाया। एक बार जब उस निर्दयी ने हीरा की नाक पर खूब डण्डे जमाये, तो मोती का गुस्सा काबू के बाहर हो गया। हल लेकर भागा। हल, रस्सी, जुआ, जोत, सब टूट-टाट कर बराबर हो गया। गले में बड़ी-बड़ी रस्सियाँ न होतीं, तो दोनों पकड़ाई में ही न आते।

हीरा ने मूक-भाषा में कहा—भागना व्यर्थ है।

मोती ने उसी भाषा में उत्तर दिया—तुम्हारी तो इसने जान ही ले ली थी।

अब की बड़ी मार पड़ेगी।

'पड़ने दो, बैल का जन्म लिया है, तो मार से कहाँ तक बचेंगे ?'

'गया दो आदमियों के साथ दौड़ा आ रहा है। दोनों के हाथों में लाठियाँ हैं।'

मोती बोला—कहो तो दिखा दूँ कुछ मज़ा में भी। लाठी लेकर आ रहा है।

हीरा ने समझाया—नहीं भाई! खड़े हो जाओ।

'मुझे मारेगा, तो मैं भी एक-दो को गिरा दूँगा !'

'नहीं। हमारी जाति का यह धर्म नहीं है।'

मोती दिल में ऐंठ कर रह गया। गया आ पहुँचा और दोनों को पकड़कर ले चला। कुशल हुई कि उसने इस वक्त मार-पीट न की, नहीं तो मोती भी पलट पड़ता। उसके तेवर देख गया और उसके सहायक समझ गये कि इस वक्त टाल जाना ही मसलहत है।

आज दोनों के सामने फिर वही सूखा भूसा लाया गया। दोनों चुपचाप खड़े रहे। घर के लोग भोजन करने लगे। उसी वक्त छोटी-सी लड़की दो रोटियाँ लिये निकली, और दोनों के मुँह में देकर चली गयी। उस एक रोटी से उनकी भूख तो क्या शान्त होती; पर दोनों के हृदय को मानो भोजन मिल गया। यहाँ भी किसी सज्जन का वास है। लड़की भैरों की थी। उसकी माँ मर चुकी थी। सौतेली माँ उसे मारती रहती थी, इसलिए इन बैलों से उसे एक प्रकार की आत्मीयता हो गयी थी।

दोनों दिन-भर जोते जाते, डण्डे खाते, अड़ते। शाम को थान पर बाँध दिये जाते और रात को वही बालिका उन्हें दो रोटियाँ खिला जाती। प्रेम के इस प्रसाद की वह बरकत थी कि दो-दो गाल सूखा भूसा खाकर भी दोनों दुर्बल न होते थे, मगर दोनों की आँखों में रोम-रोम में विद्रोह भरा हुआ था।

एक दिन मोती ने मूक-भाषा में कहा—अब तो नहीं सहा जाता, हीरा!

'क्या करना चाहते हो?'

'एकाध को सींगों पर उठाकर फेंक दूँगा।'

'लेकिन जानते हो, वह प्यारी लड़की, जो हमें रोटियाँ खिलाती है, उसी की लड़की है, जो इस घर का मालिक है। वह बेचारी अनाथ हो जायगी ?'

'तो मालकिन को न फेंक दूँ। वही तो उस लड़की को मारती है।'

'लेकिन औरत जात पर सींग चलाना मना है, यह भूले जाते हो।'

'तुम तो किसी तरह निकलने ही नहीं देते। तो आओ, आज रस्सा तुड़ाकर भाग चलें।'

‘हाँ, यह मैं स्वीकार करता हूँ, लेकिन इतनी मोटी रस्सी टूटेगी कैसे ?’

‘इसका एक उपाय है। पहले रस्सी को थोड़ा-सा चबा लो। फिर एक झटके में जाती है।’

रात को जब बालिका रोटियाँ खिलाकर चली गयी, दोनों रस्सियाँ चबाने लगे, पर मोटी रस्सी मुँह में न आती थी। बेचारे बार-बार ज़ोर लगाकर रह जाते थे।

सहसा घर का द्वार खुला और वही लड़की निकली। दोनों सिर झुकाकर उसका हाथ चाटने लगे। दोनों की पूँछें खड़ी हो गयीं। उसने उनके माथे सहलाये और बोली–खोले देती हूँ। चुपके से भाग जाओ, नहीं तो यहाँ लोग तुम्हें मार डालेंगे। आज घर में सलाह हो रही है कि इनकी नाकों में नाथ डाल दी जायँ।

उसने गराँ खोल दिया, पर दोनों चुपचाप खड़े रहे।

मोती ने अपनी भाषा में पूछा–अब चलते क्यों नहीं।

हीरा ने कहा–चलें तो, लेकिन कल इस अनाथा पर आफ़त आयेगी। सब इसी पर सन्देह करेंगे। सहसा बालिका चिल्लायी–दोनों फूफा वाले बैल भागे जा रहे हैं। ओ दादा ! दादा ! दोनों बैल भागे जा रहे हैं, जल्दी दौड़ो।

गया हड़बड़ाकर भीतर से निकला और बैलों को पकड़ने चला। वे दोनों भागे। गया ने पीछा किया। वे और भी तेज हुए। गया ने शोर मचाया। फिर गाँव के कुछ आदमियों को साथ लेने के लिए लौटा। दोनों मित्रों को भागने का मौक़ा मिल गया। सीधे दौड़ते चले गये। यहाँ तक कि मार्ग का ज्ञान न रहा। जिस परिचित मार्ग से आये थे, उसका यहाँ पता न था। नये-नये गाँव मिलने लगे। तब दोनों एक खेत के किनारे खड़े होकर सोचने लगे, अब क्या करना चाहिए।

हीरा ने कहा–मालूम होता है, राह भूल गये।

‘तुम भी बेतहाशा भागे। वहीं उसे मार गिराया होता।’

‘उसे मार गिराते, तो दुनिया क्या कहती ? वह अपना धर्म छोड़ दे, लेकिन हम अपना धर्म क्यों छोड़ें?’

दोनों भूख से व्याकुल हो रहे थे। खेत में मटर खड़ी थी। चरने लगे। रह-रहकर आहट ले लेते थे, कोई आता तो नहीं है।

जब पेट भर गया, दोनों ने आज़ादी का अनुभव किया, तो मस्त होकर उछलने-कूदने लगे। पहले दोनों ने डकार ली। फिर सींग मिलाये और एक-दूसरे को ठेलने लगे। मोती ने हीरा को कई क़दम पीछे हटा दिया, यहाँ तक कि वह

खाई में गिर गया। तब उसे भी क्रोध आया। सँभलकर उठा और फिर मोती से भिड़ गया। मोती ने देखा—खेल में झगड़ा हुआ चाहता है, तो किनारे हट गया।

अरे! यह क्या ? कोई साँड़ डौंकता चला आ रहा है। हाँ, साँड़ ही है। वह सामने आ पहुँचा। दोनों मित्र बगलें झाँक रहे हैं। साँड़ पूरा हाथी है। उससे भिड़ना जान से हाथ धोना है; लेकिन न भिड़ने पर भी जान बचती नहीं नज़र आती। इन्हीं की तरफ़ आ रहा है। कितनी भयंकर सूरत है !

मोती ने मूक-भाषा में कहा—बुरे फँसे। जान कैसे बचेगी ? कोई उपाय सोचो।

हीरा ने चिन्तित स्वर में कहा—अपने घमंड में भूला हुआ है। आरजू-विनती भी तो न सुनेगा।

'भाग क्यों न चलें ?'

'भागना कायरता है।'

'फिर यहीं मरो। बन्दा तो नौ-दो-ग्यारह होता है।'

'और जो दौड़ाये ?'

'तो फिर कोई उपाय सोचो जल्द !'

'उपाय यही है कि उस पर दोनों जने एक साथ चोट करें ? मैं आगे से रगेदता हूँ, तुम पीछे से रगेदो। दोहरी मार पड़ेगी, तो भाग खड़ा होगा ज्योंही मेरी ओर झपटे, तुम बगल से उसके पेट में सींग घुसेड़ देना। जान जोखिम है; पर दूसरा उपाय नहीं है।'

दोनों मित्र जान हथेली पर लेकर लपके। साँड़ को भी संगठित शत्रुओं से लड़ने का तजुरबा न था। वह तो एक शत्रु से मल्लयुद्ध करने का आदी था। ज्यों ही हीरा पर झपटा, मोती ने पीछे से दौड़ाया। साँड़ उसकी तरफ मुड़ा, तो हीरा ने रगेदा। साँड़ चाहता था कि एक-एक करके दोनों को गिरा ले; पर ये दोनों भी उस्ताद थे। उसे यह अवसर ही न देते थे। एक बार साँड़ झल्लाकर हीरा का अन्त कर देने के लिए चला कि मोती ने बगल से आकर उसके पेट में सींग भोंक दिये। साँड़ क्रोध में आकर पीछे फिरा तो हीरा ने दूसरे पहलू में सींग चुभा दिये। आखिर बेचारा ज़ख्मी होकर भागा और दोनों मित्रों ने दूर तक उसका पीछा किया। यहाँ तक कि साँड़ बेदम होकर गिर पड़ा। तब दोनों ने उसे छोड़ दिया।

दोनों मित्र विजय के नशे में झूमते चले जाते थे।

मोती ने अपनी सांकेतिक भाषा में कहा—मेरा जी तो चाहता था कि बच्चा को मार ही डालूँ।

हीरा ने तिरस्कार किया–गिरे हुए बैरी पर सींग न चलाना चाहिए।

'यह सब ढोंग है। बैरी को ऐसा मारना चाहिए कि फिर न उठे।'

'घर कैसे पहुँचेंगे, वह सोचो।'

'पहले कुछ खा लें, तो सोचें।'

सामने मटर का खेत था ही। मोती उसमें घुस गया। हीरा मना करता रहा, पर उसने एक न सुनी। अभी दो ही चार ग्रास खाये थे कि दो आदमी लाठियाँ लिये दौड़ पड़े, और दोनों मित्रों को घेर लिया। हीरा तो मेड़ पर था, निकल गया। मोती सींचे हुए खेत में था। उसके खुर कीचड़ में धँसने लगे। भाग न सका। पकड़ लिया। हीरा ने देखा, संगी संकट में है, तो लौट पड़ा। फँसेंगे तो दोनों फँसेंगे। रखवालों ने उसे भी पकड़ लिया। प्रातःकाल दोनों मित्र काँजी हौस में बन्द कर दिये गये।

दोनों मित्रों को जीवन में पहली बार ऐसा साबका पड़ा कि सारा दिन बीत गया और खाने को एक तिनका भी न मिला। समझ ही में न आता था, यह कैसा स्वामी है। इससे तो गया फिर भी अच्छा था। वहाँ कई भैंसें थीं, कई बकरियाँ, कई घोड़े, कई गधे; परन्तु चारा किसी के सामने न था, सब ज़मीन पर मुरदा की तरह पड़े थे। कई तो इतने कमज़ोर हो गये थे कि खड़े भी न हो सकते थे। सारा दिन दोनों मित्र फाटक की ओर टकटकी लगाये ताकते रहे; पर कोई चारा लेकर आता न दिखायी दिया। तब दोनों ने दीवार की नमकीन मिट्टी चाटनी शुरू की, पर इससे क्या तृप्ति होती?

रात को भी जब कुछ भोजन न मिला, तो हीरा के दिल में विद्रोह की ज्वाला दहक उठी। मोती से बोला–अब तो नहीं रहा जाता मोती!

मोती ने सिर लटकाये हुए जवाब दिया–मुझे तो मालूम होता है, प्राण निकल रहे हैं।

'इतनी जल्द हिम्मत न हारो भाई ! यहाँ से भागने का कोई उपाय निकालना चाहिए।'

'आओ दीवार तोड़ डालें।'

'मुझसे तो अब कुछ नहीं होगा।'

'बस इसी बूते पर अकड़ते थे !'

'सारी अकड़ निकल गयी।'

बाड़े की दीवार कच्ची थी। हीरा मज़बूत तो था ही, उसने नुकीले सींग

दीवार में गड़ा दिये और ज़ोर मारा, तो मिट्टी का एक चिप्पड़ निकल आया। फिर तो उसका साहस बढ़ा। इसने दौड़-दौड़कर दीवार पर चोटें कीं और हर चोट में थोड़ी-थोड़ी मिट्टी गिराने लगा।

उसी समय काँजीहौस का चौकीदार लालटेन लेकर जानवर की हाज़िरी लेने आ निकला। हीरा का उजड्डपन देखकर उसने उसे कई डंडे रसीद किये और मोटी-सी रस्सी से बाँध दिया।

मोती ने पड़े-पड़े कहा—आखिर मार खायी, क्या मिला?

'अपने बूतेभर ज़ोर तो मार लिया।'

'ऐसा ज़ोर मारना किस काम का कि और बंधन में पड़ गये।'

'ज़ोर तो मारता ही जाऊँगा, चाहे कितने ही बंधन पड़ते जायँ।'

'जान से हाथ धोना पड़ेगा।'

'कुछ परवाह नहीं। यों भी तो मरना ही है। सोचो, दीवार खुद जाती, तो कितनी जानें बच जातीं। इतने भाई यहाँ बन्द हैं। किसी की देह में जान नहीं है। दो-चार दिन और यही हाल रहा, तो सब मर जायेंगे।'

'हाँ, यह बात तो ठीक है। अच्छा, तो ला, फिर मैं भी आज़माता हूँ।'

मोती ने भी दीवार में उसी जगह सींग मारा। थोड़ी-सी मिट्टी गिरी और फिर हिम्मत बढ़ी। फिर तो वह दीवार में सींग लगाकर इस तरह जोर करने लगा, मानो किसी प्रतिद्वन्द्वी से लड़ रहा है। आखिर कोई दो घंटे की जोर-आज़माई के बाद दीवार ऊपर से लगभग एक हाथ गिर गयी। उसने दूनी शक्ति से दूसरा धक्का मारा, तो आधी दीवार गिर पड़ी।

दीवार का गिरना था कि अधमरे-से पड़े हुए सभी जानवर चेत उठे। तीनों घोड़ियाँ सरपट भाग निकलीं। फिर बकरियाँ निकलीं। इसके बाद भैंसें भी खिसक गयें; पर गधे अभी तक ज्यों-के-त्यों खड़े थे।

हीरा ने पूछा—तुम दोनों क्यों नहीं भाग जाते?

एक गधे ने कहा—जो कहीं फिर पकड़ लिये जायँ।

'तो क्या हरज़ है। अभी तो भागने का अवसर है।'

'हमें तो डर लगता है, हम यहीं पड़े रहेंगे।'

रात आधी से ऊपर जा चुकी थी। दोनों गधे अभी तक खड़े सोच रहे थे कि भागें या न भागें, और मोती अपने मित्र की रस्सी तोड़ने में लगा हुआ था। जब वह हार गया, तो हीरा ने कहा—तुम जाओ, मुझे यहीं पड़ा रहने दो। शायद कभी भेंट हो जाय।

मोती ने आँखों में आँसू लाकर कहा—तुम मुझे इतना स्वार्थी समझते हो, हीरा? हम और तुम इतने दिनों एक साथ रहे हैं। आज तुम विपत्ति में पड़ गये, तो मैं तुम्हें छोड़कर अलग हो जाऊँ।

हीरा ने कहा—बहुत मार पड़ेगी। लोग समझ जायँगे, यह तुम्हारी शरारत है।

मोती गर्व से बोला—जिस अपराध के लिए तुम्हारे गले में बन्धन पड़ा, उसके लिए अगर मुझ पर मार पड़े, तो क्या चिन्ता। इतना तो हो ही गया कि दस-बारह प्राणियों की जान बच गयी। वे सब तो आशीर्वाद देंगे।

यह कहते हुए मोती ने दोनों गधों को सींगों से मार-मारकर बाड़े के बाहर निकाला और तब स्वयं अपने बन्धु के पास आकर सो रहा।

भोर होते ही मुंशी और चौकीदार तथा अन्य कर्मचारियों में कैसी खलबली मची, इसके लिखने की जरूरत नहीं। बस, इतना ही काफी है कि मोती की खूब मरम्मत हुई और उसे भी मोटी रस्सी से बाँध दिया गया।

एक सप्ताह तक दोनों मित्र वहाँ बँधे रहे। किसी ने चारे का एक तृण भी न डाला। हाँ, एक बार पानी दिखा दिया जाता था। यही इनका आधार था। खुले आसमान के नीचे वे दिन-रात पड़े रहते थे। दोनों इतने दुर्बल हो गये थे कि उठा तक न जाता था; ठठरियाँ निकल आयी थीं।

एक दिन बाड़े के सामने डुग्गी बजने लगी और दोपहर होते-होते वहाँ पचास-साठ आदमी जमा हो गये। तब दोनों मित्र निकाले गये और उनकी देखभाल होने लगी। लोग आ-आकर उनकी सूरत देखते और मन फीका करके चले जाते। ऐसे मृतक बैलों का कौन खरीदार होता?

सहसा एक दढ़ियल आदमी, जिसकी आँखें लाल थीं और मुद्रा अत्यन्त कठोर, आया और दोनों मित्रों के कूल्हों में उँगली गोदकर मुंशीजी से बातें करने लगा। उसका चेहरा देखकर अन्तर्ज्ञान से दोनों मित्रों के दिल काँप उठे। वह कौन है और उन्हें क्यों टटोल रहा है, इस विषय में उन्हें कोई सन्देह न रहा। दोनों ने एक-दूसरे को भीत नेत्रों से देखा और सिर झुका लिये।

हीरा ने कहा—गया के घर से नाहक भागे। अब जान न बचेगी।

मोती ने अश्रद्धा के भाव से उत्तर दिया—कहते हैं, भगवान् सबके ऊपर दया करते हैं। उन्हें हमारे ऊपर क्यों दया नहीं आती?

'भगवान् के लिए हमारा मरना-जीना दोनों बराबर है। चलो, अच्छा ही है,

कुछ दिन उसके पास तो रहेंगे। एक बार भगवान् ने उस लड़की के रूप में हमें बचाया था। क्या अब न बचायेंगे ?'

'यह आदमी छुरी चलायेगा। देख लेना।'

'तो क्या चिन्ता है ? मांस, खाल, सींग, हड्डी सब किसी-न-किसी काम आ जायँगी।'

नीलाम हो जाने के बाद दोनों मित्र उस दढ़ियल के साथ चले। दोनों की बोटी-बोटी काँप रही थी। बेचारे पाँव तक न उठा सकते थे, पर भय के मारे गिरते-पड़ते भागे जाते थे; क्योंकि वह ज़रा भी चाल धीमी हो जाने पर ज़ोर से डंडा जमा देता था।

राह में गाय-बैलों का एक रेवड़ हरे-हरे हार में चरता नज़र आया। सभी जानवर प्रसन्न थे, चिकने, चपल। कोई उछलता था, कोई आनन्द से बैठा पागुर करता था। कितना सुखी जीवन था इनका; पर कितने स्वार्थी हैं सब। किसी को चिन्ता नहीं कि उनके दो भाई बधिक के हाथ पड़े कैसे दुःखी हैं।

सहसा दोनों को ऐसा मालूम हुआ कि यह परिचित राह है। हाँ, इसी रास्ते से गया उन्हें ले गया था। वही खेत, वही बाग, वही गाँव मिलने लगे। प्रतिक्षण उनकी चाल तेज़ होने लगी। सारी थकान, सारी दुर्बलता गायब हो गयी। आह? यह तो! अपना ही हार आ गया। इसी कुएँ पर हम पुर चलाने आया करते थे; यही कुआँ है।

मोती ने कहा—हमारा घर नज़दीक आ गया।

हीरा बोला—भगवान् की दया है।

'मैं तो अब घर भागता हूँ।'

'यह जाने देगा?'

'इसे मैं मार गिराता हूँ।'

'नहीं-नहीं, दौड़कर थान पर चलो। वहाँ से हम आगे न जायँगे।'

दोनों उन्मत्त होकर बछड़ों की भाँति कुलेलें करते हुए घर की ओर दौड़े। वह हमारा थान है। दोनों दौड़कर अपने थान पर आये और खड़े हो गये। दढ़ियल भी पीछे-पीछे दौड़ा चला आता था।

झूरी द्वार पर बैठा धूप खा रहा था। बैलों को देखते ही दौड़ा और उन्हें बारी-बारी से गले लगाने लगा। मित्रों की आँखों से आनन्द के आँसू बहने लगे। एक झूरी का हाथ चाट रहा था।

इसी समय दढ़ियल ने जाकर बैलों की रस्सियाँ पकड़ लीं।

झूरी ने कहा—मेरे बैल हैं।

'तुम्हारे बैल कैसे ? मैं मवेशीखाने से नीलाम लिये आता हूँ।'

'मैं तो समझता हूँ चुराये लिये आते हो ! चुपके से चले जाओ। मेरे बैल हैं। मैं बेचूँगा तो बिकेंगे। किसी को मेरे बैल नीलाम करने का क्या अख़ितयार है ?'

'मेरे बैल हैं। इसका सबूत यह है कि मेरे द्वार पर खड़े हैं।'

दढ़ियल झल्लाकर बैलों को जबरदस्ती पकड़ ले जाने के लिए बढ़ा। उस वक्त मोती ने सींग चलाया। दढ़ियल पीछे हटा। मोती ने पीछा किया। दढ़ियल भागा। मोती पीछे दौड़ा। गाँव के बाहर निकल जाने पर वह रुका और खड़ा दढ़ियल का रास्ता देख रहा था। दढ़ियल दूर खड़ा धमकियाँ दे रहा था, गालियाँ निकाल रहा था, पत्थर फेंक रहा था। और मोती विजयी शूर की भाँति उसका रास्ता रोके खड़ा था। गाँव के लोग यह तमाशा देखते थे और हँसते थे।

जब दढ़ियल हारकर चला गया, तो मोती अकड़ता हुआ लौटा।

हीरा ने कहा—मैं डर रहा था कि कहीं तुम गुस्से में आकर मार न बैठो।

'अगर वह मुझे पकड़ता, तो मैं बे-मारे न छोड़ता।'

'अब न आवेगा।'

'आवेगा तो दूर ही से खबर लूँगा। देखूँ, कैसे ले जाता है।'

'जो गोली मरवा दे ?'

'मर जाऊँगा; पर उसके काम तो न आऊँगा।'

'हमारी जान को कोई जान नहीं समझता।'

'इसीलिए कि हम इतने सीधे होते हैं।'

ज़रा देर में नाँदों में खली, भूसा, चोकर और दाना भर दिया गया और दोनों मित्र खाने लगे। झूरी खड़ा दोनों को सहला रहा था और बीसों लड़के तमाशा देख रहे थे। सारे गाँव में उछाह-सा मालूम होता था।

उसी समय मालिक ने आकर दोनों के माथे चूम लिये।

सुजान भगत

सीधे-सादे किसान धन हाथ आते ही धर्म और कीर्ति की ओर झुकते हैं। धनिक समाज की भाँति वे पहले अपने भोग-विलास की ओर नहीं दौड़ते। सुजान की खेती में कई साल से कंचन बरस रहा था। मेहनत तो गाँव के सभी किसान करते थे, पर सुजान के चंद्रमा बली थे, ऊसर में भी दाना छींट आता तो कुछ न कुछ पैदा हो ही जाता था। तीन वर्ष लगातार ऊख लगती गयी। उधर गुड़ का भाव तेज़ था। कोई दो-ढाई हज़ार रुपये हाथ में आ गये। बस, चित्त की वृत्ति धर्म की ओर झुक पड़ी। साधु-संतों का आदर-सत्कार होने लगा, द्वार पर धूनी जलने लगी, क़ानूनगो इलाके में आते, तो सुजान महतो के चौपाल में ठहरते। हलके के हेड कांस्टेबल, थानेदार, शिक्षा-विभाग के अफसर, एक न एक उस चौपाल में पड़ा ही रहता। महतो मारे खुशी के फूले न समाते। धन्य भाग ! उसके द्वार पर अब इतने बड़े-बड़े हाकिम आ कर ठहरते हैं। जिन हाकिमों के सामने उसका मुँह न खुलता था, उन्हीं की अब 'महतो-महतो' करते ज़बान सूखती थी। कभी-कभी भजन-भाव हो जाता। एक महात्मा ने डौल अच्छा देखा तो गाँव में आसन जमा दिया। गाँजे और चरस की बहार उड़ने लगी। एक ढोलक आयी, मजीरे गवाये गये, सत्संग होने लगा। यह सब सुजान के दम का जलूस था। घर में सेरों दूध होता, मगर सुजान के कंठ तले एक बूँद जाने की भी क़सम थी। कभी हाकिम लोग चखते, कभी महात्मा लोग। किसान को दूध-घी से क्या मतलब, उसे रोटी और साग चाहिए। सुजान की नम्रता का अब पारावार न था। सबके सामने सिर झुकाये रहता, कहीं लोग यह न कहने लगें कि धन पाकर इसे घमंड हो गया है। गाँव में कुल तीन कुएँ थे, बहुत-से खेतों में पानी न पहुँचता था, खेती मारी जाती थी। सुजान ने एक पक्का कुआँ बनवा दिया। कुएँ का विवाह हुआ, यज्ञ हुआ, ब्रह्मभोज हुआ। जिस दिन पहली बार पुर चला, सुजान को मानो चारों पदार्थ

मिल गये। जो काम गाँव में किसी ने न किया था, वह बाप-दादा के पुण्य-प्रताप से सुजान ने कर दिखाया।

एक दिन गाँव में गया के यात्री आकर ठहरे। सुजान ही के द्वार पर उनका भोजन बना। सुजान के मन में भी गया यात्रा करने की बहुत दिनों से इच्छा थी। यह अच्छा अवसर देख कर वह भी चलने को तैयार हो गया।

उसकी स्त्री बुलाकी ने कहा—अभी रहने दो, अगले साल चलेंगे।

सुजान ने गंभीर भाव से कहा—अगले साल क्या होगा, कौन जानता है। धर्म के काम में मीन मेख निकालना अच्छा नहीं। जिंदगानी का क्या भरोसा ?

बुलाकी—हाथ खाली हो जायगा।

सुजान—भगवान् की इच्छा होगी, तो फिर रुपये आ जायँगे। उसके यहाँ किस बात की कमी है।

बुलाकी इसका क्या जवाब देती ? सत्कार्य में बाधा डाल कर अपनी मुक्ति क्यों बिगाड़ती ? प्रातःकाल स्त्री और पुरुष गया करने चले। वहाँ से लौटे तो, यज्ञ और ब्रह्मभोज की ठहरी। सारी बिरादरी निमंत्रित हुई, ग्यारह गाँवों में सुपारी बाँटी। इस धूमधाम से कार्य हुआ कि चारों ओर वाह-वाह मच गयी। सब यही कहते थे कि भगवान् धन दे, तो दिल भी ऐसा दे। घमंड तो छू नहीं गया, अपने हाथ से पत्तल उठाता फिरता था, कुल का नाम जगा दिया। बेटा हो, तो ऐसा हो। बाप मरा, तो घर में भूनी भाँग भी नहीं थी। अब लक्ष्मी घुटने तोड़ कर आ बैठी हैं।

एक द्वेषी ने कहा—'गड़ा हुआ धन पा गया है।' तो चारों ओर से उस पर बौछारें पड़ने लगीं—हाँ, तुम्हारे बाप-दादा जो ख़ज़ाना जोड़ गये थे, वही उसके हाथ लग गया है। अरे भैया, यह धर्म की कमाई है। तुम भी तो छाती फाड़ कर काम करते हो, क्यों ऐसी ऊख नहीं लगती? क्यों ऐसी फ़सल नहीं होती? भगवान् आदमी का दिल देखते हैं। जो ख़र्च करना जानता है, उसी को देते हैं।

सुजान महतो सुजान भगत हो गये। भगतों के आचार-विचार कुछ और होते हैं। भगत बिना स्नान किये कुछ नहीं खाता। गंगा जी अगर घर से दूर हों और वह रोज़ स्नान करके दोपहर तक घर न लौट सकता हो, तो पर्वों के दिन तो उसे अवश्य ही नहाना चाहिए। भजन-भाव उसके घर अवश्य होना चाहिए। पूजा-अर्चना उसके लिए अनिवार्य है। खान-पान में भी उन्हें बहुत विचार रखना पड़ता है। सबसे बड़ी बात यह है कि झूठ का त्याग करना पड़ता है। भगत झूठ नहीं बोल

सकता। साधारण मनुष्य को अगर झूठ का दंड एक मिले, तो भगत को एक लाख से कम नहीं मिल सकता। अज्ञान की अवस्था में कितने ही अपराध क्षम्य हो जाते हैं। ज्ञानी के लिए क्षमा नहीं है, प्रायश्चित्त नहीं है, अगर है भी तो बहुत कठिन। सुजान को भी अब भगतों की मर्यादा को निभाना पड़ा। अब तक उसका जीवन मजदूर का जीवन था। जीवन का कोई आदर्श, कोई मर्यादा उसके सामने न थी। अब उसके जीवन में विचार का उदय हुआ, जहाँ का मार्ग काँटों से भरा हुआ है। स्वार्थ-सेवा ही पहले उसके जीवन का लक्ष्य था, इसी काँटे से वह परिस्थितियों को तौलता था। वह अब उन्हें औचित्य के काँटों पर तौलने लगा। यों कहो कि जड़-जगत् से निकल कर उसने चेतन-जगत् में प्रवेश किया। उसने कुछ लेन-देन करना शुरू किया था पर अब उसे ब्याज लेते हुए आत्मग्लानि-सी होती थी। यहाँ तक कि गउओं को दुहाते समय उसे बछड़ों का ध्यान बना रहता था—कहीं बछड़ा भूखा न रह जाय, नहीं तो उसका रोयाँ दुखी होगा। वह गाँव का मुखिया था, कितने ही मुकदमों में उसने झूठी शहादतें बनवायी थीं, कितनों से डाँड़ ले कर मामले को रफ़ा-दफ़ा करा दिया था। अब इन व्यापारों से उसे घृणा होती थी। झूठ और प्रपंच से कोसों भागता था। पहले उसकी यह चेष्टा होती थी कि मजदूरों से जितना काम लिया जा सके लो और मजदूरी की जितनी कम दी जा सके दो; पर अब उसे मजदूरों के काम की कम, मजदूरी की अधिक चिंता रहती थी—कहीं बेचारे मज़दूर का रोयाँ न दुखी हो जाय। वह उसका सखुनतकिया हो गया था—किसी का रोयाँ न दुखी हो जाय। उसके दोनों जवान बेटे बात-बात में उस पर फब्तियाँ कसते, यहाँ तक कि बुलाकी भी अब उसे कोरा भगत समझने लगी, जिसे घर के भले-बुरे से कोई प्रयोजन न था। चेतन-जगत् में आ कर सुजान भगत कोरे भगत रह गये।

सुजान के हाथों से धीरे-धीरे अधिकार छीने जाने लगे। किस खेत में क्या बोना है, किसको क्या देना है, किससे क्या लेना है, किस भाव क्या चीज़ बिकी, ऐसी-ऐसी महत्त्वपूर्ण बातों में भी भगत जी की सलाह न ली जाती थी। भगत के पास कोई जाने ही न पाता। दोनों लड़के या स्वयं बुलाकी दूर ही से मामला तय कर लिया करते। गाँव भर में सुजान का मान-सम्मान बढ़ता था, अपने घर में घटता था। लड़के उसका सत्कार अब बहुत करते। उसे हाथ से चारपाई उठाते देख लपक कर खुद उठा लाते, चिलम न भरने देते, यहाँ तक कि उसकी धोती छाँटने के लिए भी आग्रह करते थे। मगर अधिकार उसके हाथ में न था। वह अब घर का स्वामी नहीं, मंदिर का देवता था।

एक दिन बुलाकी ओखली में दाल छाँट रही थी कि एक भिखमंगा द्वार पर आ कर चिल्लाने लगा। बुलाकी ने सोचा, दाल छाँट लूँ, तो उसे कुछ दे दूँ। इतने में बड़ा लड़का भोला आकर बोला—अम्माँ, एक महात्मा द्वार पर खड़े गला फाड़ रहे हैं ? कुछ दे दो। नहीं तो उनका रोयाँ दुखी हो जायगा।

बुलाकी ने उपेक्षा के भाव से कहा—भगत के पाँव में क्या मेहँदी लगी है, क्यों कुछ ले जा कर नहीं दे देते? क्या मेरे चार हाथ हैं? किस-किसका रोयाँ सुखी करूँ? दिन भर तो ताँता लगा रहता है।

भोला—चौपट करने लगे हैं, और क्या? अभी महँगू बेंगन देने आया था। हिसाब से 7 मन हुए। तौला तो पौने सात मन ही निकले। मैंने कहा—दस सेर और ला, तो आप बैठे-बैठे कहते हैं, अब इतनी दूर कहाँ जायगा। भरपाई लिख दो, नहीं तो उसका रोयाँ दुखी होगा। मैंने भरपाई नहीं लिखी। दस सेर बाकी लिख दी।

बुलाकी—बहुत अच्छा किया तुमने, बकने दिया करो। दस-पाँच दफे मुँह की खायेंगे, तो आप ही बोलना छोड़ देंगे।

भोला—दिन भर एक न एक खुचड़ निकालते रहते हैं। सौ दफे कह दिया कि तुम घर-गृहस्थी के मामले में न बोला करो, पर इनसे बिना बोले रहा ही नहीं जाता।

बुलाकी—मैं जानती कि इनका यह हाल होगा, तो गुरुमंत्र न लेने देती।

भोला—भगत क्या हुए कि दीन-दुनिया दोनों से गये। सारा दिन पूजा-पाठ में ही उड़ जाता है। अभी ऐसे बूढ़े नहीं हो गये कि कोई काम ही न कर सकें।

बुलाकी ने आपत्ति की—भोला, यह तुम्हारा कुन्याय है। फावड़ा, कुदाल अब उनसे नहीं हो सकता, लेकिन कुछ न कुछ तो करते ही रहते हैं। बैलों को सानी-पानी देते हैं, गाय दुहाते हैं और भी जो कुछ हो सकता है, करते हैं।

भिक्षुक अभी तक खड़ा चिल्ला रहा था। सुजान ने जब घर में से किसी को कुछ लाते न देखा, तो उठ कर अंदर गया और कठोर स्वर से बोला—तुम लोगों को कुछ सुनाई नहीं देता कि द्वार पर कौन घंटे भर से खड़ा भीख माँग रहा है। अपना काम तो दिन भर करना ही है, एक छन भगवान् का काम भी तो किया करो।

बुलाकी—तुम तो भगवान् का काम करने को बैठे ही हो, क्या घर भर भगवान् ही का काम करेगा ?

सुजान—कहाँ आटा रखा है, लाओ, मैं ही निकाल कर दे आऊँ। तुम रानी बन कर बैठो।

बुलाकी—आटा मैंने मर-मर कर पीसा है, अनाज दे दो। ऐसे मुड़चिरों के लिए चिहर रात से उठ कर चक्की नहीं चलाती हूँ।

सुजान भंडार घर में गये और एक छोटी-सी छबड़ी को जौ से भरे हुए निकले। जौ सेर भर से कम न थे। सुजान ने जान-बूझकर, केवल बुलाकी और भोला को चिढ़ाने के लिए, भिक्षा परम्परा का उल्लंघन किया था। तिस पर भी यह दिखाने के लिए कि छबड़ी में बहुत ज़्यादा जौ नहीं हैं, वह उसे चुटकी से पकड़े हुए थे। चुटकी इतना बोझ न सँभाल सकती थी। हाथ काँप रहा था। एक क्षण विलम्ब होने से छबड़ी के हाथ से छूट कर गिर पड़ने की सम्भावना थी। इसलिए वह जल्दी से बाहर निकल जाना चाहते थे। सहसा भोला ने छबड़ी उनके हाथ से छीन ली और त्यौरियाँ बदल कर बोला—सेंत का माल नहीं है, जो लुटाने चले हो। छाती फाड़-फाड़ कर काम करते हैं, तब दाना घर में आता है।

सुजान ने खिसियाकर कहा—मैं भी तो बैठा नहीं रहता।

भोला—भीख, भीख की ही तरह दी जाती है, लुटायी नहीं जाती। हम तो एक वेला खा कर दिन काटते हैं कि इज़्ज़त बनी रहे, और तुम्हें लुटाने की सूझती है। तुम्हें क्या मालूम कि घर में क्या हो रहा है।

सुजान ने इसका कोई जवाब न दिया। बाहर आ कर भिखारी से कह दिया—बाबा, इस समय जाओ, किसी का हाथ खाली नहीं है, और स्वयं पेड़ के नीचे बैठ कर विचारों में मग्न हो गया। अपने ही घर में उसका यह अनादर! अभी वह अपाहिज नहीं है; हाथ-पाँव थके नहीं हैं; घर का कुछ न कुछ काम करता ही रहता है। उस पर यह अनादर ! उसी ने घर बनाया, यह सारी विभूति उसी के श्रम का फल है, पर अब इस घर पर उसका कोई अधिकार नहीं रहा। अब वह द्वार का कुत्ता है, पड़ा रहे और घरवाले जो रूखा-सूखा दे दें, वह खाकर पेट भर लिया करे। ऐसे जीवन को धिक्कार है। सुजान ऐसे घर में नहीं रह सकता।

संध्या हो गयी थी। भोला का छोटा भाई शंकर नारियल भर कर लाया। सुजान ने नारियल दीवार से टिकाकर रख दिया ! धरे-धरे तम्बाकू जल गया। ज़रा देर में भोला ने द्वार पर चारपाई डाल दी। सुजान पेड़ के नीचे से न उठा।

कुछ देर और गुज़री। भोजन तैयार हुआ। भोला बुलाने आया। सुजान ने कहा—भूख नहीं है। बहुत मनावन करने पर भी न उठा। तब बुलाकी ने आ कर कहा—खाना खाने क्यों नहीं चलते? जी तो अच्छा है?

सुजान को सबसे अधिक क्रोध बुलाकी ही पर था। यह भी लड़कों के साथ है! यह बैठी देखती रही और भोला ने मेरे हाथ से अनाज छीन लिया। इसके मुँह से इतना भी न निकला कि ले जाते हैं, तो ले जाने दो। लड़कों को न मालूम हो कि मैंने कितने श्रम से यह गृहस्थी जोड़ी है, पर यह तो जानती है। भदिन

को दिन और रात को रात नहीं समझा। भादों की अँधेरी रात में मड़ैया लगाए जुआर की रखवाली करता था। जेठ-बैसाख की दोपहरी में भी दम न लेता था, और अब मेरा घर पर इतना भी अधिकार नहीं है कि भीख तक दे सकूँ। माना कि भीख इतनी नहीं दी जाती लेकिन इनको तो चुप रहना चाहिए था, चाहे मैं घर में आग ही क्यों न लगा देता। कानून से भी तो मेरा कुछ होता है। मैं अपना हिस्सा नहीं खाता, दूसरों को खिला देता हूँ; इसमें किसी के बाप का क्या साझा? अब इस वक्त मनाने आयी है! इसे मैंने फूल की छड़ी से भी नहीं छुआ, नहीं तो गाँव में ऐसी कौन औरत है, जिसने खसम की लातें न खायी हों, कभी कड़ी निगाह से देखा तक नहीं। रुपये-पैसे, लेना-देना, सब इसी के हाथ में दे रखा था। अब रुपये जमा कर लिये हैं, तो मुझी से घमंड करती है। अब इसे बेटे प्यारे हैं, मैं तो निखट्टू; लुटाऊ, घर-फूँक, घोंघा हूँ। मेरी इसे क्या परवाह। तब लड़के न थे, जब बीमार पड़ी थी और मैं गोद में उठा कर वैद्य के घर ले गया था। आज इसके बेटे हैं और यह उनकी माँ है। मैं तो बाहर का आदमी हूँ।

मुझसे घर से मतलब ही क्या। बोला—अब खा-पीकर क्या करूँगा, हल जोतने से रहा, फावड़ा चलाने से रहा। मुझे खिला कर दाने को क्यों खराब करोगी? रख दो, बेटे दूसरी बार खायँगे।

बुलाकी—तुम तो ज़रा-ज़रा-सी बात पर तिनक जाते हो। सच कहा है, बुढ़ापे में आदमी की बुद्धि मारी जाती है। भोला ने इतना ही तो कहा था कि इतनी भीख मत ले जाओ, या और कुछ?

सुजान—हाँ बेचारा इतना कह कर रह गया। तुम्हें तो तब मज़ा आता, जब वह ऊपर से दो-चार डंडे लगा देता। क्यों? अगर यही अभिलाषा है, तो पूरी कर लो। भोला खा चुका होगा, बुला लाओ। नहीं, भोला को क्यों बुलाती हो, तुम्हीं न जमा दो, दो-चार हाथ। इतनी कसर है, वह भी पूरी हो जाय।

बुलाकी—हाँ, और क्या, यह तो नारी का धर्म ही है। अपने भाग सराहो कि मुझ जैसी सीधी औरत पा ली। जिस बल चाहते हो, बिठाते हो। ऐसी मुँहजोर होती, तो तुम्हारे घर में एक दिन भी निबाह न होता।

सुजान—हाँ, भाई, वह तो मैं ही कह रहा हूँ कि तुम देवी थीं और हो। मैं तब भी राक्षस था और अब तो दैत्य हो गया हूँ! बेटे कमाऊ हैं, उनकी-सी न कहोगी, तो क्या मेरी-सी कहोगी, मुझसे अब क्या लेना-देना है?

बुलाकी—तुम झगड़ा करने पर तुले बैठे हो और मैं झगड़ा बचाती हूँ कि चार आदमी हँसेंगे। चल कर खाना खा लो सीधे से, नहीं तो मैं जा कर सो रहूँगी।

सुजान—तुम भूखी क्यों सो रहोगी ? तुम्हारे बेटों की तो कमाई है। हाँ, मैं बाहरी आदमी हूँ।

बुलाकी—बेटे तुम्हारे भी हैं।

सुजान—नहीं, मैं ऐसे बेटों से बाज आया। किसी और के बेटे होंगे। मेरे बेटे होते, तो क्या मेरी यह दुर्गति होती ?

बुलाकी—गालियाँ दोगे तो मैं भी कुछ कह बैठूँगी। सुनती थी, मर्द बड़े समझदार होते हैं, पर तुम सबसे न्यारे हो। आदमी को चाहिए कि जैसा समय देखे वैसा काम करे। अब हमारा और तुम्हारा निबाह इसी में है कि नाम के मालिक बने रहें और वही करें जो लड़कों को अच्छा लगे। मैं यह बात समझ गयी, तुम क्यों नहीं समझ पाते ? जो कमाता है, उसी का घर में राज होता है, यही दुनिया का दस्तूर है। मैं बिना लड़कों से पूछे कोई काम नहीं करती, तुम क्यों अपने मन की करते हो? इतने दिनों तक तो राज कर लिया, अब क्यों इस माया में पड़े हो? चलो, खाना खा लो।

सुजान—तो अब मैं द्वार का कुत्ता हूँ ?

बुलाकी—बात जो थी, वह मैंने कह दी। अब अपने को जो चाहो समझो।

सुजान न उठे। बुलाकी हार कर चली गयी।

सुजान के सामने अब एक नयी समस्या खड़ी हो गयी थी। वह बहुत दिनों से घर का स्वामी था और अब भी ऐसा ही समझता था। परिस्थिति में कितना उलट फेर हो गया था, इसकी उसे ख़बर न थी। लड़के उसकी सेवा-सम्मान करते हैं, यह बात उसे भ्रम में डाले हुए थी। लड़के उसके सामने चिलम नहीं पीते, खाट पर नहीं बैठते, क्या यह सब उसके गृह-स्वामी होने का प्रमाण न था? पर आज उसे यह ज्ञात हुआ कि यह केवल श्रद्धा थी, उसके स्वामित्व का प्रमाण नहीं। क्या इस श्रद्धा के बदले वह अपना अधिकार छोड़ सकता था? कदापि नहीं। अब तक जिस घर में राज किया, उसी घर में पराधीन बन कर वह नहीं रह सकता। उसको श्रद्धा की चाह नहीं, सेवा की भूख नहीं। उसे अधिकार चाहिए। वह इस घर पर दूसरों का अधिकार नहीं देख सकता। मंदिर का पुजारी बन कर वह नहीं रह सकता।

न-जाने कितनी रात बाकी थी। सुजान ने उठ कर गँड़ासे से बैलों का चारा काटना शुरू किया। सारा गाँव सोता था, पर सुजान करबी काट रहे थे। इतना श्रम उन्होंने अपने जीवन में कभी न किया था। जब से उन्होंने काम करना छोड़ा

था, बराबर चारे के लिए हाय-हाय पड़ी रहती थी। शंकर भी काटता था, भोला भी काटता था पर चारा पूरा न पड़ता था। आज वह इन लौंडों को दिखा देंगे, चारा कैसे काटना चाहिए। उनके सामने कटिया का पहाड़ खड़ा हो गया। और टुकड़े कितने महीन और सुडौल थे, मानो साँचे में ढाले गये हों।

मुँह-अँधेरे बुलाकी उठी तो कटिया का ढेर देख कर दंग रह गयी। बोली—क्या भोला आज रात भर कटिया ही काटता रह गया? कितना कहा कि बेटा, जी से जहान है, पर मानता ही नहीं। रात को सोया ही नहीं।

सुजान भगत ने ताने से कहा—वह सोता ही कब है? जब देखता हूँ, काम ही करता रहता है। ऐसा कमाऊ संसार में और कौन होगा?

इतने में भोला आँखें मलता हुआ बाहर निकला। उसे भी यह ढेर देख कर आश्चर्य हुआ। माँ से बोला—क्या शंकर आज बड़ी रात को उठा था, अम्माँ?

बुलाकी—वह तो पड़ा सो रहा है। मैंने तो समझा, तुमने काटी होगी।

भोला—मैं तो सबेरे उठ ही नहीं पाता। दिन भर चाहे जितना काम कर लूँ, पर रात को मुझसे नहीं उठा जाता।

बुलाकी—तो क्या तुम्हारे दादा ने काटी है?

भोला—हाँ, मालूम तो होता है। रात भर सोये नहीं।

बुलाकी—मुझसे कल बड़ी भूल हुई। अरे, वह तो हल ले कर जा रहे हैं! जान देने पर उतारू हो गये हैं क्या?

—क्रोधी तो सदा के हैं। अब किसी की सुनेंगे थोड़े ही।

भोला—शंकर को जगा दो, मैं भी जल्दी से मुँह-हाथ धोकर हल ले जाऊँ। जब और किसानों के साथ हल लेकर भोला खेत में पहुँचा, तो सुजान आधा खेत जोत चुके थे। भोला ने चुपके से काम करना शुरू किया। सुजान से कुछ बोलने की उसकी हिम्मत न पड़ी।

दोपहर हुई। सभी किसानों ने हल छोड़ दिये। पर सुजान भगत अपने काम में मग्न हैं। भोला थक गया है। उसकी बार-बार इच्छा होती है कि बैलों को खोल दे। मगर डर के मारे कुछ कह नहीं सकता। उसको आश्चर्य हो रहा है कि दादा कैसे इतनी मेहनत कर रहे हैं।

आखिर डरते-डरते बोला—दादा, अब तो दोपहर हो गई। हल खोल दें न?

सुजान—हाँ, खोल दो। तुम बैलों को ले कर चलो, मैं डाँड़ फेंक कर आता हूँ।

भोला—मैं संझा को डाँड़ फेंक दूँगा।

सुजान—तुम क्या फेंक दोगे। देखते नहीं हो, खेत कटोरे की तरह गहरा

हो गया है। तभी तो बीच में पानी जम जाता है। इस गोइँड के खेत में बीस मन का बीघा होता था। तुम लोगों ने इसका सत्यानाश कर दिया।

बैल खोल दिये गये। भोला बैलों को ले कर घर चला, पर सुजान डाँड़ फेंकते रहे। आध घंटे के बाद डाँड़ फेंक कर वह घर आये। मगर थकान का नाम न था। नहा-खाकर आराम करने के बदले उन्होंने बैलों को सहलाना शुरू किया। उनकी पीठ पर हाथ फेरा, उनके पैर मले, पूँछ सहलायी। बैलों की पूँछें खड़ी थीं। सुजान की गोद में सिर रखे उन्हें अकथनीय सुख मिल रहा था। बहुत दिनों के बाद आज उन्हें यह आनंद प्राप्त हुआ था। उनकी आँखों में कृतज्ञता भरी हुई थी। मानो वे कह रहे थे, हम तुम्हारे साथ रात-दिन काम करने को तैयार हैं।

अन्य कृषकों की भाँति भोला अभी कमर सीधी कर रहा था कि सुजान ने फिर हल उठाया और खेत की ओर चले। दोनों बैल उमंग से भरे दौड़े चले जाते थे, मानों उन्हें स्वयं खेत में पहुँचने की जल्दी थी।

भोला ने मड़ैया में लेटे-लेटे पिता को हल लिये जाते देखा, पर उठ न सका। उसकी हिम्मत छूट गयी। उसने कभी इतना परिश्रम न किया था। उसे बनी-बनायी गिरस्ती मिल गयी थी। उसे ज्यों-त्यों चला रहा था। इन दामों वह घर का स्वामी बनने का इच्छुक न था। जवान आदमी को बीस धंधे होते हैं। हँसने-बोलने के लिए, गाने-बजाने के लिए उसे कुछ समय चाहिए। पड़ोस के गाँव में दंगल हो रहा है। जवान आदमी कैसे अपने को वहाँ जाने से रोकेगा ? किसी गाँव में बारात आयी है, नाच-गाना हो रहा है। जवान आदमी क्यों उसके आनंद से वंचित रह सकता है? वृद्धजनों के लिए ये बाधाएँ नहीं। उन्हें न नाच-गाने से मतलब, न खेल-तमाशे से गरज़, केवल अपने काम से काम है।

बुलाकी ने कहा—भोला, तुम्हारे दादा हल लेकर गये।

भोला—जाने दो अम्माँ, मुझसे तो यह नहीं हो सकता।

सुजान भगत के इस नवीन उत्साह पर गाँव में टीकाएँ हुईं—निकल गयी सारी भगती। बना हुआ था। माया में फँसा हुआ है। आदमी काहे को है, भूत है।

मगर भगत जी के द्वार पर अब फिर साधु-संत आसन जमाये देखे जाते हैं। उनका आदर-सम्मान होता है। अब की उसकी खेती ने सोना उगल दिया है। बखारी में अनाज रखने की जगह नहीं मिलती। जिस खेत में पाँच मन मुश्किल से होता था, उसी खेत में अबकी दस मन की उपज हुई है।

चैत का महीना था। खलिहानों में सतयुग का राज था। जगह-जगह अनाज

के ढेर लगे हुए थे। यही समय है, जब कृषकों को भी थोड़ी देर के लिए अपना जीवन सफल मालूम होता है, जब गर्व से उनका हृदय उछलने लगता है। सुजान भगत टोकरों में अनाज भर-भर कर देते थे और दोनों लड़के टोकरे लेकर घर में अनाज रख आते थे। कितने ही भाट और भिक्षुक भगत जी को घेरे हुए थे। उनमें वह भिक्षुक भी था, जो आज से आठ महीने पहले भगत के द्वार से निराश होकर लौट गया था।

सहसा भगत ने उस भिक्षुक से पूछा—क्यों बाबा, आज कहाँ-कहाँ चक्कर लगा आये ?

भिक्षुक—अभी तो कहीं नहीं गया भगत जी, पहले तुम्हारे ही पास आया हूँ।

भगत—अच्छा, तुम्हारे सामने यह ढेर है। इसमें से जितना अनाज उठा कर ले जा सको, ले जाओ।

भिक्षुक ने क्षुब्ध नेत्रों से ढेर को देख कर कहा—जितना अपने हाथ से उठा कर दे दोगे, उतना ही लूँगा।

भगत—नहीं, तुमसे जितना उठ सके, उठा लो।

भिक्षुक के पास एक चादर थी ! उसने कोई दस सेर अनाज उसमें भरा और उठाने लगा। संकोच के मारे और अधिक भरने का उसे साहस न हुआ।

भगत उसके मन का भाव समझ कर आश्वासन देते हुए बोला—बस, इतना तो एक बच्चा भी उठा ले जायगा।

भिक्षुक ने भोला की ओर संदिग्ध नेत्रों से देख कर कहा—मेरे लिए इतना बहुत है।

भगत—नहीं तुम सकुचाते हो। अभी और भरो।

भिक्षुक ने एक पंसेरी अनाज और भरा, और फिर भोला की ओर सशंक दृष्टि से देखने लगा।

भगत—उसकी ओर क्या देखते हो, बाबा जी ? मैं जो कहता हूँ, वह करो। तुमसे जितना उठाया जा सके, उठा लो।

भिक्षुक डर रहा था कि कहीं उसने अनाज भर लिया और भोला ने गठरी न उठाने दी, तो कितनी भद्द होगी और भिक्षुकों को हँसने का अवसर मिल जायगा। सब यही कहेंगे कि भिक्षुक कितना लोभी है। उसे और अनाज भरने की हिम्मत न पड़ी।

तब सुजान भगत ने चादर ले कर उसमें अनाज भरा और गठरी बाँध कर बोले—इसे उठा ले जाओ।

भिक्षुक—बाबा, इतना तो मुझसे उठ न सकेगा।

भगत—अरे ! इतना भी न उठ सकेगा ! बहुत होगा तो मन भर। भला ज़ोर तो लगाओ, देखूँ, उठा सकते हो या नहीं।

भिक्षुक ने गठरी को आजमाया। भारी थी। जगह से हिली भी नहीं। बोला—भगत जी, यह मुझ से न उठ सकेगी !

भगत—अच्छा, बताओ किस गाँव में रहते हो ?

भिक्षुक—बड़ी दूर है भगत जी; अमोल का नाम तो सुना होगा !

भगत—अच्छा, आगे-आगे चलो, मैं पहुँचा दूँगा।

यह कहकर भगत ने ज़ोर लगाकर गठरी उठायी और सिर पर रख कर भिक्षुक के पीछे हो लिये। देखने वाले भगत का यह पौरुष देख कर चकित हो गये। उन्हें क्या मालूम था कि भगत पर इस समय कौन-सा नशा था। आठ महीने के निरंतर अविरल परिश्रम का फल आज मिला था। आज उन्होंने अपना खोया हुआ अधिकार फिर पाया था। वही तलवार, जो केले को भी नहीं काट सकती, सान पर रखने पर लोहे को काट देती है। मानव-जीवन में लाग बड़े महत्त्व की वस्तु है। जिसमें लाग है, वह बूढ़ा भी हो तो जवान है। जिसमें लाग नहीं, गैरत नहीं, वह जवान भी हो तो मृतक है। सुजान भगत में लाग थी और उसी ने उन्हें अमानुषी बल प्रदान कर दिया था। चलते समय उन्होंने भोला की ओर सगर्व नेत्रों से देखा और बोले—ये भाट और भिक्षुक खड़े हैं, कोई खाली हाथ न लौटने पावे।

भोला सिर झुकाये खड़ा था, उसे कुछ बोलने का हौसला न हुआ। वृद्ध पिता ने उसे परास्त कर दिया था।

❑ ❑ ❑